KB060034

영 원 한 유 산

영원한 유산

심윤경
장편소설

문학동네

이 세상에는 사라지지 않는 것들이 있다.

차례

영원한 유산

1

1966년이 시작된 지 며칠 안 된 한겨울, 그들은 서대문형무소 앞에 서 있었다. 그녀가 어떻게 생겼냐고 물었던 것은 진짜로 그 여자의 얼굴이 궁금했다거나 그녀를 맞이할 때 얼굴을 알아보면 좋겠다는 생각을 했기 때문은 아니었다. 혹독한 추위 속에 서 있으려니 눈알까지 얼어붙을 것 같았고, 세상의 모든 사물들과 사람들이 다 얼어붙은 것처럼 침묵뿐인 시간 속에서, 그늘진 철문으로부터 몇 발짝 떨어진 양지에 옹기종기 모여선 초라한 사람들 사이에 섞여서 발을 동동거리다가 무심결에 나온 말, 말하자면 괜한 말이었다.

그러므로 팔묵 영감이 우물거리며 입을 열었을 때 해동은 좀전에 그런 질문을 했던 것조차 잊고 있었다.

"아씨가 생김이…… 뭐라고 해야 하나…… 잘생겼지요……"

그러니까 영감은 그녀를 묘사할 어휘를 찾는 것에 시간이 좀 걸렸고, 애써 찾아낸 말은 잘생겼다는 말이었다. 아씨라는 생경한 호칭이 해동의 귓구멍에서 마른 귀지처럼 다각다각 굴렀다. 두 길이나 되는 육중한 철대문은 죄수를 이송하는 큰 버스나 형무소장의 관용차만 출입하는 문이었다. 철대문을 지나쳐 붉은 담을 따라 좀 더 걸으면 제복을 입은 경찰이 지키고 서 있는 작은 문이 나왔다. 형기를 마친 사람들은 그리로 나왔다. 이 문을 통해 잘생긴 아씨가 나오신다…… 영감은 그런 어울리지 않는 정황들을 별로 의식하지 않고, 그가 생각하기엔 중요했던 한마디를 덧붙였다.

"아씨가 키도 크고. 자작 나으리 댁에 사람들이 다 인물이 좋았지요."

"아우, 얼어죽을" 하는 소리가 저절로 튀어나왔다. 날씨는 진정 얼어죽도록 추웠으니까 얼어죽을 자작 나으리란다, 하고 말해도 하나도 이상하지 않게 들리기는 했다. 해동은 "얼어죽을" 하는 소리를 몇 번 더 뇌까리고 겨우 등짝만 덥히다 마는 햇살 속에서 발을 동동거렸다. 키가 크고 잘생겼다고 하는 자작 나으리 댁 아씨는 감옥 문 안에서 좀체로 모습을 드러내지 않았다.

"해방되고 나선 부산 어디에서 산다고 들었는데, 나도 그뒤론 아무 소식을 모르고."

"어떤 사람입니까?"

"어떤 사람이 뭐요?"

"윤원섭, 그 아씨란 사람 말이오. 수완이 좋은 사람이었어요?"

"수완이요?"

영감은 별소리를 다 듣는다는 듯 해동을 빤히 바라보았다.

"나는 새도 떨어뜨릴 윤씨 댁 아씨가 수완을 부릴 일이 무엇이 있겠수? 다른 이들이 아씨께 수완을 부렸으면 모를까. 허나 이제는, 허 참, 뭐라고 해얄지. 여기까지 흘러온 걸 보면."

그래놓고서 팔묵 영감은 요즘 세상에 아씨는 무슨 아씨냐고 뒤늦은 혼잣말을 중얼거렸다. 만나게 되더라도 이제는 공대를 하지 않겠노라고, 반상 없는 세상에 알고 보면 동갑이라고, 바닥에 침을 탁 뱉으며 결심을 하기도 했다. 실은 해동의 눈치를 보아 그러는 것 같았다. 해동은 아침마다 태엽을 잘 감아두는 손목시계를 보았다. 나올 시간이 거의 다 되어가고 있었다.

"우리 말고, 윤씨 집안에서 마중나온 사람이 여기 있소?"

"아는 얼굴이 없소. 있었으면 인사를 했지."

그곳에 서 있던 여남은 명 중에 행색이 윤씨 집안 사람일 듯한 이는 없었다. 그저 한결같은 지지리 가난함뿐이었다. 그들과 해동은 계속 서로를 곁눈질하고 있었다. 짧은 머리를 잘 손질하고 양복 위에 모직 머플러와 낙타 코트를 갖춰 입은 해동은 이 무리 중 유일한 '하이까라'였다.

담벼락 안에서 구호 소리와 발소리, 명단과 인원을 마지막으로 확인하는 나직한 소리가 들렸다. 문 앞에 모인 사람들은 침묵에서 깨어나 가볍게 술렁이기 시작했다. 두부 함지박을 머리에 인 아낙

이 나타나 알뜰하게 마지막 매상을 올렸다. 사람들은 초라한 보퉁이 속에서 제각기 준비해온 희고 따뜻한 두부를 꺼내들었다. 가까운 영천시장에서는 매일 형무소의 문이 열리는 시간에 맞춰 두부 모판을 열었다. 사람들은 뚜껑이 달린 그릇을 챙겨가서 갓 나온 두부를 받아왔다. 어찌된 일인지 오늘따라 출소 시간이 늦어져 무럭무럭 오르던 하얀 김은 사라졌지만, 백통 찬합에 담긴 하얀 두부는 여전히 따스함을 품고 있었다. 해동은 초라한 일행이 주섬주섬 꺼내드는 두부를 물끄러미 바라보았다.

문이 열리자 잠시간 긴장한 침묵이 흐르고, 주둥이가 찌그러진 못난 사내가 제일 먼저 감옥을 나섰다. 그 꼬락서니를 한 자에게도 덤벼들어 울음을 터뜨리는 가족이 있었다. 맞이하는 여인네도 똑같이 못난 것으로 보아 남매인 모양, 해동은 속으로 쯔쯔 혀를 찼다. 그 사내 뒤로도 여남은 명이 그 문을 나섰는데 자유의 기쁨이나 해방감으로 활개를 치는 자들은 없었다. 그들은 시간이 정지된, 규칙에 의해서만 움직이는 담장 안에서 복잡한 진짜 세상으로 나오는 것이 두려운 것처럼 발을 질질 끌며 문을 나섰고 그곳에서 보낸 시간으로는 속죄가 끝나지 않은 듯 여전히 죄지은 얼굴들이었다.

가난하고 볼품없는 세상에서도 가장 밑바닥을 기어다닐 구더기 같은 자들의 맨 끄트머리까지 지켜보고도 그들은 윤원섭을 찾아내지 못했다. 계속해서 철문 너머를 기웃거리다가 간수들이 철문을 닫고 걸쇠를 가로지르는 모습을 보고서야 당황했다.

"뭐지? 분명 오늘 나온다고 했는데."

"서로 모르고 지나쳤는가요?"

해동과 팔묵 영감은 이미 형무소를 나와 꾸무적꾸무적 어디론가 발걸음을 옮기는 사람들을 다시 쫓아가 황급히 두리번거렸다. 키가 크고 잘생긴 사람은 없었고, 초라한 가족들조차 마중나오지 않은 채 혼자 사라지는 여자를 뒤쫓아간 끝에 그들은 윤원섭을 찾아냈다. 한 손에는 보퉁이를 들고 땟국에 전 누더기를 머리 위까지 뒤집어쓴, 볼품없고 초라한 중년 여인네였다.

"아이쿠 아씨, 짐을 이리 주십쇼."

팔묵 영감의 인사에 윤원섭은 깜짝 놀랐다.

"공서방이 여긴 웬일인가."

"언커크 나으리가 모셔오라고 하셨습니다요."

그녀가 웅크렸던 어깨를 펴자 팔묵 영감의 말대로 보통 여자들보다는 약간 더 크다고 할 수 있는 키가 드러났다. 머리까지 뒤집어썼던 누더기를 내리자 대충 깎은 나뭇가지를 비녀 삼아 꽂은 쪽찐 머리가 보였다. 누더기 속에 입은 옷은 한겨울 추위에 그리 실하게 대응하지 못하는 것 같았다. 목도리 삼아 누더기 조각을 두르고 있었으나 헐쭉하게 마른 목덜미가 언뜻언뜻 드러나 보였다. 윤원섭은 보퉁이를 내놓지 않고 해동에게 말없는 눈길을 던졌다.

"안녕하십니까. 애커넌 씨의 통역 비서, 헤이든 리라고 합니다."

"비서라면, 자네도 외교관인가?"

"외교관은 아닙니다."

"그러면 내무부 소속?"

"공무원이 아닙니다. 저는 개인 자격으로 애커넌 씨에게 고용되어……"

"그러면 아무것도 아니구먼."

"……"

"헤이든? 그거 말고 한국 이름이 있을 게 아닌가."

해동은 떨떠름하게 재킷 안쪽에서 지갑을 꺼내 명함을 내밀었다. 원섭은 받아든 명함을 흘긋 보고 해동이구먼 무슨, 이라고 혼 잣말처럼 중얼거렸다.

"가시죠, 애커넌 씨가 기다리고 계십니다."

퍼렇게 얼어붙은 얼굴로 윤원섭은 대답이 없었다. 거리의 사람들은 모두 종종걸음 치고 있었다. 어디든 문 달린 곳으로 뛰어들고 싶은 추위 속에서 그녀는 말없이 곰곰 생각에 잠겼다.

"언커크의 데이비드 애커넌 씨에게 편지를 보내신 게 맞지요? 애커넌 씨가 윤원섭씨와 만나 이야기하고 싶다고, 차를 보내셨습니다."

언커크는 유엔 한국통일부흥위원회UN Commission for the Unification and Rehabilitation of Korea, UNCURK의 영어 약칭을 소리 나는 대로 읽은 것이다. 언커크는 유엔에서 한국의 통일과 부흥을 위해 세계 칠 개국의 대표들로 구성한 국제기구, 말 그대로 한국 땅에 둥지를 튼 작은 유엔이었다. 언커크를 구성하는 칠 개국—태국, 터키, 호주, 네덜란드, 필리핀, 파키스탄, 칠레—의 대표들 중 일부가 상주했고 각국의 파견 인력에, 한국 외무부에서 파견된 외교관과 공무원들이 팔십여 명에 이르렀다. 데이비드 애커넌 씨는 언커크에 파견된 호주 대표였고, 해동은 그를 위한 통역 비서로 일했다.

며칠 전 애커넌 씨는 해동에게 한 통의 편지를 내밀었다. 편지는 영어와 한국어 두 가지로 쓰였는데, 영어는 편지의 전체 내용을 대여섯 문장 정도로 간단하게 요약했고, 한글 부분은 좀더 길었지만 한쪽을 넘지는 않았다. 편지에는 단정한 글씨로 또박또박, 나는 현재 언커크가 본부로 사용하고 있는 저택을 지은 윤덕영 자작의 셋째 딸 윤원섭이다. 저택의 본래 이름은 벽수산장이었다. 해외 출국을 앞두고 마지막으로 저택을 방문해 옛 기억을 되새기고 애커넌 씨에게 몇 가지를 당부하고 싶다고 적혀 있었다.

해동은 애커넌 씨에게 윤덕영이 친일파 중에서도 한국 사람들에게 가장 미움을 받던 자요, 그들 일족은 매우 질이 낮은 자들로 유명하다는 사실을 비속하지 않은 표현으로 넌지시 알렸다. 또는 윤덕영과 아무 관계 없는 여인이 허황된 생각을 품고 그의 딸을 사칭했을 가능성도 있었다.

"자네가 지적한 부분은 실로 중요하게 염두에 두어야 할 부분이야. 이 저택을 지은 윤덕영의 후손들이 저택에 대해 괴상한 방식으로 소유권을 주장해왔다는 소리를 들은 적이 있네. 그들은 빚에 쫓겨 오래전에 저택을 매각했고 이제는 이 저택을 소유할 능력이 없지만 그저 조금이라도 돈을 더 긁어내기를 바라서 자꾸 이런저런 수작을 벌인다는 거지. 하지만 이 사람은 말투도 점잖고, 손글씨에 격이 있어 보이지 않는가? 어법이 부정확한 부분도 있기는 하지만 이만큼 영어를 구사하는 걸 보면 잘 배운 사람인 것 같아."

편지의 내용이 나무랄 데 없는 것은 사실이지만 그 정도 학식과 교양은 여러 가지 방법으로, 예를 들자면 유학 경험이 있는 누군가의 손을 빌린다든지 하는 식으로 얼마든지 위장할 수 있다는 점을 해동은 다시 지적했다. 애커넌 씨는 역시 해동의 의견을 옳게 여겨, 편지를 보낸 윤원섭이라는 여인에 대해 알아보라고 해동에게 지시했다.

수소문한 결과 해동의 우려는 매우 타당했던 것으로 밝혀졌다. 그녀는 스스로 밝힌 대로 윤덕영의 셋째 딸 윤원섭 본인이 확실했으나 자신이 현재 서대문형무소에 수감되어 있는 형편은 애커넌 씨에게 밝히고 싶지 않았던 것으로 보였다. 형무소에서 발신한 티가 나지 않도록, 출감하는 누군가에게 부탁해 편지를 종로우체국에서 부치도록 한 것을 추적할 수 있었다. 대귀족의 자손이 거기까지 들어가게 된 사연도 그리 아름답지 않았다. 그녀는 조카의 이름으로 된 토지를 몰래 매각하려 시도해 대금의 일부까지 받아먹었고 그 땅을 다시 내걸어 이런저런 자금을 끌어대다가, 이중 삼중의 거래와 문서 위조가 발각되고 매각 대금을 변제하지 못하여 사기죄로 이 년 이 개월 형을 받았다.

애커넌 씨는 윤원섭에 대해 해동이 알아낸 사실들을 보고받고 쓴웃음을 지었지만 그녀를 만나고자 하는 생각을 철회하는 데까지 이르지는 못했다. 오히려 이런저런 뒷이야기들이 호기심을 자극한 모양이었다.

"그녀가 돈을 노리는 사기꾼일 수도 있다는 점은 단단히 염두에 두겠네. 우리가 그녀의 행적에 대해 이렇게 자세히 파악하고 있다는 것이 이미 내가 조심하고 있다는 분명한 증거이네. 그러니 자네는 걱정하지 말고 그녀를 나에게 데려오게. 나는 이 저택에 대해 상당한 궁금증을 가지고 있으니 이 집을 지은 자의 친딸에게 그 사연을 조금 듣고 싶은 것뿐이네."

해동은 실망스러웠으나 애커넌 씨에게 이래라저래라 할 위치가 아니었다. 대신 조금이라도 안전을 위한 조치를 해두는 것이 좋겠다고 생각해 윤원섭이라는 여자가 찾아오고자 한 모월 모일이 아니라 그녀의 출감일에 마중을 나가기로 했다. 미리 기별도 주지 않고 원섭이 출감하는 시간에 덮쳐 이 초라한 모습을 내보이게 한 것은 이쪽에서 이미 형세를 다 알고 있으니 허튼 생각을 하지 말라는 경고적 조치였다. 과연 원섭은 거만하게 굴고 있으나 기습적인 만남에 몹시 당황한 기색을 감추지 못했다. 원섭은 입속으로 낮게, 애커넌 씨를 보자고 한 날이 오늘은 아니었다는 소리를 중얼거렸다.

"애커넌 씨는 일정이 다망하신 분이니까요."

"잠시만 기다리게. 내 몸이 지쳐서 좀 쉬려던 참이었네."

원섭은 해동에게 손짓하여 펜을 달라는 뜻을 전했다. 해동이 펜을 꺼내주자 방금 받은 해동의 명함 모서리에 몇 글자를 적었다.

"그동안 여기에를 다녀오게. 여기 내가 맡겨둔 짐이 있네. 가서 입을 만한 옷가지를 좀 챙겨오게."

대뜸 명령하는 말투가 거북했다. 해동은 잠시 망설이다가 명함을 돌려받아 팔묵 영감에게 건넸다. 팔묵 영감이 난처해했다.

"쇤네가 글자를 몰라서……"

"젊은이가 알겠지."

"큰아씨 댁입니까요?"

"물건들 중에서, 검은색 가죽 핸드백을 꼭 챙기게. 크기가 이만큼 하고, 가운데 이런 모양이 있네."

원섭은 손으로 C자 모양 갈고리가 양쪽으로 등을 대고 있는 모양을 그려 보였다.

"내 저기서 쉬고 있을 동안 재게 다녀오게."

원섭이 가리켜 보인 곳은 큰길 건너편에서 굵고 하얀 연기 기둥을 뿜어내고 있는 대중목욕탕이었다. 추운 아침, 옥고에 지친 허술한 옷차림의 여인이 그 습하고 따뜻한 공간으로 들어가는 것은 윤원섭이 벌인 이 우스꽝스러운 일들 중에서 유일하게 말이 되는 부분인 것 같았다.

원섭은 해동에게 등을 돌리고 걷기 시작했다. 추위 때문에 사람들의 등이 모두 새우처럼 굽어서 종종걸음 쳤지만 원섭은 보란듯이 꼿꼿하게 허리를 펴고 천천히 걸었다. 그렇게 걸으니 팔묵 영감이 말했던 것처럼 '키가 후리후리'했다. 마침 파란불로 바뀐 횡단보도를 건너면서도 발걸음을 재촉하지 않았다. 길을 건너는 원섭 너머로 거리 한가운데 독립문이 덩그러니 서 있었다.

해동은 팔묵 영감에게 주었던 명함을 다시 받아들었다. 사간동의 어느 주소가 적혀 있었다. 추위에 손이 곱아서 필적은 고르지 않았다.

"젊어선 서양 여자들처럼 지진 머리에 내리닫이를 입으셨고, 더 어릴 때는 일인들처럼 하오리를 입기도 했고. 아씨가 한복에 쪽찐 머리라니, 내 저런 모습은 정말로 본 적이 없소."

사간동으로 가는 차 안에서 팔묵 영감은 원섭을 알아보지 못한 이유를 중얼중얼 변명했다. 해동은 영감의 고랑 진 얼굴을 보면서 아까 팔묵과 원섭이 동갑이라고 했던 사실을 떠올렸다. 저택에서 펌프장 일을 맡고 있는 영감은 한여름이면 종종 머릿수건을 두르고 옛날식 잠방이를 입었는데, 그럴 때면 옛 시절에서 튀어나온 상투 튼 늙은 머슴의 모습 그대로였다. 저 사람은 어미의 뱃속에서 태어날 때부터 영감이 아니었을까 싶을 만큼 상노인이었다. 그런데 영감과 동갑이라는 원섭은 초라할망정 나이들어 보이지는 않았다.

사간동이라는 이름은 많이 들어본 듯하면서도 낯설었다. 궁궐을 둘러싼 작고 오밀조밀한 마을들은 모두 이름이 복잡하고 어디가 어디인지 헷갈렸다. 언커크가 있는 궁궐 서편 동네의 이름과 위치는 조금 익숙해졌지만 송현동, 소격동, 팔판동 하는 궁궐 동편 마을은 아직도 쉽사리 가늠이 되지 않았다. 오래된 마을들마다 전쟁 이후로 찍어내듯이 지어낸 개량 한옥이 촘촘하게 들어섰다. 개량 한옥은 한옥인데도 옛집의 느낌이 아니었다. 일본식으로 야트막한 이층 적산옥도 아니었고, 양옥은 더더구나 아니었다. 동네에 반반쯤 섞인 양옥과 개량 한옥이 오밀조밀했고 대문마다 앙증맞은 문패가 고르게 달려 있었다. 어딘지 세속을 재빨리 따르는 자들이 사는 것 같은 느낌을 주는, 얌통맞게 속물적인 마을이 되어 있었다.

새로 지은 개량 한옥이 작고 단단한 느낌이라면 오래된 전통 한옥은 더 거무스레하고 어둡고 낡았다. 기와를 새로 인 지 오래되어 파스락 사그라지고 말 것처럼 위태롭게 낡은 집들도 있었지만 터가 너르고 옛날식의 고적한 기품이 남아 있었다. 중학동을 지나 사간동으로 접어든 뒤 해동과 팔묵 영감은 차에서 내려 골목을 걸으며 손에 쥔 명함과 담벼락에 붙은 문패의 주소들을 비교했다. 마침내 그들은 윤원섭이 말한 주소의 한옥 앞에 섰다. 눈에 띄고 싶지 않은 것이 집주인의 심경인 듯 담벼락이 높았으나 그 너머 가옥이 번듯하고 터가 너른 것은 문밖에서도 알 만했다. 몰락했다고 하는 소문이 무성했어도 윤씨네는 여전히 잘사는 것으로 보였다. 초인 종을 누르고 문고리를 두들겼으나 집안에서 사람의 기척이 나지 않았다.

"큰아씨 댁 당주가 이름을 바꿨는가보네. 내가 아는 이름은 이 게 아닌데."

기다리는 동안 팔묵 영감이 속삭였다. 해동은 대답하지 않았다. 대문 안에서 사람이 나오지 않는 짧은 겨를에 초조해져서 지칫거 리는 구두 신은 두 발이 눈에 들어왔다. 지금 내가 뭐하는 짓인가, 불쑥 울화가 치밀었다.

초인종을 한번 더 누르고, 나무 대문을 주먹으로 두드리고 나서 야 문안에서 인기척이 났다. 마지못해 나온 부엌어멈은 대문을 열 지도 않고 퉁명스럽게 무슨 일이냐고 물었다. 말문이 막힌 해동을 대신해 팔묵 영감이 대답했다.

"옥인동에서 왔수다. 문 좀 열어주시오."

"볼일 없으니까 돌아가요."

"자작댁에서 일하던 공팔묵이가 왔다고 하면 마님께서 곧 아실 게요."

"글쎄 안 통한대두. 얼른 돌아가요."

"그러지 말고 문 좀 열어보오. 이 댁 막내 아씨가 맡겨놓은 짐을 찾으러 왔소. 마님께 원섭 아씨의 심부름을 왔다고 전해주오."

부엌어멈은 대답 없이 다시 집안으로 사라졌다. 해동과 팔묵은 여전히 닫힌 문이 열리기를 기다리며 하릴없이 서 있었다. 해동은 비굴하게 사정조로 매달리는 팔목 영감이 못마땅하다가, 그것 말고 다른 수가 없다는 것을 깨닫고 더욱 기분이 나빠졌다.

부엌어멈이 다시 나와 문을 열어주었지만 대문에서 이어지는 행랑채와 창고 쪽으로 두 사람을 내몰듯 하는 몸짓은 말투보다 더 야박했다. 물때 좋은 한복 위에 누비 겉옷을 단단히 여미며 안채에서 나온 젊은 여자가 어멈의 뒤를 따랐다.

"막내 아씨라고 하면, 이모님이 보내서 여기를 찾아왔다는 말이오?"

"예. 짐을 찾아오라고 여기 주소를 알려주셨습니다."

"하여간에 염치가 없기는. 우리한테 뭘 맡겨놓았다고 합디까? 그놈의 짐보따리가 뭐라고, 이모님 때문에 치른 홍역이 열 갑절, 아니 백 갑절인데! 찾아와 미안하다고 천만 사죄를 해도 분이 풀리지 않을 터에, 짐보따리를 내놓으라고? 아이구우."

해동과 팔목 영감은 볕이 들지 않는 낡은 뒷방으로 떠밀리듯 몰려갔다. 집안일을 돌보는 일손이 줄어들며 자연히 비게 된 행랑방은 구들에 불기를 넣은 지 오래되어 바깥이나 다름없이 냉골이었다. 오래 인적 없던 방에 사람이 들자 굵은 먼지가 날아다녀 해동은 불시에 재채기를 했다. 방안에는 기와집과 어울리지 않는 서양식 가구들이 두서없이 서 있었고 가장자리에 금속을 덧댄 트렁크와 슈트 케이스들이 천장에 닿을 만큼 쌓여 있었다.

젊은 여인은 옷장 하나를 열어젖히고 험한 기세로 물건들을 꺼내다가 문득 손을 멈추고 해동을 흘겨보았다.

"처음 보는 얼굴인데, 그새 새서방이라도 얻으셨나?"

해동은 말문이 막혔고 팔묵 영감이 해명해주었다.

"아이구 당치 않으십니다. 이분은 오늘 아침까지 원섭 아씨하고 일면식도 없던 분이에요."

"그러면 웬 낯선 남정네가 알지도 못하는 남의 집 대문 안까지 따라들어오오?"

"설명하자면 복잡합니다요. 이 양반은 언커크에서 일하는 분이신데 어쩌다가 그만. 고정하시고 아씨 집이나 챙겨주시면 저희도 얼른 갑지요."

"언커크? 아이구 지겨워, 이 집은 김씨 집안인데 죽을 때까지 윤씨 치다꺼리를 벗어나지 못하지."

윤원섭의 아들뻘로도 넉넉할 나이 차이에 새서방 소리를 들은 해동은 넋이 나갈 것 같았고 팔묵 영감은 그저 죄를 지은 듯 고개만 조아렸다. 해동이 손수건으로 입과 코를 가리고 재채기를 가라앉히려 애쓰는 동안 두툼하게 솜을 둔 버선발이 날아와 젊은 여인의 옆구리를 걷어찼다. 나이가 지긋하나 몸집이 육중하고 행동이 거센, 아마도 젊은 여자의 시어머니인 것 같은 사람이었다.

"망할 년, 뭐가 어째? 윤씨 치다꺼리? 이년, 이 주둥이를 찢어버릴 년."

젊은 여자는 버선발에 불의의 일격을 받고 그대로 앞으로 고꾸라졌다. 부엌어멈이 뛰어와 달려든 여자의 두 팔을 잡아끌었지만 엎어진 여자의 등짝과 허벅지에 몇 번이나 더 거센 발길질이 날아갔다.

"아씨마님 고정하십시오. 아씨마님, 저를 기억하시겠습니까? 저 옥인동에서 일하던 팔묵이올습니다."

회색으로 물든 쪽찐 머리에 가죽을 댄 남색 아얌을 쓴 여자는 장군 같은 발길질을 해대던 힘찬 다리를 멈추고 해동과 팔묵에게 눈길을 주었다. 광대가 높고 눈꼬리가 쭉 찢어진 얼굴에 분노가 넘쳐 콧김이 거세었다. 팔묵 영감이 그 자매를 일컬어 키가 크고 인물이 좋다고 했던 그대로, 칠순이 가까울 텐데도 잔주름 없이 피부가 보얀, 윤원섭의 맏언니인 윤성섭이었다.

"네놈은 무슨 꿍꿍이로 소란이냐! 원섭이년이 한패가 되어서 또 무슨 못된 수작을 부리자고 하든?"

"큰아씨마님, 쇤네야 그저 목구멍에 풀칠하기 급급하여 언커크에서 하던 일을 하게 되었을 뿐이지, 나리 댁 은혜야 한시라도 잊은 일이 있겠습니까? 이번에 원섭 아씨께서 그런 고약한 처지가 되신 것도 그저 오늘 아침에 우연히 알게 되었고, 예부터 알던 얼굴이니 쇤네더러 큰아씨 댁에 다녀오라고 하셨을 뿐입니다요. 못된 수작이라니, 당치않으십니다요."

"보퉁이를 내놓으라고? 그년이 장동 집을 날려먹은 생각을 하면 내가 울분이 나서 살 수가 없다! 어떻게 다시 나에게 손바닥을 들이밀 염치가 났다고 하디? 그년이 지분거리다 날린 재산이 어디 기와집 한두 채라고 하더냐? 내 아주 그년의 모가지를 분질러놓을 것이다! 아예 세상에 태어나지를 말았어야 할 그년을 내가!"

원수라고 해도 그러지는 못할 것 같은 험한 욕설을 퍼부으면서 윤성섭은 반닫이의 옷가지들을 꺼내 팽개쳤다. 도둑질, 땅문서, 양놈, 기둥서방 같은 말들을 드문드문 알아들을 만했으나 윤씨 집안의 사연을 알지 못하는 사람은 문맥을 따라잡기 힘든 앞뒤 없는 저주와 경멸들이었다.

"제 발로 찾아오지 않은 게 그년의 염치렷다! 내 눈에 띄었다간 아주 목숨을 보전치 못할 것이라고 전해라!"

꺼내진 물건들은 처음에는 윤원섭의 소유인 듯한 반듯한 슈트케이스에 담기다가 나중에는 먼지가 풀풀 이는 보자기와 마댓자루에 사납게 처박혔다. 윤원섭 아니라 누구라도 목숨을 보전키 힘들 것 같은 그 집에서 해동은 연신 재채기를 해댄 것 말고는 입술한번 달싹 떼어보지 못하고 대문을 나섰다. 겨울의 희부연 햇살이 검은 기왓장 위에 먼지처럼 얹힌 골목길에서 대문 안으로부터 터져나오는 윤성섭의 욕설이 아직도 그들의 뒤통수를 때렸다. 챙이 반듯한 모자를 쓴 중년 신사가 해동 일행을 흘긋 곁눈질했다. 짐보따리를 두세 개씩 챙겨든 팔목 영감과 해동은 태연하게 보이려는 것과 그러나 한시라도 빨리 그 골목을 벗어나기 위해 애쓰는 것의 중간 되는 속도를 가늠하며 발걸음을 재촉했다.

사간동에서 봉변을 당한 시간이 한식경은 되는 것 같은데도 윤원섭은 아직도 목욕탕 안에 있다고 했다.

"거 여인네들은 한번 탕에 들어가 앉으면 한세월을 보내지 않수. 급할 것도 없는데 어디서 국밥이나 한 그릇 먹고 갑시다."

사람들 오가는 골목에서 여탕을 흘끗거리며 목뺌질하는 것도 못할 노릇이라서, 해동은 목욕탕 주인에게 윤원섭이 나오거든 기별을 달라고 부탁하고 영감과 함께 국밥을 먹으며 기다리기로 했다. 악쓰는 소리가 아직도 귓바퀴를 따라다니는 듯 부끄럽고 분한 마음이 가라앉지 않았는데, 정작 그 욕을 다 먹은 팔목 영감은 태연해 보였다. 더운 김을 펄펄 올리는 가마솥에서 설설 끓는 국밥을 보자, 아침부터 추위와 망신에 시달린 몸뚱이가 쉬어야 하겠다는 생각도 그럴듯했다. 우거지와 선지가 들어간 국밥에서 오른 김이 해동의 안경에 허연 막을 씌워, 지금까지 겪은 일들이 꿈결인 듯 아득했다.

"젊은 양반 놀란 게구려. 얼굴이 허옇소."

"양반마님 성질이 어찌 그럽니까."

"오늘 모습을 보니 딱 자작 나으리 탁이더구먼. 내지르는 음성이나, 어찌 그리 닮았는지."

"그런 아래서 어찌 살았어요. 자유 세상이 왔기 망정이지."

잇새에 낀 우거지를 쭙쭙거려 빼낸 팔목 영감은 크게 기분이 상한 것 같지 않았다.

"성질이야 오늘 같을 때도 많았지요만 아주 괴롭지는 않은 어른이었거든."

"저만하면 괜찮다고?"

"자작 나으리 말이지요. 성질로는 조선에서 둘째가라면 서러울 분이 맞소. 성이 나시면 눈이 쭉 찢어져서 올라가고, 조반도 전부터 악청을 내실 땐 아유, 그 감당을 누가 할까. 벌벌 떨었지요. 하지만 그때뿐이지, 돌아서면 금방 기분이 맑으셨거든. 어린애들을 이뻐하셨지. 제일 귀애하던 장외손자가 오늘 본 그 젊은 마님의 남편이겠구려."

"어련하셨겠수."

"그게 말이요, 당신 손자를 귀애하신 거 말고도, 덕석 같은 우리 아들놈도 자작 나으리께 동전푼을 흔히 얻어 가졌단 말이에요. 아랫것들의 자식이 무에 그리 고왔겠어요? 한가지로 콧물 칠갑을 하고 머리 꼴은 다북쑥이지. 그런데도 어린애들을 보시면 당고라든지 요깡 같은 걸 주라고 하셨거든. 키가 크신 어른이 쭈그리고 앉아 들여다보면서 맛있냐 하고 물어보시고. 갓난것은 안아보기도 하시고. 어허, 오늘 그 모습이 생각난다."

허연 김이 가시지 않는 안경 너머로 영감을 흘끗 넘겨다보며 해동은 빈정거렸다.

"역시 장안 최고 부자라, 먹을 것이 넘쳐났구만요. 모두 굶주리던 시절인 줄만 알았지, 애들한테 당고와 요깡이 웬 말이요."

"조선에 좋다는 물산들이 다 모였지. 그래도 자작댁이 소문만큼 제일 갑부는 아니었어요. 화신상회 하던 박흥식이 제일 갑부라고들 했는데, 그 집 통인과도 내 아는 바가 있지만 그 양반이 동네 아이들에게 주전부리를 쥐여주고 그런 인심이 있지는 않았어. 혼자다 먹어도 모자랐을걸. 그이 체수가 얼마나 크던지. 자작 나으리는 애들을 예뻐했다니까. 욕먹는 사람이라도 인심이 있는 건 있는 거지."

평소 말수가 없던 팔묵 영감이 군이 윤덕영의 역성을 드는 바람에 해동은 훌훌 넘어가던 국밥마저 목에 껄껄하게 걸리고 말았다.

마침내 기별을 받고 목욕탕 앞으로 나섰을 때 해동은 그녀를 조금도 알아보지 못하고 웬 여자인가 어리둥절했다. 검은 양장 바지와 남색 코트에, 힘주어 강조했던 검은 가죽 핸드백을 든 모습이었다. 어느새 목욕탕 가까운 살롱에서 고데까지 해서 머리끝을 살짝 지진 원섭은 여기자, 혹은 여류 화가라고 하면 좋을 법한 모습으로 변해 있었다. 해동은 아침에 때묻은 누더기를 뒤집어쓰고 웅크려 걷던 여자와 지금 눈앞의 여자를 견주어보려 노력했다. 아침의 그 여자는 어머니나 숙모뻘이 되고도 남았는데 다시 나타난 이 여자는 해동이 그의 새서방으로 오인받아도 펄쩍 뛸 만하게 얼토당토않은 것은 아니었다.

내내 반죽이 좋던 팔묵 영감은 원섭 앞에 서기만 하면 바로 기가 죽어서, 자기는 자동차를 타지 않고 산길을 따라 걸어갈 터이니 아씨를 모시고 가라고 자꾸 사양을 했다. 옛날식 반상의 지위가 떠올라, 영감과 아씨가 한 자동차에 타는 것은 아무래도 어색한 모양이었다. 해동은 사양하는 영감을 굳이 조수석에 욱여넣다시피 태워 앉혔다.

큰길 왼편으로는 인왕산 자락을 뚫어 길을 낸다고 하는 터널 공사가 한창이었다. 터널이 완공되면 구파발에서 서울의 중심을 향해 내려오는 기나긴 길의 막바지가 행촌동에서 광화문으로 단숨에 연결된다고 했다. 세상은 과연 숨가쁘게 변하고 있었다.

자동차는 서울의 서편 시내를 따라 달렸다. 천변을 따라 형성된 시장에 들끓는 사람들, 멀리 보이는 낡은 전찻길, 인왕산과 안산의 양편 언덕바지를 힘닿는 데까지 기어올라가 게딱지처럼 다닥다닥 눌어붙은 초라한 민가들. 산꼭대기엔 흰 눈이 얹혀 있고 나뭇가지엔 이파리 하나 없는 회색의 살풍경이 더욱 초라하고 가난해 보이는 날이었다.

흘끔 곁눈질해보니 원섭은 그간 많이 변모한 풍경에 호기심 따위 없이 무표정하게, 앞을 보고 있었다. 그렇다고 팔묵 영감의 뒤통수에 시선이 있는 것도 아니었다. 팔묵을 통과해, 자동차의 앞유리 어름쯤에 드리운 보이지 않는 얇은 막에 등사기를 돌리는 것처럼 무언가를 응시하고 있었는데, 그 영상에 아무 형체가 없는 텅 빈 조명뿐인 듯 무심하다가 예기치 않게 지나가는 무엇을 허겁지겁 놓치지 않으려는 듯 시선이 모였다가 했다.

"애커넌 씨는 어찌 알고 편지를 보냈습니까?"

"……"

원섭이 순순히 대답을 할 거라 여기지는 않았다. 그냥 한번 말을 걸어보고 싶었다. 백작이니 남작이니 하는 친일 귀족, 말은 귀 따갑도록 들어보았으나 실물을 이렇게 가까이에서 보기는 처음이었다. 사람이 아니라 팔다리를 움직이고 눈도 깜박거릴 줄 아는 서양 인형처럼 신기하면서도 어딘지 으스스했다.

자동차가 서대문을 돌아 서울고 앞 큰길로 접어들자 멀리 인왕산 기슭의 서양식 붉은 벽돌 저택이 시야에 들어왔다. 지금은 언커크라는 유엔 기구의 이름과 동일한 것으로 취급되는, 윤덕영의 저택이었다. 윤원섭이 언커크의 애커넌 씨에게 편지를 보낸 이유이기도 했다. 저택은 시민회관 앞을 지날 때 잠시 시야에서 사라졌다가, 자동차가 적선동에서 한 번 멈춘 뒤 경복궁의 담벼락을 따라 달리는 동안 차츰 커다랗게 다가오며 뾰족탑이 있는 동쪽 면을 앞으로 내세웠다.

자동차는 곧 언커크로 향하는 완만한 언덕 앞에 섰다. 웅장한 저택이 높직한 언덕 위에 올라앉은 모습은 바라보는 사람을 단번에 내리누르는 위압적인 기세가 있었다. 윤덕영은 바로 그런 기세를 원했을 것이다. 우리나라의 것이 아닌 듯 이채로운 서양식 저택은 유엔 기구의 본부로 썩 잘 어울려 마을 사람들은 언덕 전체를 언커크 언덕이라고 불렀다. 한국 사람에게는 이응 받침이 들어가는 것이 발음하기 편했는지 엉컹크 또는 엉겅크까지 제멋대로였다.

윤원섭이 편지에서 밝힌 대로 이 저택의 원래 이름이 벽수 윤덕영의 호를 따서 지은 벽수산장이었다고 알려줘보았자 아무도 기억하지 못했다. 어느 한구석 조선식을 따른 데 없는 양식 건물에 벽수산장이라는 고풍스러운 이름은 도무지 정서에 와닿지 않아, 철자조차 명확지 않을지언정 언커크 언덕이라고 부르는 것이 늙으나 젊으나 마을 사람들의 한결같은 습관이었다. 저택이라고 부르기에도 너무 크고 세상에 닮은 것 없이 유별나서, 언커크라는 괴상한 이름이 그나마 제일 잘 어울렸다.

"동네가 많이 변했지요, 아씨. 예전 모습이 거의 남아 있지 않습니다."

공손하기 이를 데 없는 말이었는데도 원섭의 눈썹이 꿈틀하는 것으로 보아, 이 둘의 관계에서는 이 정도도 머슴놈이 감히 아씨와 맞먹자는 수작인 모양이었다. 양반으로나 귀족으로나 지체가 하염없이 높으셨다고 하지만 나라를 팔아먹은 친일파 일족일 뿐이고 몰락할 데까지 몰락해서 감옥이나 들락거리는 신세가 된 주제에 까닥 목인사 한 번도 없이 도도하기 그지없는 것이 해동의 심사를 긁던 참이었다. 해동은 팔묵 노인을 부추겨 좀더 말을 시켰다.

"예전엔 지금과 많이 달랐던가요?"

"어이쿠, 자작 나으리가 계실 때 여긴 신선이 살 만한 곳이었죠.

어찌나 애지중지 가꾸셨는지 어디를 보아도 아름답고 깨끗하기 가. 모두들 말하기를 여기가 무릉도원이라고……"

부역자들이 일본 황제에게 작위와 은사금을 받고, 백작이니 자작이니 꼴사나운 호칭들을 붙여가며 거들먹거리고, 팔아먹힌 국토의 진액이 마지막 한 방울까지 일본에 빨려들어가던 시절을 무릉도원이라 부르니 기분이 매우 이상했다. 사람들이 경멸을 담아 아방궁이라고 부르기는 했다. 전쟁 이후 혼란의 시기가 길어지면서 위기가 있긴 했지만, 경제개발 오 개년 계획이 성공적으로 수행되면서 나라는 질서가 잡히고 공화국의 기상을 찾기 시작했다. 그 잘난 윤자작 나으리가 공들여 정원을 가꾸던 때의 조선이 먹따여 자빠진 돼지 같은 꼴이었다면 지금은 박차고 오르는 젊은 호랑이였다.

"흠…… 마을에 소실댁이라고 부르는 큰 집이 있던데, 그럼 윤덕영의 첩이 살던 데요, 거기는?"

"작은댁 식구들도 있기는 했고……"

"집이 꽤 크던데요. 지금도 그 자손들이 거기 살아요?"

"그건 뭐……"

소실댁 이야기가 나오자 팔묵 영감의 목소리가 기어들어갔다. 해동이 속을 긁어보아도 윤원섭은 쉽사리 넘어오지 않았다. 천한 것과 애먼 말 섞을 필요가 없다는 식이었다. 나름으로 기상이 있는 여자라고 여겼다. 자동차는 저택 아래 경비병 초소에서 멈추었다.

경비병들은 자동차와 승차인을 간단히 확인하고 철문을 열어주었다. 타이어에 잔돌 밟히는 소리가 나면서, 자동차는 가파른 언덕을 구불구불 감도는 커브길을 따라 오르기 시작했다.

저택 앞에는 언커크 대표들이 상용하는 검은 자동차가 여러 대 주차되어 있었다. 추운 날씨에 직원들은 되도록 실내에 머물려 애써, 저택 앞에는 인적이 드물었다. 팔묵 영감은 감히 저택 코앞까지 차를 타고 올라온 것을 사람들이 욕하기라도 하는 것처럼 서둘러 눈에 보이지 않는 곳으로 사라졌다.

진한 회색 양복을 단정하게 입고 다갈색 콧수염을 기른 애커넌 씨가 무거운 아치형 나무문을 밀어 열면서 중앙 현관으로 모습을 드러냈다. 자동차가 정문을 통과할 때 경비병이 무전기로 일행의 도착을 알렸을 것이고, 그는 창문으로 자동차가 언덕을 오르는 모습을 보았을 것이다. 그는 서양인 특유의 두 팔을 벌려 환영하는 몸짓을 했다. 다만 한국 사람들이, 특히 여성들이 그런 서양식 예법에 기겁하는 것도 잘 알았으므로 얼른 두 손을 모으고 허리를 숙여 보다 동양식에 가까운 인사를 차렸다. 이런 이중 인사법은 애커넌 씨가 한국에 와서 습득한 적절한 예의였고 그가 어떤 사람인지를 어느 정도 보여주는 일면이었다.

애커넌 씨는 언커크 본부에서 일하는 외국인들 중에서도 가장 키가 커서 거의 백구십 센티에 이르는 장신이었는데, 그 곁에 선원섭은 결코 작아 보이지 않았다. 그녀는 은혜를 베푸는 것처럼 오른손을 우아하게 내밀고 무어라 말을 했고, 애커넌 씨는 기분좋게 놀라며 그 손을 가볍게 잡아 제삼의 예의를 차렸다. "레이디 윤, 이 아름다운 저택에 다시 온 것을 환영합니다"라는 인사말에도 원섭은 전혀 당황하지 않고 침착한 영어로 짧은 대답을 했다. 당황해서 그녀의 대답을 놓친 것은 오히려 해동 쪽이었다. 애커넌 씨는 원섭을 안내해 저택의 실내로 들어섰다.

"이곳의 모습이 어떻습니까. 레이디 윤이 어린 시절을 보냈던 때와는 많이 달라졌겠지요?"

"저택은 거의 달라지지 않았습니다. 사람들이 다를 뿐이에요."

애커넌 씨는 뜻밖의 대답에 눈이 커졌다가, 곧 크게 고개를 끄덕였다.

"생각해보니 그럴 수도 있겠군요. 이곳은 한국에서 너무나 남다른 곳입니다. 고장이 나면 수리를 하는 정도였을까, 누구도 이곳을 크게 바꿀 생각을 하기 어려웠겠군요."

애커넌 씨와 대화하는 윤원섭의 태도는 해동이 그간 숱하게 보아왔던 많은 언커크의 방문객과는 확연히 다른 바가 있었다. 이곳에 처음 오는 방문객들은 세상에 흔하지 않은 저택의 위용에 압도되어 목을 움츠리거나, 혹은 반대로 신기해서 목을 길게 빼거나, 눈이 휘둥그레지고 할말을 잃거나, 또는 반대로 감탄해서 폭포수처럼 말이 많아지는 것이 보통이었다. 하지만 윤원섭은 오늘 아침에 외출했다가 오후에 돌아온 사람처럼 저택의 안팎에 거의 눈길을 주지 않았고, 저택에 들어오기 이전과 이후의 모습에 다른 점도 없었다. 오랜만에 집에 돌아온 자의 감회조차도 감쪽같이 얼굴에 드러나지 않았다.

애커넌 씨는 윤원섭을 이층의 자기 사무실로 안내했다. 애커넌 씨가 해동에게 접견실로 들어오라는 몸짓을 하지 않는 것으로 보아 원섭과 단둘이 대화를 나눌 수 있다고 판단한 모양이었다. 해동은 서너 발자국 떨어진 곳에서 그들의 뒤를 따르다가 두꺼운 너도밤나무 문짝 앞에서 발걸음을 멈추었다. 원섭의 남색 코트 자락이 자취를 감춘 후 문은 곧 닫혔다.

해동은 애커넌 씨의 사무실 앞 복도에 서서 저택을 둘러보았다. 사 년을 꼭 채운 시간 동안 언커크에 근무했지만 저택은 너무 낯설고 유별나서 마치 유엔이 언커크를 창설할 적에 알맞은 유럽식 저택도 함께 보낸 것처럼 생각되기가 일쑤였다. 하지만 이 저택은 윤덕영이라는 남자가 지어서 윤원섭이라는 그의 딸이 살았던 '집'이었다.

해동은 책상으로 돌아와 앉았다가 손을 비비며 작은 드럼통을 개조한 난로 앞에 다가섰다. 저택은 양지바른 남향 언덕에 서 있었지만 산에서 내려오는 외풍이 거세어 언제나 추웠다. 인왕산을 이루는 거대한 바위 전체가 냉기를 뿜어내는 것 같았다. 저택 전체가 늘 추워서, 겨울에 따뜻함을 기대하기보다는 차라리 한여름에 시원함을 즐기는 것이 나았다. 저택을 언커크 본부로 사용하기 시작한 이후 몇 번의 보수공사를 거쳐서 지하에 보일러실을 놓고 방마다 증기가 뿜어져나오는 라디에이터를 설치했지만 얼어죽기만 면했지 따뜻함은 언제까지나 요원했다.

심지어 건물 전체에 난방이 멈춰버리는 난감한 사태가 자주 발생했다. 이 세상의 것이 아닌 듯한 고고한 생김새와는 달리 저택의 실제 운영은 어이없도록 뒤죽박죽이었다. 물 부족이 가장 심각했다. 수도가 닿지 않아 계곡수와 지하수를 끌어대는 펌프장으로 생활용수를 해결했는데 아무리 고출력의 펌프를 달아도 고지대에 자리잡은 거대한 저택에 물을 대기엔 역부족이었다. 펌프는 툭하면 고장났고 요새 같은 겨울엔 하루걸러 동파 사고가 일어났다. 물이 부족하니 라디에이터식 난방이 제대로 되지 않는 것은 정한 이치였다.

서양인들의 생활을 본떠 방마다 벽난로가 달려 있었지만 거의 사용하지 않아 모양뿐이었다. 방마다 벽에 시커먼 아궁이를 달아놓은 것은 집안에 변소를 집어넣는 것만큼이나 이해하기 힘든 서양 사람들의 살림 방식이었다. 모양만 흉한 것이 아니라 효율도 어처구니없는 게 장작은 황소가 쇠죽 먹듯 먹어대면서 벽난로 근처에 바짝 다가서면 조금 따뜻할까, 저택 전체에 훈김이 감돈 적은 한 번도 없었다. 접견실과 연회장만이라도 굴뚝을 청소하고 벽난로를 사용하려고 애썼지만 나라에서 나무를 베어 땔감으로 쓰는 것을 막고 석탄이나 연탄을 사용하도록 장려하는 판에 트럭 가득

장작을 실어나르는 것은 아무리 언커크라고 해도 뒤통수가 따가운 일이었다. 결국 사무실로 사용하는 방에는 따로 난로를 달아서 모자란 난방을 보충했다. 해동은 일층에서 서성거리던 팔묵 영감을 불러, 난로에 탄을 다시 채워달라고 했다. 팔묵 영감은 기다렸던 듯이 낡은 깡통에 탄을 담아서 올라와 난로에 채워넣었다.

"아씨는 큰방에 계시오?"

"그렇답니다. 서로 알던 사람들처럼 천연하던데, 저 양반이 원래 영어를 했어요?"

"어느 나라 말인지 우리 같은 사람들이야 알 바 없지요."

"들어보면 엉터리던데?"

"글쎄요. 여긴 워낙 외국 사람들이 많이 드나들던 곳이라. 어느 나라 사람이 와도 입을 다물고 계시지는 않았으니까."

해동은 어린 시절 부모를 잃은 뒤 열여섯 살까지 윌리엄 D. 클라크 선교사의 집에서 자랐고 이후 동두천의 미군부대에 일자리를 얻어 먹고살기를 시작했다. 어린 시절 클라크 선교사에게 접한 영어와 미군 GI들이 사용하는 영어 사이에는 분명한 격차가 있었다. 미군들에게 비웃음을 사고 심지어 욕설과 봉변까지 당한 뒤 정중하고 격조 있는 '선교사식' 영어를 재빨리 지웠다. 언커크에 애커넌 씨의 통역 비서로 취직한 뒤로는 기억 속에 파묻어두었던 고급 영어를 다시 꺼내야 했다. 해동은 서로 배척하는 두 영어 사이를 오가는 경험을 했고 그 문제에 민감했다.

얼마 안 되는 동안이었지만 원섭이 지껄이는 소리를 조금은 들을 수 있었다. 아이 저스트 쿠든 미스 더 챈스 투 씨 유, 이프 아이 바더링 유, 노노, 하우 카인드 앤드 스윗, 하는 식으로, 말투는 점잔을 잔뜩 뺐으나 영락없는 하류 영어였다. 아까 사간동의 윤성섭이 여동생을 욕하던 중에 양갈보년이라는 말도 있었던 것을 상기해볼 때 그녀의 남성 편력 중에 미군도 한두 명쯤 끼어 있는 모양이었다. 대화를 나누는 겉모양은 흉내낼 수 있었으나 어떤 실질적인 내용을 정확하게 주고받기에는 역부족이었다.

윤원섭의 반토막 영어로도 해동을 통하지 않고 대화할 수 있다고 판단한 것은 평소의 애커넌 씨답지 않은 일이었다. 그는 어법이 틀리거나 어휘의 선택이 상스러운 영어를 구사하는 상대를 유난히 못 견뎌 해서 관자놀이까지 굳어지며 얼굴에 티를 내고, 남들이 보지 않는 틈에 자기 귀가 고난을 겪었다고 한숨을 쉬며 투덜거려야 직성이 풀리는 사람이었다. 그런 그가 윤원섭과는 도무지 용납할 수 없는 괴상한 대화를 나누었다. 살그머니 접견실 문에 귀를 대어봤을 때 간간이 웃음소리까지 새어나와서, 둘의 대화가 통역 없이도 문제없이 이루어지고 있는 것을 알 수 있었다.

해동이 윤원섭의 영어에 대해 생각하는 동안 난로에 탄을 다 채워넣은 팔묵 영감이 몸을 일으키고 불쑥 화를 냈다.

"근데 거 사람이, 아씨 앞에서 소실댁 이야기를 꺼내면 어떡하오?"

"소실댁이 맞잖아요? 사람들이 그 집을 소실댁이라고 부르던데?"

"내가 가진 게 없다보니 거기 사는 거지, 돈만 있으면 거기 살겠어? 없는 살림에 부모자식 건사하다보니 그런 거지."

"영감님이 거기 살아요?"

"거기 살지만 일부러 그런 건 아니야!"

"난 몰랐지요."

"젊은 사람이, 몰랐으면 다요? 사람을 그렇게 곤란하게 하면 어떡해?"

사무실의 시선이 해동과 영감에게 꽂혔다. 영감이 갑자기 언성을 높이는 바람에 해동은 당황해서 영감을 사무실 밖으로 끌고 나갔다. 영감은 해동의 팔을 뿌리쳤다. 해동은 영감을 마침 비어 있는 남직원 휴게실로 밀어넣었다.

"영감님, 고정하시우. 영감님이 그 집에 사는 게 뭐 잘못한 일도 아니고……"

"잘못이 아니긴! 거기 사는 살림이 뻔하잖아. 없이 살다보니까 그런 거지. 나 말고도 여럿이 거기 산다구!"

"그랬군요."

"내가 거기서 무슨 이득을 본 것도 아니야. 해방 뒤에 빈집이길래 방 한 칸 들어가서 살다가, 나라에서 적산이라고 공매에 붙이니까 그렇게 살던 사람들이 같이 불하를 받은 거야."

"어쨌거나, 사대문 안에 집이 생겼으니 잘된 게 아닙니까?"

"이 사람이, 잘되긴. 그런 게 아니라니까!"

영감은 해동이 답답해서 어쩔 줄 모르겠는 모양이었다. 얼굴까지 벌게져서 꽤나 성질을 냈다. 해동 역시 영감이 대체 왜 이리 펄쩍 뛰는지 알아들을 수 없어서 답답하긴 마찬가지였다. 북쪽을 향한 창문을 통해 가파른 언덕 아래로 거의 정확한 정방형을 이루는 '소실댁'의 검은 기와지붕이 보였다. 낡은 지붕에 가난의 더께가 내려앉았지만 그 골조는 아담하고 기품 있는 한옥이었다. 영감이 열을 내는 소리를 종합해보면, 해방 직후 소실을 포함한 윤씨 일가가 도망치듯 마을을 떠난 후 빈집이 된 소실댁에 영감의 일가족을 포함한 열여덟이나 되는 가족이 이리저리 방을 나누어 살기 시작했다. 매일같이 부부싸움으로 소란을 부리는 술주정뱅이 부부도 있었고 아이가 여섯이나 딸린 인력거꾼 일가족도 있었다. 학교 선생과 양복쟁이가 잠시 세들어 살았던 것이 그중 가장 반듯하다고 할 만한 구성원이었고, 하나같이 지지리 가난한 소시민들이었다. 소실댁이 적산가옥으로 공고가 났을 적에 구청 직원에게 어떻게 연줄을 대고 해서 여섯 사람이 함께 불하를 받았지만 그게 그렇게 자랑스러운 일은 아니었다. 쫓겨나지 않고 살 수 있는 집이 생긴 것은 다행이었지만 여전히 살림이 궁상스럽기는 마찬가지였다. 가난 때문인지 적의 집에 살기 때문인지 또는 옛 주인의 재산 일부를 차지했기 때문인지, 하여튼 팔묵 영감은 그곳에 사는 것을 몹시 부끄러워했고 해동 때문에 그 일이 꺼내지게 된 것을 얼굴이 벌게지도록 싫어했다.

"그런데, 아씨 앞에서 내가 소실댁 거기에 살고 있다고 하면, 사람 체면이 뭐가 돼? 내가 꼴이 우습잖어! 모르고 아무렇게나 할 이야기가 아니잖어! 젊은 사람이 말을 조심해야지."

해동은 팔묵 영감에게 여러 번 사과했다. 영감이 툴툴거리며 나간 뒤로도 잠시 휴게실에 머물며 달아나버린 넋을 추슬렀다. 창밖으로 한쪽 모서리가 내려앉은 소실댁의 검은 지붕이 보였다. 팔묵 영감이 소실댁에 사는 것이 나름의 이치로 부끄러운 일인 것을 절반만 이해하고 절반은 이해하지 못했다.

등뒤에서 두께가 두 치나 되는 무거운 나무문이 열리는 소리가 들렸다. 해동은 접견실 앞으로 달려갔다. 두 사람의 얼굴은 동산에서 돌아오는 소년과 소녀처럼 발갛게 상기되어 있었다. 애커넌 씨보다 윤원섭이 먼저 입을 열었다.

"아범은 이름이 뭐라고 했지?"

해동은 당황했다. 아범이라니 한 번도 들어본 적이 없는 호칭이었다. 장가를 간 적도 없었고, 어느 대갓집에서 아랫사람으로 일한 적도 없었다. 예상치 못한 호칭에 얼굴이 화끈 달아올랐지만 정정을 요구할 겨를이 없었다. 해동은 사람의 기분에 미묘하게 구정물을 끼얹는 원섭의 언행을 이후 숱하게 경험하게 되었는데, 기원을 더듬어 올라가보면 바로 이 지점쯤 시작이 되었다.

"이해동입니다."

"이 신사분께 나는 이 집의 다락방을 보여드리고 싶다고, 다른 원하는 것은 없다고 말씀드리게. 아무리 이야기해도 내 영어가 부족한 모양이야."

얄밉도록 침착한 원섭과 달리, 애커넌 씨는 질문이 뒤섞인 혼잣말을 빠르게 중얼거렸다. 애커넌 씨가 기분좋은 흥분에 빠졌을 때 하는 버릇이었다.

"그녀가 말하는 다락방이 무엇이지? 우리가 알고 있는 삼층과는 다르다는 것 같은데, 저 뾰족한 탑루를 말하는 것인가? 내가 그녀의 말을 정확하게 이해했다면, 그곳은 어떤 통로를 통해 들어가는, 비스듬하게 기울어진 지붕이 있는 방과 같은 곳이야. 뾰족탑도 아니고 삼층 무전실도 아닌, 제삼의 공간이야."

저택의 삼층에는 삼각형 모양의 가파른 양쪽 빗면이 까마득히 높은 곳에서 맞닿은, 그러니까 말하자면 고미다락이 있었다. 사람들이 '무전실'이라고 부르는 곳으로, 6·25전쟁 당시 미군 사령부로 사용될 때부터 그런 호칭을 얻었다고 알려졌다. 시내 어느 곳보다 높고 탁 트였기 때문에 무전 설비를 두고 교신하기에 안성맞춤이었다. 지금도 언커크 건물 전체에서 삼층만은 미군 소속이었다. 굳이 행정적인 구분을 따지자면 그랬다. 가끔 미군이 드나들며 관리를 하긴 했지만 무전실의 기능은 각급 부대로 옮긴 지 오래였다.

해동이 원섭에게 삼층 다락방에 대해 캐물었지만 애커넌 씨가 말한 것 이상의 정보를 얻지 못했다. 해동과 애커넌 씨가 의견을 나누는 동안 원섭의 다소 톡 튀어나온 듯한 짱구 이마가 도드라졌다. 이만큼 나이가 든 여자에게서 본 일이 없는 장난꾸러기 같으면서도 고집스러운 표정이 바로 그 이마 때문에 만들어지고 있었다.

그곳은 분명히 존재하고 아주 쉽게 가볼 수 있을 것이라고, 탑루를 통해서 들어가는 비밀 통로의 입구를 찾기만 하면 된다고, 원섭은 해동이 아닌 애커넌 씨를 보며 힘주어 대답했다. 다락방, 비밀 통로, 뾰족탑. 모두 소년 시절의 꿈을 떠올리며 설레게 하는 단어들이었다. 주변을 오가는 언커크 직원들의 호기심어린 눈길이 윤원섭과 애커넌 씨에게 머물렀다.

사람들이 뾰족탑이라고 부르는 저택 동편의 첨탑부는 언커크 저택의 상징과도 같았다. 첨탑부는 본관보다 이층이 더 높은 사층 높이였고 시내를 한눈에 둘러볼 수 있는 테라스가 있었다. 언커크 저택은 높직한 언덕 위에 올라앉은데다 각 층마다 팔작지붕 집 한 채씩 들어갈 만큼 층고가 높아, 뾰족탑의 테라스는 시내의 그 어느 고층건물도 따를 수 없는 빼어난 조망을 자랑했다.

뾰족탑에는 일층에서 사층까지 오르내리는 작은 승강기가 있었다. 유럽이나 뉴욕의 품격 있는 호텔에서 정복을 갖춰 입은 남자가 정중하게 문을 여닫아 오르내릴 수 있게 해주는, 영화 속의 한 장면을 떠올리게 하는 물건이었다. 언커크는 영화에서나 보던 것을 실제로 볼 수 있는 곳이었다. 앙증맞고 우아한데다 기능까지 야무지게 수행하는 승강기를 보고 감탄하지 않는 사람이 없었다. 윤원섭이 오기 전까지는 말이다. 그녀는 승강기를 보고서도 아무런 표정을 짓지 않았다. 그녀는 이 건물에서 자신이 가야 할 목적지를 찾기 위해 안내를 필요로 하지 않는 유일한 방문객이었다. 애커넌씨와 윤원섭의 발걸음은 누가 누구를 안내한다고 할 수 없는 묘한 동행이었다. 그들은 그것을 서로 분명히 인식하고 있었다. 윤원섭의 야윈 어깨에는 한때 이 건물의 주인이었던 사람의 자부심이 꼿꼿하게 서려 있었다.

애커넌 씨가 해동에게 나직하게 속삭였다.

"이보게 헤이든, 나를 좀 도와주게. 그녀와 영어로 소통하는 데에는 별다른 문제가 없었네. 하지만 이 아름다운 숙녀께서는 우리 고향 농장의 열일곱 살 먹은 숫양보다 고집이 더 세구먼!"

"제가 그녀에게 무엇이라 전하면 되겠습니까?"

"그녀에게 며칠쯤 가까운 곳에 머물며 이 저택과 마을의 역사에 대해 좀더 자세히 알려달라고 청했는데 그녀는 한사코 사양하고 있네. 헤이든, 이것은 한국식의 사양이겠지? 노, 라고 하고 있지만 내가 더 적극적으로 권하면 예스가 되는?"

"아마 그럴 것입니다."

승강기 관리원은 아름다운 나뭇가지 모양의 나무문과 안쪽의 철문을 차례로 닫았다. 승강기는 약간의 소음과 함께 사층 테라스에 올랐다. 승강기에서 내리며 해동은 들키지 않게 안도의 한숨을 쉬었다. 고백하건대, 해동에게는 가벼운 고소공포증이 있었다. 일상생활에 지장이 있을 정도는 아니라도 어딜 가나 겁쟁이라고 놀림을 받고 체면을 구기는 딱 그만큼의 두려움이었다. 언커크에 귀빈이 방문해서 뾰족탑의 테라스에 오르는 날은 언제나 고역이었다. 아담하고 아름다운 승강기가 실은 한 줄기 도르래에 매달려 허공을 허우적거리는 네모 상자라는 생각이 해동의 머릿속에서는 쉽게 떠나지 않았다.

사층에서 문을 열고 밖으로 나가면 시내가 한눈에 내다보이는 테라스였고 탑루로 오르는 나선형 계단이 뿔고둥의 등딱지처럼 뱅글뱅글 돌며 이어졌다.

"오랜만에 오셨으니 꼭대기까지 올라가보시겠습니까?"

애커넌 씨는 탑루에 오를 것을 권했지만 원섭은 거절했다. 그녀는 애커넌 씨가 자신을 관광객처럼 취급하는 것에 대해 가볍게 코웃음을 치기까지 했다. 기껏 테라스에 올라왔지만 옛 마을에 한번 시선을 던져볼 생각조차 없어 보였다. 그녀는 침착해 보였지만 분명 흥분해 있었고, 다른 사람들과는 다른 것을 보고 다른 생각에 빠져 있었다.

그녀는 테라스를 한번 둘러보지도 않고 곧바로 계단을 통해 삼층으로 내려왔다. 뾰족탑은 테라스로 오르는 나선형 계단과 승강기 말고는 아무것도 없는 장식적인 공간이었다. 두 개 층을 관통하는 거대한 세로 창문이 있어서 밝은 편이었지만 뾰족탑의 계단은 평소 오르내리는 사람이 거의 없다시피 했다. 방문객들도 대부분 승강기를 이용했으므로 청소 인력이 계단은 따로 돌보지 않아 오래 묵은 먼지들이 구석마다 쌓여 있었다.

건물의 높이로 치자면 이층과 삼층의 절반쯤 되는 곳에서 계단은 잠시 맴돌기를 멈추고 평평한 마룻장이 되었다. 그동안 거기에 마루가 있는 것을 거의 의식하지도 못했다. 긴장하며 뒤따르던 해동은 입안으로 나지막하게 욕설을 우물거렸다. 낯설고 좁고 뱅글뱅글 소용돌이치는 계단이 해동의 고소공포증을 자극했고, 그는 긴장한 티를 내지 않기 위해 무진 애를 쓰고 있었다.

귀신처럼 괴괴한 서양식 벽장들이 벽면에 기대어 서 있는 좁은 마룻장에서 윤원섭은 발걸음을 멈추었다. 저택에는 계단이 여기저기 많았는데, 생각해보니 다른 곳에서도 이런 벽장을 본 것 같기도 했다. 늘 그곳에 있으되 그저 장식이려니 하고 별생각 없이 지나치던 것들이었다.

"여기 장롱이 있군요."

스스로 생각하기에도 참 쓸데없는 말이었지만 아무렇지 않은 척하려다보니 그런 소리가 나왔다.

원섭은 오래된 나무 문짝들을 조심스럽게 손으로 어루만지고 있었다. 벽장의 모서리에서부터 시작해 문짝을 하나하나 쓸어온 그녀의 손길이 먼지 얹힌 문짝에 달팽이가 지나간 것 같은 자국을 남겼다. 애커넌 씨가 군용 플래시를 켜서 부족한 빛을 보탰을 때 그녀의 손바닥은 이제 네번째 문짝을 쓸고 있던 참이었다. 느리게 소용돌이치는 나뭇결에 검게 변색된 금속 잠금쇠가 달린 그곳을 잠시 어루만지다가, 그녀는 소중히 쥐고 있던 검은 핸드백에서 작은 열쇠를 꺼내들었다. 준비되고 숙련된, 이미 어둠 속에서 수십 수백 수천 번이나 마음속으로 되풀이해서 연습한 것이 분명한 신중하고도 정확한 동작으로, 그녀는 열쇠를 벽장의 네번째 문짝의 잠금쇠에 밀어넣었다. 열쇠가 부드럽게 돌아가지 않고 덜컥 걸린 짧은 순간에 그곳에 있던 모두의 심장도 잠시 덜컥 멈추었다. 하지만 원섭은 침착하게 다시 열쇠를 돌렸고, 이번에는 열쇠구멍이 부드럽게 호응했다. 오래된 낡은 문이 먼지와 죽은 나방을 토해내며 천천히 열렸다.

벽장 속에는 눈보라 속으로 길을 떠나는 북쪽 상인의 고함소리가 들려오는 것 같은 낡은 외투들이 빽빽하게 걸려 있었다. 동물의 털가죽으로 만든 두툼한 외투들은 오랫동안 거미와 좀과 실 잣는 곤충들의 둥지 노릇을 했던 것이 분명한 몰골이었다. 하지만 원섭은 망설이지 않았다. 그녀의 얼굴에 긴장이 사라지고 부드러운 자신감이 자리잡았다. 그녀는 이불 속으로 비비고 들어가는 고양이처럼 부드럽게 거미줄 사이로 고개를 파묻었다. 그녀의 상반신은 외투에 가려 등뒤에 선 남자들에게 보이지 않았지만 핸드백에서 두번째 열쇠를 꺼내드는 그녀의 손동작은 보였다. 애커넌 씨가 불빛을 비춰 도와줄 필요도 없이 그녀는 벽장 뒷면에 감추어진 두번째 문을 여는 것에 성공하고는 어둠 속으로 스르르 사라졌다. 애커 넌 씨가 와오, 하는 서양식 감탄사를 내뱉었다.

원섭의 뒤를 따라 애커넌 씨가 옷장 너머의 세계로 사라졌고, 해동에게 따라오라는 손짓을 남겼다. 모피 벽장을 통과할 때 잠시 재채기를 했고, 벽장 너머 비밀 통로로 접어들자 어둡고 폐쇄된 공간에서의 두려움이 엄습했다. 흔들리는 플래시의 불빛 속에 백구십 센티의 장신을 불편하게 웅크리고 전진하는 애커넌 씨의 뒷모습이 보였다.

숨어 있는 통로는 가파른 오르막 계단으로 저택 본관의 뾰족한 팔작지붕의 꼭짓점 부분에 이를 때까지 직선으로 이어지다가 곧 직각으로 꺾이며 다시 가파른 내리막 계단길이 되었다. 원섭과 애커넌 씨의 발길이 닿은 마룻바닥엔 첫눈 내린 새벽 골목처럼 발자국이 찍혔고, 오래 쌓여 있던 먼지들이 부옇게 흩날렸다. 수십 년동안 아무도 돌보지 않아 낡을 대로 낡았지만 난간의 손잡이마다 공들인 세공이 있는 것으로 보아 아무렇게나 만든 길은 아니었다. 눈앞에서 마룻장이 꺼지고 허공으로 뚝 떨어져내리는 환상에 괴로웠지만 해동은 억지로 전진했다. 자존심과 오기로 간신히 버텼지만, 두려움에 눈앞이 보이지 않을 지경이었다.

거의 평생에 걸쳐서 썩은 나무 위를 걸은 것 같은 모진 시간이 흐른 끝에, 해동은 마침내 원섭이 말한 비밀의 공간에 이르렀다. 저택의 동남편 지붕 모서리에 숨겨진 작은 다락방이었다. 남쪽으로 난 동그란 광창을 통해 왼쪽으로 비낀 한 줌 오후 햇살이 공간을 밝히고 있었다.

이 방은 아마도 삼층 무전실의 한구석일 것이지만 그 통로가 교묘하게 숨겨져 일반적인 삼층 통로로는 들어올 수 없었다. 그들은 고미다락을 더 넘어선 꼭대기, 저택의 용마루에서 내려오는 비밀 통로를 통해 숨겨진 방에 올 수 있었다. 정신을 차리고 보니 다락방은 그리 작다고는 할 수 없는 크기였다. 저택의 다른 공간들이 하도 큼직큼직하다보니 작게 느껴졌을 뿐이다. 아이들이 다니는 학교의 교실 한 칸쯤은 될 것 같았다. 먼저 도착한 애커넌 씨는 그곳의 물건들에 덮인 흰 천들을 걷어내고 있었다.

"이 방의 존재는 아버님조차도 알지 못하셨습니다. 제가 열네 살쯤 되었을 무렵, 이 저택 공사를 맡았던 독일인 건축가가 한국을 방문했지요. 당시 러시아에 머물던 그는 다른 일거리를 찾을까 하여 한국에 들렀던 모양입니다. 아버님은 더이상 그에게 공사를 맡길 일이 없으셨지만, 어쨌거나 저는 그 사람과 짧지만 친밀한 우정을 나누었지요. 떠나기 직전 그가 나에게 이 열쇠들을 선물했습니다. 바로 이곳으로 들어오는 열쇠였지요."

헝겊 아래에서 모습을 드러내는 가구들은 아름다웠다. 동그란 테이블과 쿠션이 달린 의자들은 꽈배기처럼 다리를 올록볼록하게 깎았고 상판과 테두리에는 색깔 먹인 나무들로 정교하게 꽃무늬를 상감해 넣었다. 애커넌 씨가 낡은 의자의 먼지를 털자 자줏빛과

금빛이 교대로 직조된 비단의 광택이 금세 되살아났다. 결이 아름다운 떡갈나무로 뼈대를 삼고 등받이와 좌판에 폭신폭신한 쿠션을 단단히 고정한 길쭉한 의자였다. 양쪽 팔걸이까지 앙증맞게 쿠션을 대어놓았다. 헝겊은 낡아서 군데군데 해졌지만 쿠션을 고정한 둥근 머리의 구리 못은 하나도 이가 빠지지 않았고 오래 문질러 닦은 물건의 보기 좋은 광택을 은은하게 내뿜고 있었다. 한눈에 보아도 좋은 재료를 쓰고 솜씨 있는 장인의 기술로 매만진 고급 가구였다. 다락방 한쪽의 장식장에는 이 세상의 물건이 아닌 것 같은 앙증맞은 티포트와 찻잔 세트까지 놓여 있었다.

"이 방에 있는 물건들은 모두 그가 처음부터 숨겨두었던 것들입니다. 최고의 명품들을 골라서, 이 집의 안주인에게 선물하고 싶었다고 하더군요. 말하자면 이 방은 그 자체로 선물 상자였습니다."

"저택의 안주인이라고 하면, 어머님이 아니셨겠습니까?"

"네, 저의 어머님이 그 선물을 받을 사람이었겠지요. 하지만 그는 저의 어머니를 보자마자 이 방의 주인이 될 수 없겠다는 것을 알아차렸겠지요. 어머니는 그의 정성스러운 마음을 받아들일 분이 아니셨어요."

"왜요?"

"어머니는 이 저택을 이해하지 못하셨어요. 질투심 많은 사람들은 이 집에 대해 흉한 기운이 있다느니 이런저런 안 좋은 소문들을 지어냈고, 어머니는 그 흉한 말들에 귀를 기울여 이곳에 거의 발걸음조차 하지 않으셨어요. 저희 형제들이 이 저택에 드나드는 것조차 기뻐하지 않아, 야단을 치셨답니다."

"저런."

"저만은 예외였죠. 저는 이 집이 좋았어요. 그가 열쇠를 주었을 때, 저는 이 집과 제가 전생부터 연결되어 있다는 것을 확신하게 되었어요. 저는 이 방의 존재를 부모님께도 비밀로 했습니다."

애커넌 씨가 손수건으로 코를 가리고 창문에 드리워져 있던 커튼을 열었다. 남쪽 시내를 내다보는 아름다운 전망이 거침없이 펼쳐졌다.

"헤이든, 아까 하던 이야기인데, 그녀에게 며칠간 시내에 좋은 숙소를 주선해드리겠다고 전하게. 비용은 걱정하지 않으셔도 좋네. 이건 놀라운 일이야. 마치 새해 선물과도 같아. 이 저택과 가문의 이야기를 좀더 듣고 싶어졌네. 이런 기회는 흔치 않을 것이야."

해동은 애커넌 씨의 말을 곧바로 원섭에게 전달하지는 않았다. 하지만 그녀의 귓바퀴가 쫑긋하게 서는 모습을 본 것 같기도 했다. 애커넌 씨의 말을 알아들었다기보다는 그녀에게는 타고난 눈치가 잘 발달된 것 같았다.

"꼭 숙소를 얻어주실 것까지 있겠습니까? 그녀가 거처할 만한 곳이 있지 않을까요? 그녀의 언니가 멀지 않은 곳에 살고 있더군요."

"정확히 알아듣지는 못했지만 그녀의 가족은 부산에 있고 곧 외국으로 이주할 계획이라고 하네. 형제들에게는 신세를 지고 싶지 않다고 하더군."

윤원섭이 윤덕영 자작의 딸로 이곳에서 나고 자란 사연은 기이할지 몰라도, 그녀가 이 저택을 마음대로 둘러보고 추억을 되새길 이유나 권리는 전혀 없었다. 그것은 언커크의 공적인 활동과 아무 관계가 없었다. 애커넌 씨는 그런 부분에 주의를 기울일 필요가 있었다. 그러나 해동은 안타깝게도 일이 윤원섭이 애초에 기획했던 그대로 돌아가고 있는 것을 인정하지 않을 수 없었다. 애커넌 씨는 충분히 주의하고 경계하겠다고 했지만 방금 목욕하고 찾아온 여인이 풍기는 훈김 앞에서 남자들이 그런 냉철함을 유지하기란 쉽지 않다. 게다가 그녀는, 이 저택의 비밀의 방을 선물받은 여인인 것이다.

"그녀가 이곳에 머무는 동안 불편 없이 지내도록 돕는 소소한 일들을 자네에게 부탁하겠네. 저택 뒤편의 가까운 집들 중에 방을 얻을 수 있겠지? 저 마을이 통째 윤자작의 영지였다고 들었네. 그녀를 기억하는 일가친척이 남아 있지 않을까? 처음에는 반도호텔에 며칠 머무는 것이 어떻겠냐고 권했는데 그녀가 정중하게 거절했다네. 모양새가 좋지 않은 제안이었다는 걸 뒤늦게 깨닫고 사과했지. 그녀는 분별이 있는 여성이야. 역시, 그녀가 자랐던 마을에 머무는 것이 가장 좋겠네."

애커넌 씨는 이 저택에 대한 문제들을 결정할 권한이 있는 사람이었고 해동은 그의 통역 비서였다. 그의 결정에 대해서 개인적인 감정을 앞세울 일은 아니었으므로 해동은 그대로 따르기로 했다. 본분에 충실하자고 결심하고 얼굴에 감정이 그대로 드러나지 않도록 조심했는데, 애커넌 씨가 활짝 웃으며 이렇게 덧붙인 걸 보면 그의 노력은 그리 성공적이지 못했던 모양이다.

"자, 자, 그런 표정 짓지 말게. 이것은 가치 있는 일이 분명하네. 나는 그것을 확신하네."

해동에게는 그런 확신이 들지 않았다.

2

고향은 평지가 많고 땅이 비옥하기로 유명한 곳이었다. 수탈도 심했다고 하지만 그래도 살림이 윤택한 곳으로 평판이 있었다. 넓은 평야에서 생산되는 쌀을 일본으로 반출하기 위해 제일 먼저 놓인 수여선 철도가 지나가는 곳이기도 했다. 빼앗아가는 곡식을 싣는 철도라서 아이들은 기차를 보기만 하면 주먹감자를 먹였다. 사람이 타고 있으면 대처로 나가는 게 부러워서 역시나 주먹감자였다. 해방 뒤로 오랜 세월이 흘렀는데도 아이들은 여전히 기차를 보면 주먹을 들어올렸다.

이제 해동은 기차에 앉아서 아이들을 보는 쪽이 되었다. 눈 덮인 들판에서 빨갛게 불어터진 볼따귀의 아이들이 논둑길을 따라 달리며 주먹을 올렸다. 아이들의 모욕적인 몸짓과 욕설 뒤에 숨어 있는 동경과 부러움을 잘 알고 있었다. 그에게 고향은 어떤 그리움이나 애틋함을 주는 곳은 아니었다. 또래 아이들과 마찬가지로 그는 뭔지도 모르고 대처를 꿈꾸었다. 대처는 세련된 멋쟁이들이 살고 돈이 흔하고 문물이 빛나고…… 사실 대처가 어디에 있고 무엇을 하는 곳인지 몰랐다. 아이들 식으로 생각하자면 대처는 주머니에 약간의 돈이 있어야 하고 기차를 타고 떠나야 하는 곳이었다. 붙잡아 앉히는 인력이 매우 약했던 땅, 떠나기 위해 시작한 곳, 그래도 고향은 고향이었다.

아버지는 아들에게 해동이라는 이름만 간신히 지어주고 그가 태어나기도 전에 세상을 떠났고 어머니 또한 그가 네 살 되던 해 세상을 등졌다. 어머니에 대해서도 자세한 기억은 없다. 어머니가 돌아가실 것 같다고 생각했을 때 이 세상에 홀로 남게 된다는 두려움에 머리가 쭈뼛했던 기억이 있긴 한데, 그것은 해동이 회상하기를 즐겨하지 않는 부분이었다. 어머니와 아버지에 대해서는 기억나는 것이 거의 없다고 해도 좋을 것이다. 살던 집이나 살림이 어땠는지, 두 분의 용모나 성격이 어땠는지, 어머니가 다정하셨는지 엄격하셨는지 그런 기억도 없었다.

그래도 그곳을 고향이라 여기고 어떤 친근한 감정을 느낄 수 있는 것은 고모가 계시기 때문이었다. 고모는 해동이 어머니마저 여의고 의지가지없게 되었을 때 잠시나마 거두어주었고 더이상 해동을 기를 수 없게 되자 해동이 선교사 집에 의탁해 살 수 있도록 손을 써주었다. 해동이 클라크 선교사의 집에서 기식하는 동안에도 지척에 고모가 있다는 것은 왠지 마음에 큰 의지가 되었다. 고모 또한 일찍 남편을 잃고 혼자 몸으로 시부모에 시동생들, 자식 넷까지 건사하느라 숨이 턱에 찬 삶이었다. 원체 성격이 덤덤한 편이기도 해서 해동이 고모에게 살뜰하게 돌봄을 받았다고 할 수는 없었다. 하지만 해동이 학교를 졸업할 때면 한복을 반듯하게 차려입고 찾아와주었다. 그가 천애고아가 아님을 일깨워주는 그런 순간이면 고모의 존재는 우주를 가득 채울 것처럼 거대해지기도 했다.

나라에서는 1월 1일 새 설을 쇠는 것을 권장하고 있었다. 그래서 도시에서는 신정을 쇠기도 했지만 향촌에서는 여전히 구정을 진짜 설로 여겼다. 해동이 신정에 오든 구정에 오든, 혹은 아예 찾아오지 않든 별다른 표시가 없던 고모가 일간 한번 찾아오라고 우정 기별을 넣은 것은 이전에 없었던 일이었다. 해동은 구정을 일주일 앞둔 주말에 고향으로 향하면서 선물로는 설에 쓸 식용유와 고모가 좋아하는 궐련을 챙겼다.

고모의 곁에는 손자인지 증손자인지 모를 돌쟁이 어린것이 부산을 떨고 있었다. 고모는 해동에게 아랫목을 권하고 며느리에게 따뜻한 것을 내오라고 했다.

"그간 별일은 없었느냐."

해동은 별일 없었다고, 늘 그러듯 똑같이 대답했다. 불러놓고도 따로 할 이야기 따위는 애초 없었다는 것처럼 고모는 말이나 표정이 심상했다. 그새 고모가 늙어서, 마음이 외로워 문득 부르셨나보다 하는 생각이 들었다. 해동에게는 싫지 않은 느낌이었다. 해동은 누군가에게 다가가기를 어려워했지만, 누군가가 먼저 가까이 불러주면 무척 고맙고 기뻤다. 다가앉아 아랫목 이불 아래 손을 넣고도 고모에게서 별말이 없자 미리 생각하지 않았던 질문이 불쑥 튀어나왔는데, 이런 질문을 던진 것은 처음인 것 같았다.

"제 아버지는 어떤 분이셨나요?"

"늬 아범?"

생각에 잠긴 눈길이 손자 녀석의 궁둥이를 넘어 장판지 반 장 앞쯤을 향해 있다가, 고모는 한숨과 함께 이렇게 답했다.

"아까운 사람이었지. 좋은 시절에 났으면 잘살았을 텐데. 아깝게 갔어. 그래도 참 장한 애였다."

껌벅이는 눈가에 물기는 보이지 않았다. 고모는 감정 표현이 많은 사람이 아니었다.

"오래 살았으면 큰일을 했을 거여."

기껏 덧붙인 말도 크게 신통치는 않았지만 해동은 좀더 듣고 싶었다. 대단찮으나 독립운동과 관계된 일로 고초를 겪고 일찍 세상을 떠났다는 것 말고 해동은 아버지에 대해서 더 아는 것이 없었다.

"아버지는 왜 붙잡혀 갔습니까?"

"느이 아범이 삐라를 만든다고 왜놈들한테 걸렸지."

"삐라요? 독립선언문?"

말해놓고 나니 삼일운동은 아버지도 기저귀 찬 아기였을 때 일어난 일이었다.

"어떤 내용이나 단체였는지 혹시 아세요, 고모?"

"그거야 모르지. 인쇄기만 찾았으니까."

"인쇄기요?"

"순사가 느이 아범 돼지막에서 인쇄기를 찾았다. 그래서 잡혀갔지."

"인쇄기가 나와서? 직접 만들다 걸린 것도 아닌데?"

"만드나 가지고 있으나 그때는 똑같아. 해방운동 하는 쪽 사람이다 하는 표시니까."

"옥에 얼마나 계셨다고 했지요?"

"한 육 개월쯤이었나. 입동이 다 돼서 나왔으니까. 더 춥기 전에 나와서 다행이다 했지만, 벌써 성치 않았지."

고모는 온몸에서 물기가 다 빠져나간 고목처럼 파삭파삭했다. 죽은 막냇동생 이야기를 할 때에도 물기 없이 덤덤했다. 하지만 해동은 아버지가 옥에서 나올 때, 죽을 때, 애간장이 녹도록 울던 고모를 눈으로 본 것 같은 착각 속에 살아왔다. 고모의 무표정은 그런 것들이 다 녹아 있는 것이었다. 하염없이 울고, 시도 때도 없이 울고, 멍하니 넋이 나가고, 오랜 시간 멍했던 것들이 다 지나간 뒤에 찾아온 굳은살 같은 얼굴이었다.

1940년, 그의 아버지는 곧 태어날 아이의 이름을 해동으로 지으라 이르고 감옥에서 맞은 장독을 이기지 못해 세상을 떠났다. 작지만 독립운동의 한 모퉁이에 끼었던 사람의 고난이었다. 딸이더라도 똑같이 그 이름을 지으라 했다고 하니, 해동이란 그가 보지 못할 해방된 세상을 자식들은 누리기를 기원한 간절한 이름이었다. 아버지가 세상을 떠날 때 일본의 위세는 가장 격렬하고 모질어, 그 시절에 해방이란 말은 가장 어리석은 환상처럼 들렸다. 아버지가 육탈한 뒤, 이전보다 한층 엄혹해진 오 년의 세월이 더 흐르고 나서야 아버지의 소망은 이루어졌다.

해동은 부모에게서 어떤 보살핌이나 의지할 만한 기억을 물려받지 못했다. 오늘 고모에게 묻기 전까지는 아버지가 그렇게 된 사건이 구체적으로 어떤 일이었는지 궁금하게 여긴 적도 없었다. 어떻게 보면 처자식을 보살피기는커녕 제 몸뚱이 하나 건사하지 못한 어리석고 무의미한 삶이었을 수도 있다. 좀더 약게 살 줄 몰랐던 그들의 실패와 요절은 해동에게 어느 정도 원망의 마음을 남겼다.

몇 년 전 국가에서 독립유공자와 그 후손들의 고난을 구제하고 보훈의 의를 살리고자 대대적으로 독립유공자 포상을 했다. 스물을 갓 넘겼던 해동은 자취방 주인집의 눈치를 보면서 가족의 뉴스 시청 시간에 슬그머니 끼어 앉았다. 그날따라 텔레비전 화면이 선명하게 잡히지 않아 서울운동장에서 거행되는 엄숙한 행사의 전모는 잡음 속에 어지럽게 흔들리는 상태로만 전달되었다. 군악대의 금관악기가 다소 방정맞게 빽빽거리는 가운데 동작이 뻣뻣한 노인들이 야외에 설치된 단상에 올라 훈포장을 받았다.

그때부터 해마다는 아니더라도 드문드문, 광복절이나 삼일절을 즈음하여 새로운 독립유공자를 선정하여 포상하는 행사가 있곤 했다. 많은 독립유공자가 고령이거나 몸이 성치 않았다. 이미 이 세상 사람이 아닐 때는 그들의 유가족들이 대신 포장을 받들었다. 각종 국경일 행사 중계방송을 꼬박꼬박 챙겨 보는 해동의 머릿속에는 아버지 이성준이 살아 있었으면 저 자리에 설 수도 있었을까 하는 생각이 스쳤다. 살아 있다면 아버지는 이제 갓 오십에 불과했다. 모진 옥고로 그가 거동할 만한 건강 상태가 아니라면, 상상 속에서 해동이 그를 부축할 때도 있었다. 또는 화면 속의 유가족처럼 침통하면서도 자부심어린 표정으로 해동이 혼자 단상에 오를 때도 있었다.

그것이 백일몽에 불과한 것을 해동도 알았기에 그런 환상은 오래 끌지 않았다. 그저 잠시 아쉬움처럼 스쳐지나가면 끝이었다. 아버지가 오래 살았으면 큰일을 했을 거라는 고모의 말은 육친의 애정이 묻어 따스하게 들렸지만 일리가 있다고 느끼기는 어려웠다. 아버지가 했던 독립운동의 실체가 무엇인지 그는 분명히 알지 못했는데, 먹고살기 바빠서 자세히 알아보지 못한 탓도 있지만 캐보나마나 하찮고 별것 아닐 것이 분명하다고 지레 넘겨짚고 있었기 때문이기도 했다. 고모에게 캐물어 비로소 듣게 된 아버지의 행적도 짐작대로 별것 아니었다.

"애비 기일은 챙겼드냐?"

해동은 깜짝 놀라 거짓말로 얼버무릴 기회조차 잃고 말았다. 아버지의 기일은 음력으로 섣달 초사흗날, 아마 올해의 양력으로는 1월 말쯤이었을 것이다.

"괜찮허다. 내가 물 한 잔 나눠 먹었다."

고모는 덤덤하게 받아들였으나 해동은 아버지의 기일을 까맣게 잊고 있었던 것에 민망함을 느끼면서 수첩을 뒤적여 날짜를 확인했다. 아버지의 기일은 윤원섭이 출옥하여 언커크 저택에 나타난 바로 다음다음 날이었다. 윤원섭이 몰고 온 그 모든 혼란 속에는 중요한 망각이 조용히 숨어 있었다.

"그만…… 죄송합니다, 고모님."

"죄송할 건 뭐 있냐. 느이 애비는 어차피 모른다."

"제가 하나뿐인 자식인데……"

"자식 하나 두고 갔으니 됐지."

"제사는 못 올리더라도…… 다음부터는 잊지 않고 성경 말씀이라도 읽어드리겠습니다."

"괜찮다. 귀신은 없는 거야. 제사야 사람 먹자고 하는 일이지."

오랜만에 듣는 고모의 무신론이 귀에 새로웠다. 열두어 살 무렵의 해동이 어느 날 고모댁에 찾아갔을 때, 마침 그날이 제사였다. 제사상에 올릴 제수들을 장만하느라 고모는 손이 열 개라도 모자랄 만큼 바빴다. 굽고 지지는 냄새에 회가 동하면서도, 선교사 집에서 자란 해동은 제사를 부정하는 기독교 교리와의 긴박한 내적

갈등에 시달렸다. 부엌 근처에서 얼쩡거리다가 떡시루를 메웠던 밀가루 반죽 꼬투리 하나를 받아들고서도 쉽사리 그것을 입에 넣지 못하고 망설였다. 어물거리다가 꼬투리는 사촌형에게 그예 빼앗기고 말았다. 고모는 다 큰 놈이 어린애 먹을 것을 빼앗아간다고 욕을 했다.

해동은 클라크 선교사에게 배운 대로 고모가 하나님을 믿으면 좋겠다고 웅얼거렸는데, 고모는 해동이 하는 말을 그리 귀담아듣지 않고 해동의 손에 다시 밀반죽 꼬투리를, 아까보다 좀더 실한 놈으로 쥐여주었다.

"왜, 제사에 쓰는 거라서? 어여 먹어라. 또 뺏기지 말고."

해동은 다시 후회할 일을 만들지 않기 위해 얼른 그것을 입에 넣었다. 그러면서 저도 모르게 눈물이 핑 돌았다.

"하나님이 어디 있냐. 하는 소리지."

고모가 혼잣말처럼 중얼거렸는데 면박을 주는 투는 아니었다. 해동이 좀더 용기를 내서 하늘에 계신 그분에 대하여 이야기하자 참을성 있게 끝까지 들어주기는 했지만 대답은 단호했다.

"그런 건 없다."

"고모, 조상께 제사를 지내는 것도 실은 미신이에요."

"안다."

고모가 그렇게 대답해서 해동이 외려 깜짝 놀랐다.

"조상님도 실은 없다. 사람은 죽으면 끝이여."

"그러면 제사를 뭐하러 하는 거예요?"

"제사? 다 사람이 먹자고 하는 일이지."

고모는 없는 살림을 쥐어짜내 제기마다 높다랗게 쌓아올린 제수를 바라보더니 지친 얼굴로 피식 웃었다. 해동은 그때 놀랐던 기억이 이날까지 생생했다. 제삿밥까지 얻어먹고 클라크 선교사 집으로 돌아가던 시커먼 밤길의 유난하던 무서움, 그 찜찜하던 포만감의 기억도. 이후로 한두 번쯤 더, 제사와 신앙의 문제로 해동이 고모에게 조심스럽게 포교를 시도한 적이 있는 것 같았다. 고모는 한결같이 "하나님이 어디 있냐. 하는 소리지"라고 답했다. 고모식의 점잖지만 단호한 거절이었다. 제사에 대해서도 "사람이 먹자고 하는 일"이라는 입장을 바꾸지 않았다. 먹자고 하는 일이므로 정성스럽게 차려서 식구들을 먹였다. 오늘에 와서 두 사람 간의 조용한 승부의 결말이 분명해졌으니, 고모는 여전히 신을 믿지도 않았고 제사는 사람이 먹자고 하는 일이라고 똑같이 말하는 반면 해동은 세상 사람들에게 탁 까발려 말한 적은 없었지만 어영부영 교회에 발길을 끊은 지 몇 년이 지나 있었다.

고모는 해동을 물끄러미 보다가 다른 소리를 꺼냈다.

"니가 용띠지."

"예."

"보는 처녀는 있느냐."

"아직……"

"너도 장가들 생각을 해야지."

"가긴 가겠지요……"

고모는 등뒤에 놓인 문갑의 서랍을 뒤져 쪽지 한 장을 꺼냈다.

"원숭이띠인데 추울 때 생일이라. 그게 흠이더라."

고모는 '손진형, 1944년 음력 11월 17일생, 서울 성북구 돈암동 ×××-××'라고 적힌 쪽지를 해동에게 내밀었다. 고모의 필체는 아니었다.

"원숭이는 겨울에 나면 고생한다. 사는 게 추워서."

고모의 말에 섞인 한숨에, 해동은 고모가 원숭이띠이며 겨울생인 것을 기억해냈다. 1896년 병신년생, 작년에 칠순을 지냈다. 일제 치하 삼십육 년과 전쟁을 하루도 면하지 못하고, 과연 고생이 이루 말도 못할 인생을 살았다.

"살면서 고생이야 누가 면하겠느냐. 살면 살아지는 거지. 보는 처자가 없거든 연락을 해보아라. 안골의 영수 할머니라고 하면 그쪽에서도 아는 것이 있을 것이다."

쪽지의 필적은 단정하고 아담한 것이 아무리 보아도 처녀 본인이 쓴 것 같았다. 고모가 해동을 부른 것은 아마 이 쪽지를 전하려고 그랬던가보았다. 곧 설이니 그때 전해도 될 것인데 고모의 마음이 급하셨나, 처녀가 마음에 많이 드셨나, 주변에 사람이 없을 때 조용히 말하려고 그랬나, 여러 가지 생각이 해동의 마음에 갈마들었다.

난생처음으로 처녀의 연락처를 앞에 놓고 어색해진 시간은 그나마 맏사촌형이 등장하면서 끝이 나고 말았다. 해동은 사촌들을 모두 탐탁하게 여기지 않았지만 그중에서도 맏사촌을 가장 낮게 여겼다. 맏형은 해동과 스무 살이나 차이가 났으니 돌아간 아버지하고도 서너 살 터울에 불과했다. 연배로 보아서는 부모처럼 의지할 법도 했으나 유감스럽게도 그럴 만한 인사가 아니었다.

　"신수가 아주 훤하구나. 곧 설인데 소꼬리 한 짝은 들고 왔니?"

　늘 그런 식으로 말을 하는 형님이었다.

　"너는 벌이가 괜찮다던데, 서울에 집 한 채는 해놨나?"

　해동의 벌이가 젊은 축으로는 괜찮은 편이었지만 그렇다고 서울에 집 한 채가 어디 가당한 일은 아니었다. 사람을 업신여기는 듯이 이기죽거리는 큰사촌이 해동은 늘 탐탁지 않았다. 그쪽에서도 해동을 탐탁하게 여기긴 마찬가지였을 것이다.

　"너는 미군에 끈도 좋은 애가, 나를 좀 연결해주라니까. 미군부대에서 나오는 트럭이랑 버스를 불하받아서 굴리면 아주 돈방석에 앉는다."

　"그거야 다 입찰을 받아서 하는 일인데, 그저 부대에 아는 얼굴이 있다고 되겠습니까."

　"이런 맹추를 보았나. 그게 다 아는 사람끼리 찔러가지구 나눠먹는 일이지. 입찰이야 서류 적으면 되지, 그것도 안 할까봐?"

　사촌형의 말은 절반은 맞고 절반은 틀렸다. 요령 좋은 사람들은 그렇게 잘 찔러서 큰돈을 벌기도 했다. 그러나 해동은 그런 자리에 있지도 않았고, 그 자리에 있었다 한들 사촌형을 믿고 무슨 일을 하지도 않았을 것이다.

"그게 그렇지가 않아요, 형님. 미군들이 일을 그렇게 허술하게 하지를 않습니다."

"세상에 멍청하고 허술한 게 미국이다. 양놈들은 뭘 시시콜콜 따지는 것 같아 보여도 알고 보면 멀건하게 명태 눈깔이야. 잡는 게 임자다. 봐라, 군정 때도 순사 하나 끼고 적산가옥 불하받아놓으면, 그게 최고로 알짜가 되지 않았더냐? 전쟁 지난 다음에도, 서울에 집값이 그후로 얼마나 뛰었던? 그때 아주 작심하구 잡았어야 하는 걸, 밑천이 딸려가지고 하지를 못했어."

해방 직후 미군정은 일본인들이 남겨두고 간 동산과 부동산이 모두 국가에 귀속된다는 방침을 발표했다. 민간인끼리의 거래를 불허하고 미군정에서 관리한다는 방침만 정해놓고 정작 관리는 허술하여 일이 더디고 깔끔치 않았다. 전쟁이 지나간 후 주택 부족이 심각해지자 그때까지도 소유 관계가 정리되지 않은 적산가옥을 차지하기 위해 다시 한번 아귀다툼이 벌어졌다. 공식적인 명칭은 귀속재산이었지만 사람들에겐 적산이라는 말이 익숙했다.

팔묵 영감이 차지한 소실댁 기와집도 적산이라고 했다. 스스로 적산이라고 말하면서 영감은 불에 덴 듯 펄쩍 뛰었다. 적산이란 것이 그랬다. 부양해야 할 부모 자식을 생각하면 반드시 차지해야 할 소중한 집 한 칸이었지만 그것에는 환청처럼 대상을 알 수 없이 욕하는 소리가 함께 따라다녔다. 그것을 두고 간 자도 차지한 자도 똑같이 욕하는 목소리였다. 적산, 적이 남겨두고 간 자산이라는 표현에는 불을 지르고 싶은 적의와 한입에 삼키고 싶은 상반된 욕망이 뒤섞여 듣기만 해도 잠잠하던 피마저 들끓게 했다.

큰사촌은 십여 년 전에 적산 청산 바람의 끄트머리에 들러붙어 한몫을 잡아보려다가 가산을 움푹 날려먹은 뒤로 노모가 더이상 땅문서를 내놓지 않는 것을 포한으로 여겼다. 그때도 벌써 수완이 있는 사람이라면 돈을 벌었을 텐데 그러지 못한 것을 보면 애초 그른 인사였다. 그래도 본인 생각으론 다 노모의 옹고집 때문이었다. 꿰다놓은 보릿자루처럼 말이 없던 고모가 어쩌다 한마디를 보탰다.

"적산가옥은 못쓴다. 습해서 벌레가 나고. 작아도 조선집을 해야 한다."

"어머니두 참, 답답하시다니까. 지금 살림집 사는 얘기가 아니지 않습니까. 공장이나 창고, 그런 알짜가 굴러다녔는데. 돈벌이하는 데 적산 불하받는 것보다 더 수지맞는 장사가 없었다구요. 밑천만 있었으면 먼저 잡는 게 임자였는데."

"아서라. 그런 돈은 좇는 게 아니다."

"그런 돈이 무슨 돈인데요? 누가 들으면 아주 독립투사 가문이라두 되는 줄 알겠어요. 이깟 시골 땅 붙들고 백날 천날 농사지어

봤자, 그렇게 한몫 잡은 걸 당할 수가 있겠습니까? 어머니는 늘 답답한 소리만 하신다니까. 진즉에 팔아서 불렸어야지요. 돈이 눈에 보이는데두."

큰사촌의 말투에는 땅문서를 틀어쥐고 내놓지 않는 노모에 대한 비난에 더해 그깟 삐라 몇 장 돌렸는지 품었는지 어쭙잖게 독립투사 행세를 하려던 아버지에 대한 경멸까지 느껴졌다. 고모는 그런 씨름이야 일상인 듯 별 반응을 보이지 않았지만 해동은 내내 마음이 불편했고 고모처럼 반듯한 사람이 어떻게 저런 자식을 낳았을까 의아하게 여겼다.

고모가 노년에 저렇게 맥없이 뒷방 노인이 된 모습을 보며 해동의 마음은 좋지 않았다. 마흔이 되기 전에 남편을 잃고 홀몸으로 온갖 억척을 떨며 네 자식을 건사한 훌륭한 어머니라면 자식들에게 지금 같은 대접을 받아서는 안 된다. 작년 고모의 칠순에도 그랬다. 고모의 자손들이 유난히 우글우글할 때에 왠지 해동은 고모의 곁에 더욱 제 자리가 없는 것 같은 생각이 드는 한편으로 억척스럽게 지켜낸 혈손들에게 둘러싸인 고모가 섬처럼 외로워 보인다는 생각을 하곤 했다. 그런 모습을 보는 속이 불편하여 해동은 언제나 당일 귀경 표를 미리 사놓는 식으로 떠날 시간을 정해두고 차표 핑계를 대며 일찌감치 일어서곤 했다.

더이상 아까운 방세를 내지 않아도 되는 내 집 장만을 할 수 있다면, 그곳에 고모를 모셔서 하룻밤쯤 주무시게 할 수 있다면. 그것은 정말 눈앞이 아득하도록 머나먼 목표이기는 했지만, 벌이가 지금같이 괜찮기만 하다면 영영 꾸지 못할 꿈은 아닐 것이다. 해동은 젊은 축으로는 술도 많이 마시지 않으며 허튼 일에 돈을 쓰지 않고 알뜰하게 모으는 편이었다. 저금해놓은 돈도 꽤 되었다. 야무진 아내가 생겨 여윳돈을 알차게 굴릴 수 있게 된다면 저축은 더 빠르게 불어날 것이다. 양복 안주머니에 넣은 손씨 처녀의 쪽지가 묘한 감성을 일으켜서, 해동은 거의 처음이다시피 결혼 이후의 삶을 상상하며 걸었다. 아이는 셋만. 더 낳으면 궁할 테니. 손씨 처녀와 결혼하겠다는 소리는 아니고, 어쨌든 셋이면 딱 좋다.

오후 햇볕이 따뜻했다. 차를 탈 시간까지는 다소간 여유가 있었다. 바로 차부로 가서 기다릴까 하다가, 어릴 때 약 십 년 가까이 기거했던 클라크 선교사의 집으로 향했다. 고모의 집에서 약 이십분을 걸어서, 야트막한 언덕을 빙글빙글 감아도는 숲길을 걸어올라가면 선교사 집이 나왔다. 클라크 선교사가 육십대에 미국으로 돌아간 뒤로 밀러 선교사가 십 년쯤 더 있었고, 그뒤로는 후임자가 오지 않아 빈집이 되었지만 그런 구분 없이 마을 사람들은 그곳을 그냥 선교사 집이라고 불렀다.

해동이 고향을 떠난 이후로 서울이나 다른 여러 지방에서도 경험한바, 백여 년 전부터 한국에 파견되어 살았던 선교사들은 항상 마을에서 다소 높은 고지대, 둥그스름한 언덕 꼭대기에 널찍하게 터를 잡고 집을 지었다. 그것이 그들의 풍습인 모양이었다. 채광과

배수가 좋고 홍수 걱정을 할 필요가 없다는 현실적인 이유보다도, 그들은 고지대에서 한눈에 굽어보이는 풍광을 사랑했던 것 같다. 어딜 가나 그들의 성씨와 관계없이 마을 사람들이 선교사 집이라고 통칭하는 것도 같았다.

신병을 치료하기 위해 다소 이른 귀국을 결심한 클라크 선교사는 자신이 키워낸 삼십여 명의 아이들을 불러 마지막 인사를 나누고 축복기도를 해주었다. 해동은 떠나기 직전 클라크 선교사의 모습을 또렷하게 기억했다. 열 살에 보았던 모습이나 스무 살에 보았을 때나 클라크 선교사는 큰 차이가 없어 보였다. 피부에 주글주글한 주름이 많았고 멀건 얼굴과 일찌감치 벗어진 정수리 때문에 실제보다 나이가 많이 들어 보였다.

"이제 나는 주님이 명령하신 섬김의 길을 다하고 고향으로 돌아갑니다. 하지만 나의 마음은 언제까지나 이곳에, 여러분과 함께할 것입니다."

클라크 씨는 여러 가지 재능이 놀랍도록 많은 사람이었지만 언어의 재능만은 타고나지 못했다. 작별인사를 하는 순간까지도 그는 한국어를 능숙하게 구사하지 못했다. 능숙하기는커녕, 거의 반평생을 한국에서 산 사람이라고는 믿을 수 없을 정도로 미숙해서 안간힘을 써야 간신히 알아들을 수 있을 정도였다. 덕분에 해동이 영어를 익히는 데에는 도움이 되었다. 얼굴을 가리면 한국인이라고 해도 믿을 만큼 한국어에 능숙했던 그의 부인이 클라크 씨의 언어적 약점을 곁에서 보완해주었다.

클라크 선교사는 의사 자격증을 가진 목회자였고, 훌륭한 피아노 연주자이기도 했다. 그가 예배를 주관할 때면 그의 딸이나 부인이 피아노 반주를 했지만 어떤 종류의 애수가 치밀어오르는 저녁이면 클라크 선교사가 직접 피아노 의자에 앉았다. 그가 선택하는 곡은 찬송가가 아니라 쇼팽일 때가 많았고, 아주 가끔은 망설이듯 재즈곡을 연주하기도 했다. 몇 소절 연주하다가 멋쩍은 얼굴로 그만둘 때가 많았던 그 연주는 해동의 마음을 울리곤 했다. 그는 진정한 신사였고, 믿음을 실천으로 옮긴 신앙인이었다.

클라크 씨가 늘 자신의 일이라고 언급하였던 '섬김'에 대하여 해동은 피부에 와닿게 실감하지는 않았다. 아마도 그 섬김이란 한국 사람을 향한 것이 아니라 그가 믿는 신을 향한 것에 가까울 것이라고, 선량한 클라크 씨가 들었다면 몹시 낙담했겠지만, 해동은 나름으로 해석하고 있었다. 클라크 선교사와 그의 가족은 전도와 선교 외에 지역사회의 다양한 일들에 항상 열성적으로 참여하였으되 그가 스스로 말하듯 한국 사람들을 섬기고 있다는 느낌을 받은 적은 없었다. 그들은 한국의 시골 사람들을 섬기기엔 너무나 귀족적인 기품을 두르고 있었다. 그들이 아무리 먼지투성이가 되어 늙고 지쳐 보이는 순간에도 그들의 고귀한 신분은 그들을 떠나지 않았다.

실제로 클라크 씨와 부인은 클리블랜드의 명문가 출신이라고 했다. 세브란스 의학전문학교를 세우도록 거액을 기부한 세브란스 가문과 가까운 친척관계이며 그 영향으로 부임지를 한국으로—그가 배를 타고 올 당시에는 조선이었지만—정했다고 들은 기억이 있었다. 해동이 어떻게 해서 그런 세세한 일까지 알게 되었는지 기억나지는 않았다. 클라크 씨는 자랑스러운 가문의 배경을 자기 입으로 앞세우는 그런 부류의 사람은 아니었다. 그런 일들은 새벽녘 잠결에 귓가를 스친 새소리처럼 경위가 분명하지 않으나 기억에 오래 남는 방식으로 조금씩 조금씩 알게 되는 것들이었다.

클라크 씨의 집에 머문 십여 년 동안 해동은 그들의 삶을 가까이에서 볼 수 있었다. 사람들이 생각했던 것처럼 선교사 집이 항상 물자가 풍족했던 것은 아니었다. 남들처럼 옷이 귀했으나 낡은 옷도 알뜰하게 기워 입고 손질해 새것처럼 다시 만들 수 있는 미싱을 가지고 있는 식이었다. 선교사 부부는 새벽부터 깊은 밤까지 쉴새 없이 일했다.

클라크 부인은 특이하게 우유에 대해 신앙에 가까운 집착을 갖고 있었다. 한국 사람 누구도 우유를 먹는 문화가 없을 때부터 클라크 집안에서 자란 아이들은 모두 우유를 먹었다. 그녀는 아이들이 성장기에 우유를 풍족하게 먹어야 뼈와 근육이 튼튼해지고 심각한 풍토병이나 자잘한 계절성 질병들을 이겨낼 수 있다고 믿었다. 몸에 좋고 영양이 풍부한 음식으로 달걀도 있고 고기도 있을 텐데 이상하게 우유에만 집착했다. 그녀에게는 언제나 아이가 많았고 그 시대 한국에서 우유를 안정적으로 얻는다는 것은 거의 불가능에 가까웠는데도 그녀는 아이들을 먹일 신선한 우유를, 우유가 어렵다면 분유라도 어떻게든 구해서 집에 있는 아이들에게 똑같이 나누어 먹였다. 해동과 같은 업둥이들이 그녀의 친자녀들과 모든 면에서 완전하게 똑같은 대우를 받았다고 할 수는 없지만 적어도 우유에 있어서만은 완벽하게 평등에 이르렀다고 확신할 수 있다. 우유만은 똑같이 나눴다.

그녀는 그날 가진 우유의 양을 아이들의 머릿수로 나눗셈해서 나온 숫자대로 젖병에 새겨진 눈금을 따라 정확하게 계량해서 나누어주었다. 어리석은 아이들은 그릇의 크기에 따라 달라지는 우유의 높이를 가지고 시빗거리를 삼기도 했지만 모든 우유는 엄정한 젖병 계량을 거쳤으므로 입에 들어가는 양은 똑같다는 사실을 모두 알았다. 해동을 포함한 몇몇 아이는 우유를 먹으면 뱃속이 부글거리고 생목이 오르며 불편해졌지만 아무도 성스러운 우유를 포기하지 않았다. 그들은 소중한 우유를 나누어 먹음으로써 풍토병과 계절병을 이겨내고 씩씩하게 살아남았다.

겨울이라 해도 오후 볕이 등짝이나 종아리, 햇살이 닿는 모든 부분을 따스하게 덥혀주어서 걸을 만했다. 해동은 금세 선교사 집의 철문 앞에 섰다. 뾰족탑을 흉내낸 육중한 돌쩌귀가 녹슨 철문을 받치고 서 있었다. 한때 클라크 선교사가 대문을 항상 열어놓아야 한다고 주장했던 때가 있었다. 그의 주장에 따라 철문은 이십사 시간 커다랗게 입을 벌리고 서 있다가, 도둑을 맞거나 가족 중의 누군가가 낯선 사람의 기척에 놀라 비명을 지르는 일이 생기면 도로 닫혔다. 그러다가 클라크 선교사의 종교적 결벽증이 도지면 또 한동안 열려 있다가, 보안상의 문제가 발생하면 다시 닫히는 것을 여러 번 반복했다. 이제는 해동의 키가 쑥 높아져, 담 너머로 잡풀이 무성하게 쇠락한 마당이 보였다. 해동은 철문 너머 한때 잘 가꾸어졌던 그곳의 구근류 꽃밭과, 어린 시절에 실체 이상으로 중요한 의미를 가졌던 우유 컵 같은 그곳의 소소한 기억들을 떠올리며 서 있었다.

해동은 다시 산책하듯 언덕을 내려와서 서울로 돌아가는 버스를 알맞게 탈 수 있었다. 하지만 입석표를 끊은 것이 분명한 할아버지가 자신의 자리를 차지하고 있는 것을 보고 그냥 서울까지 서서 갔다. 노인은 자리 주인이 오지 않을까 걱정하지 않고 편안히 있는 것 같았다.

신정과 구정 사이에 긴 애매한 시기에 느닷없이 고향을 찾았던 그 방문은 왠지 싱거운 기분으로 끝나 그의 기억에 별다른 표시를 남기지 않았다. 하지만 그 순간에 고모가 그를 불렀던 것은 특별히 뭉클하게 남았다. 먼 훗날 그는 그날 그가 고향에 가서 위태롭게 부서지려 하는 어떤 것, 굳건하지 않았던 신념 같은 것을 보강하기 위한 구호활동을 벌였다고 해석하게 되었다. 그 방문에서 만났던 늙은 고모 같은 사람들, 잊힘과 존재함의 경계에 수십 년간 그대로 머문 기억들, 쇠락하였으나 오래된 소명을 떠올리게 하는 선교사 집 같은 사물들이 붕괴 위기에 처한 그의 세계를 어떻게 구원하였는지 명확하게 알 수는 없었다. 어쨌거나 고향에서 돌아올 때 그는 조금 더 침착해져 있었다.

3

사 년 전 언커크 사무국장으로 새로 부임한 애커넌 씨는 사십대 후반의 중후한 신사로서 현재 유엔위원회가 사용하고 있는 저택과 그것을 감싸고 있는 아름다운 산에 특별한 경의를 표했다.

"처음 이 나라에 발령이 되었을 때에는 솔직히 별 기대가 없었지. 이렇게 아름다운 곳인 줄 알았으면 더 기뻐했을 텐데."

그는 호주의 대표로서 우리나라에 왔지만 그의 부모가 오스트리아 출신이라고 하면서 오스트리아와 오스트레일리아의 차이를 익살스럽게 강조했다. 자기 몇 대 조상이 왕조시대의 재상이었다고 하면서 근거 있는 집안에서 출신한 자부심을 은연중 내비쳤다.

"호주는 광활하고 아름다운 대자연이 있는 곳이지만 대부분 평지와 사막이라서, 아름다운 산을 볼 수 없는 것은 유감이야. 내 조상은 산악에 살았던 강인한 분들이었고 나 또한 아름다운 티롤 지

방에서 보낸 어린 시절의 추억이 많거든."

해동의 고향도 평야가 넓고 별다른 정취가 없는 야산뿐인 마을 이었으므로 그는 애커넌 씨의 감탄에 공감했다. 해동 또한 처음 상경했을 때 육중한 중앙청을 병풍처럼 둘러싼 산들에 놀랐던 기억이 있었다. 인왕산과 북한산과 북악산이 세 폭의 물결처럼 이어지는 모습은 이루 말할 수 없이 아름다웠다. 그중에서도 인왕산은 작고 아담하면서도 형언할 수 없는 기품이 서려 있었다.

인왕산 아래 빼곡하게 들어선 마을은 산의 품격과 어울리게 아름답다거나 부유한 곳은 아니었다. 저택을 둘러싼 옥인동의 부유함은 윤덕영의 시대에서 끝나고 말았다. 동네 아이들은 외국인들을 태운 자동차를 보면 우르르 몰려들어 초콜릿이나 껌을 달라고 보챘다. 창문을 내리고 주전부리를 한 주먹 던지면 꺅꺅 소리를 지르며 흩어졌다. 아이들은 뻔뻔하고 극성맞고 꼬질꼬질했다.

애커넌 씨가 손가락으로 가리키며 원섭의 숙소를 찾아보라고 일렀던 저택 뒤편 완만한 언덕바지는 윤덕영의 자손들과 일가붙이들이 큰 마을을 이루었던 곳이다. 조석으로 아궁이에 불을 지피던 수십여 동 기와지붕이 구불구불한 산자락의 흐름을 따라 마치 검은 파도가 넘실거리는 듯했다. 이제는 어느덧 많은 집이 자잘한 양식 주택으로 바뀌거나 남의 손에 넘어갔다.

윤자작이 호령하던 시절의 유물은 언덕 위에 덩그러니 홀로 선 저택과, 곧 봄이 오면 온 마을을 장한 폭포수처럼 뒤덮을 샛노란 개나리만 남았다. 개나리란 본시 천하고 흔하여 돌보거나 따로 구하지 않아도 계절만 돌아오면 피어나는 것인데, 윤덕영은 야산에 지천으로 흔한 개나리를 군이 파오게 해서 저택을 둘러싼 넓은 정원과 언덕을 가득가득 채웠다. 아마 그가 신봉하던 사이비 종교에서 노란색이 그의 운세를 홍하게 한다느니 그런 소리를 했을 법하다. 봄이면 이 마을은 언덕을 흘러내리는 노란 폭포수 사이사이로 거뭇거뭇한 기와지붕들이 보이는 형국이 되었는데 그것이 윤덕영이 남긴 홍업의 마지막 유산이었다. 유난하다 소리를 들을 만큼 정원 치레에 열을 올렸던 윤덕영이 공들여 가꾸었던 정원들도 모두 파헤쳐져 손바닥만한 빈터만 있어도 꽃게 등짝만큼 옹색한 작은 집들이 들어섰다.

해방을 맞은 후 전쟁과 복구 시대를 거치는 동안 윤씨 일문은 뿔뿔이 흩어져 이 근동에서는 자취를 찾아볼 수 없었다. 윤덕영이 특별히 지어준 언덕 아래 양식 소저택에서 큰딸 성섭 일가가 그나마 오래 남아 있었으나 어느덧 그 집도 주인이 바뀐 게 두어 차례 되었다. 해동이 원섭의 짐보따리를 찾으러 갔다가 푸진 욕설과 발길질을 보고 기가 질렸던 그 노인이 바로 윤덕영을 가장 닮았다고 하는 큰딸 윤성섭이다. 윤덕영은 생전에 변함없이 높은 지위를 유지했으나 사실 그가 세상을 떠나기 한참 전부터 일가의 쇠락은 일찌감치 찾아왔다.

사람들이 말하기로, 수십 년에 걸쳐 장안 제일 사치하기로 명성을 쌓아왔으나 기실 윤씨 집안 사람들에게 재물을 모으고 불리는 재능은 있지 않았다고 한다. 윤씨 자손들은 돈을 벌 줄은 모르고 흥청망청 써댈 줄만 알았다. 윤덕영이가 누구도 그 실제 규모를 알 수 없을 만큼 큰돈을 한없이 길어 나를 때에나 가능한 생활이었다고, 팔묵 영감은 윤원섭이 없는 데서는 제법 호기롭게 윤덕영의 맨이름을 입에 올렸다.

막내인 원섭이 태어났을 때 윤덕영은 이미 마흔을 넘겼다. 마을 어귀 목 좋은 기와집을 차지한 방자하던 첩실 소생이 아니라 윤덕영보다 오히려 연상인 본부인이 죽을 고비를 넘기며 늦은 태를 풀었다. 첩이 아이를 낳았으면 윤덕영도 기뻐하고 첩도 기세가 등등했을 텐데 어찌된 일인지 본부인 소생인 게 더 부끄럽고 쉬쉬할 일이 되었다. 윤덕영이 세상을 떠났을 때 윤원섭은 아직 이십대였다. 형제들과 많이 터울지는 막내인데다 형제간에 유정하던 성격들도 아니라서 서로 겉돌았다. 해방을 맞이할 때까지 그녀가 혼인하지 않고 있었던 것이 확실하다고 팔묵은 장담했다. 나으리께서 말년에라도 혼사에 신경을 쓰셨으면 좋았을 텐데, 하고 혼자 중얼거릴 때는 도로 나으리라고 불렀다.

윤자작댁의 위세가 하늘 아래 저녁연기처럼 자취 없이 스러진 지 수십 년이었다. 이제는 저나 나나 똑같은 한 사람 시민에 불과하다. 오히려 윤씨 자손들은 친일파라는 손가락질에 세상을 등지고 숨어살아야 하는 처지가 되었다. 외아들 정섭이 때 이르게 세상을 등진 후 손이 끊긴 윤씨 댁 대종손으로 입적된 윤강로는 반민특위에 여러 번 불려다니며 경을 쳤고, 세상의 이목이 두려워 애써 따놓은 의사 면허도 꺼내 쓰지 못한다고 했다. 한양 아방궁의 막내딸 원섭이 무슨 이문을 노리고 사기를 쳐먹으려다가 옥살이를 치르고 나온 사건이야말로 윤씨 일가의 초라한 몰락을 한눈에 요약해 보여주는 사건이었다.

해방 후 윤씨들은 일찌감치 이 동네를 떠났다. 미군들이 뜻밖에 관대해 왜정시대에 관직을 했던 많은 사람이 불안하나마 조용히 잘 지냈건만 그 행운에 윤씨 댁만 제외되었다. 언덕 위에 우뚝 솟은 이 저택이 오히려 잊힘을 방해했다. 그래도 원섭은 끝까지 남았다. 윤덕영 사후 후손들이 저택을 일본 기업에 판 뒤에도, 해방 후 일본 기업이 떠나고 한국인이 운영하는 병원으로 바뀐 뒤에도 윤원섭은 희한하게 저택의 한 모퉁이를 떠나지 않고 버텼다. 원섭이 무엇으로 몇 년을 버텼는지는 팔묵도 잘 모를 노릇이었다. 저택에서 원섭의 마지막 이삿짐이 나갔던 것은 6·25 동란이 나고서였다. 인민군은 돈이 있거나 관직을 한 자들은 모두 쏘아 죽인다고 했는데 그보다도 더 급속히 처단하는 것이 친일파였다. 인민군의 총부리 앞에서는 고집이 쇠심줄 같던 원섭도 하는 수 없이 보따리를 쌌다. 피란 내려갔다 눌러앉아 부산에서 산다더란 소문 이후로 난데없이 형무소에서 튀어나올 때까지 팔묵 영감도 원섭의 소식을 전혀 듣지 못했다고 한다.

해동은 애커넌 씨의 지시로 저택 뒤편 마을 아담한 기와집에 윤원섭이 머물 방 한 칸을 얻었다. 사간동 집에서 다시 한번 냉대를 받으며 싫어나른 짐보따리에서는 날씬한 체형을 드러내는 긴바지와 스웨터 종류가 많이 나왔다. 후리후리한 키에 긴 머리를 느슨하게 한 번 묶자 그 무렵 텔레비전에서 드문드문 방영되기 시작해 낯선 매혹을 전하던 미국 영화 속 가정주부처럼 경쾌한 모습이 되었다. 윤원섭의 하숙비는 애커넌 씨가 무슨 '문화비용' 같은 명목을 붙여 지불했다. 겨우 월세 하숙방 하나를 얻으면서 정식으로 계약서를 작성해야 한다고 해서 마땅찮아하는 집주인에게 해동이 사정해서 목도장 하나를 겨우 찍었다.

　원섭이 유엔의 공적인 비용을 들여가며 저택 근처에 기거해야 할 이유는 불분명했지만, 해동이 알기로 언커크 내부에서 별다른 문제 제기는 없었다. 원섭이 찾아낸 비밀의 방은 언커크 사람들에게 상당한 화제가 되었다. 모피로 가득찬 벽장을 통과해 어둡고 구불구불한 통로를 지나 건축가가 선물한 아름다운 가구와 찻잔으로 장식된 다락방을 만나는 것은 모두에게 동화책을 읽는 것 같은 신기함을 안겨주었다. 그런 일은 아무도 상상해본 적이 없었다. 이십여 년간 사람이 드나들지 않았고 아무런 난방이 되지 않음에도 다락방은 묘하게 아늑하고 따뜻한 느낌이었다. 윤원섭에 대해 마뜩잖게 여기던 사람들도 탐방을 마치고 나온 다음에는 어쩐지 윤원섭이 잠시쯤은 이 근처에 머물 자격이 있는 사람인 것처럼 생각하게 되었다. 해동은 사람들의 그런 변화를 씁쓸하게 지켜보았다.

언커크의 인적 구성은 다소 복잡하고 다층적이었다. 언커크는 유엔 기구였으므로 피치 못하게 외국인들 중심의 조직이었다. 그 중에서도 유엔에서 파견된 칠 개국 대표들은 고급 외교관으로, 언커크의 중심 수뇌부를 이루었다. 그다음으로는 역시 유엔에서 파견된 언커크 운영 조직 구성원들과, 각국 대표를 보좌하는 외국인 직원들이 있었다. 그들 또한 각국의 엘리트 외교관들이었다.

언커크에는 한국인 직원들도 상당수 있었는데 그들 중 가장 고위층은 외무부 소속 외교관이었고 그 아래에는 외무부와 내무부에서 파견된 일반 행정직 공무원도 다수 있었다. 동사무소 같은 데서 일하는 사람들과 달리 중앙 부처 공무원들이라 자부심이 대단했다. 그리고 맨 밑에는 저택 관리 업무를 하는, 말하자면 팔묵 영감과 같은 '인부'가 십여 명 있었다.

팔십여 명에 이르는 언커크 사람들 속에서 해동은 다소 애매하게 외떨어진 신분이었다. 미군부대의 심부름꾼부터 시작해 말단 직원으로 일하던 해동은 그의 유창한 영어를 높이 평가한 조너선 P. 선덜랜드 대령이 애커넌 씨에게 개인적인 소개의 다리를 놓아 애커넌 씨의 통역 비서로 일하게 되었다. 행정의 미로 속에서 꽤나 길을 잃고 헤맨 끝에 그는 외무부도 내무부도 아닌 애커넌 씨가 직접 고용하는 인력이 되었다. 애커넌 씨가 그의 급여를 유엔에 청구했으므로 월급이 달러로 나온다는 엄청난 이점이 있었다. 작년부터 변동환율이 적용되면서 급여가 펄쩍 뛰어올라 공무원 외교관들보다 오히려 더 높아지는 일이 벌어지고 말았다. 그 덕에 보이지 않는 눈총을 좀 받게 되었다. 수입도 짭짤했고 국제 외교 현장에 동행하는 일도 보람찼지만 언제건 계약이 끝날 수 있는 임시 고용직이라는 면에서는 팔묵 영감과 입장이 크게 다르지 않았다.

한국이라는 낯선 나라에 파견되어 체류하는 언커크의 외국인들은 윤덕영이 악명 높은 친일파였다는 것을 알게 되더라도 별다른 의의를 두지 않았고, 저택 그 자체에 더 관심과 친밀감을 보였다. 언커크가 한국에서 실제로 수행하는 역할 이상의 경외심을 받는 것에는 저택의 존재감이 상당히 이바지했다. 언커크가 다른 공공기관처럼 평범한 직육면체 시멘트 건물 안에 있었더라면 지금처럼 위엄 있게 보였을까? 언커크 사람들에게 윤원섭의 등장은 언커크와 저택 사이에 맺어진 호혜적 공생 관계를 새롭게 인식하는 계기가 되었다.

언커크의 수뇌부를 형성하는 외국인들의 그러한 정서는 마치 수원지에서 솟아난 물이 아래로 흘러내리듯 언커크에서 일하는 한국인들에게로 자연스럽게 흘러내려서, 윤원섭의 등장에 부정적이었던 사람들도 적극적으로 문제를 제기하기보다는 조용히 묻어두는 쪽을 선택했다. 해동 또한 그런 흐름을 따르는 수밖에 없었다. 애커넌 씨가 결정한 일이고 다른 고위층도 그것에 별다른 이의가 없으니 해동으로서는 어쩔 수 없는 일이기도 했다.

윤원섭이 무슨 역할을 하는지는 불분명했다. 저택에 대해 인터뷰 기록을 남긴다고 하는데 무엇을 어떻게 한다는 것인지 구체적인 것은 알 수 없었다. 잠시 머문다고 했으나 언제까지일지 기약도 없었다. 해동은 이 모든 문제를 더이상 따져 묻지 않기로 했다. 자기 의견을 피력하지 않고 그림자처럼 지내야 할 때인 것을 본능적으로 느꼈다. 구설을 만들지 않고 최대한 빨리 일이 마무리되도록 하는 것이 최상의 대응이라고 생각했다.

윤원섭은 다락방을 작업실로 쓰겠다고 했다. 애커넌 씨가 난처한 기색을 보이며 그곳은 지금 사람이 지낼 만한 상태가 아니라고, 추워서 사람이 견딜 수 없다고 하자 원섭은 이렇게 대답했다.

"저는 본디 추위를 타지 않습니다."

한데나 다름없는 다락을 놓고 저렇게 말할 일인가 해동은 어안이 벙벙했다. 먼 곳을 바라보듯 쓸쓸한 저 미소는 또 무언가. 그녀가 오로지 애커넌 씨 앞에서만 그런 표정을 짓는 것을 애커넌 씨에게 알릴 길이 없다는 게 안타까웠다. 그것은 분명 사실이지만 말하는 순간 도리어 그 말을 입에 올린 자를 비천하게 만드는 종류의 고약한 언술이 되었다. 권력자 앞에서만 평소에 없던 공손하고 우아한 태도를 보이는 것은 태고부터 이어진 얄팍한 술수였는데, 이것이 오늘날까지도 여전히 통하는 것을 보면 인류는 문명이 아무리 발달해도 그리 많은 것을 배우는 것 같지 않았다.

해동이 보기에 원섭이 잠시 머물다 외국으로 떠난다는 것은 뻔한 거짓말이었다. 저택에 대한 기록을 남기는 것을 진실로 바란다고 하더라도 굳이 저택에서 그 일을 해야 할 이유가 없었다. 그 일을 하려면 어디건, 원고지와 연필과 경상 하나면 되었다. 그녀가 다시 나타나 애커넌 씨에게 기록을 운운하는 것은 속이 눈에 훤히 보이는 술수였다. 하지만 귀족의 혈통과 감옥의 어두움, 그리고 붉은 저택의 비밀스러운 신비까지 한데 두른 이 여인이 하는 허황한 말들은 첨탑에 숨겨진 비밀 통로와 주머니에서 나온 두 개의 열쇠로 부정하기 힘든 현실감을 얻어서, 그녀가 인왕산의 빙하에서 솟아올랐다고 해도 애커넌 씨는 무턱대고 고개를 끄덕일 것 같았다.

저택의 인부들에게 점심을 차려주고 자잘한 안살림을 돌보는 우덕 어멈에게 다락방을 청소하라고 하자 그녀는 불편한 기색을 감추지 않았다.

"세상에나. 많고 많은 방을 다 내비두고 왜 하필 거기를."

물이 닿지 않는 다락방을 청소하려면 양동이에 물을 담아 가파른 계단을 여러 번 오르내려야 했다. 우덕 어멈은 치맛자락을 걷어 올려 퉁퉁하게 부어오른 무릎과 발목을 보여주며 이 나이에, 특히 이 날씨에 못할 일이라는 주장을 반복했다. 평소 별별 궂은일에도 아무 군소리 없던 순한 어멈이라서 이런 식으로 불만을 내비치는 것은 처음 보았다. 찔러주는 돈을 바라는가, 윤씨 집안과 묵은 원한이 있는가, 여러 가지로 떠본 결과 찡그린 얼굴로 내뱉은 어멈의 속내는 이랬다.

"하필 귀신 붙은 뾰족지붕이래요."

해동이 어이없다는 표정을 짓자 이렇게 덧붙였다.

"요새 집에 애가 아파요."

사람들은 붉은 저택에 귀신이 붙었다고 했다. 그 시절 조선땅에 저런 집을 지을 생각을 한 것부터 귀신이 붙지 않고서야 가능하지 않을 일이었다. 왕족이나 외국에서 온 사업가들이 서양식에 따라 집을 크게 짓는 것이 한때의 유행이었어서, 이 근동엔 서양식 저택이 드물지 않았다. 하지만 윤자작 저택의 유난함은 남달랐다. 사람들은 이 저택에서 별스러운 이물감 이상의 불길함을 일찌감치 감지했고 그 기운을 '귀신 붙었다'고 표현했다. 그리고 그 귀신이 달라붙어 사는 곳을 정확하게 집어 말하라고 하면 바로 저택의 뾰족한 지붕과 동편에 치솟아오른 첨탑이 연결되는 오목한 이음매였다. 귀신이 맑은 날에는 이를 훑는 원숭이처럼 첨탑 그늘에 숨어 웅크리고 있다가 비가 오고 천둥이 치는 스산한 날이면 기분이 좋아 첨탑 꼭대기의 피뢰침까지 기어오른다고 했다. 실제로 저택을 드나드는 사람은 몇 명 되지 않았지만, 귀신이 기와를 밟고 방자하게 걸어다니는 저벅저벅 소리가 항시 멈추지 않는 것에 대해 마을 사람 누구나 알고 있었다. 그 귀신의 조화가 아니라면 세상을 호령하던 윤씨네가 하루아침에 절손하고 가문이 이리저리 흩어져 오늘날 저리 적막 지경이 될 리가 없었다.

맑은 날 찌푸리고 궂은 날 환호하는 귀신이 항상 들러붙어 있는 곳, 첨탑과 뾰족지붕이 연결되는 그 가파른 이음매 아래에 원섭이 애커넌 씨를 홀린 옷장과 옷장 너머 다락방이 숨어 있었다. 우덕 어멈은 바로 그 문제를 지적했다.

해동은 기껍지 않아하는 우덕 어멈을 달래고 팔묵 영감의 도움을 받아 다락방을 정리했다. 아름다운 무늬가 놓인 깔개를 끌어내려서 한바탕 먼지를 털었고 다락방에 있던 프랑스식 옷장과 책상의 먼지를 닦아 그대로 쓰기로 했다. 연통이 필요 없는 석유난로를 들여놓는 것으로 난방을 해결했다. 그 난리를 치고도 한데나 다름없는 다락방의 추위를 눅일 수는 없었다.

"이서방이 수고가 많았네."

그럭저럭 정리를 마친 다락방을 둘러보고 원섭은 이렇게 말했다. 다른 때는 경우에 맞지도 않는 영어를 곧잘 섞어 쓰면서 흔히들 해동을 부를 때 쓰는 '미스터 리'라는 호칭은 굳이 피하고 꼭 아범이니 서방이니 하는 식으로 불러서 사람 부아를 돋우었다. 그 아니꼬운 소리나마 애커넌 씨가 곁에 있을 때나 하지 오가며 마주칠 때에는 사람을 본 기색조차 없었다.

"이 나라 여성들은 나이를 먹지 않아! 인왕산에서 솟아나는 달콤한 물이 그런.작용을 하는 거겠지?"

애커넌 씨는 추근거리는 기색 없이 다정한 눈길로 원섭의 뒤꽁무니를 훑으며 몇 번이나 감탄하듯 속삭였는데, 그녀가 팔묵 영감과 동갑이라는 소리를 했다가 애커넌 씨의 얼굴이 확 굳어진 뒤로 해동은 더욱 입조심을 하게 되었다. 따지고 보면 원섭이 애커넌 씨보다 네 살이나 연상이었는데 애커넌 씨는 어찌된 일인지 그녀를 누이동생과 같은 자애로운 마음으로 대했다. 해동은 애커넌 씨가 오 년 전 상처하고 외기러기 신세임을 자꾸 떠올리지 않을 수 없었다.

다행히 애커넌 씨는 남들의 입길에 오르내리지 않기 위한 외교관다운 조심성을 잊지 않았다. 원섭이 애커넌 씨에게 감사의 의미로 차 한잔을 대접한다고 자취방에 초대한 것은 명백히 도발적인 음모가 있다고 여겨지는 행동이었으나 애커넌 씨는 신중하게 해동을 동행해 방문하기로 했다. 원섭을 방문할 때 꽃 몇 송이를 가져가는 것이 일상적인 선물로서 적절한가 묻기에 한국에서는 남녀 간에 꽃을 주고받는 풍습이 없으며 금세 의심스러운 입방아에 오르게 될 위험성이 있고, 굳이 선물을 준비한다면 여자들이 너나없이 좋아하는 크림 화장품이 적합할 것이라고 귀띔했다.

원섭에게 얻어준 방은 어느 큰 기와집 마당 한편에 따로 떨어진 별채였다. 키가 큰 애커넌 씨는 대문간에 들어설 때 고개를 숙여야 했다. 자그마한 방에 손바닥만한 정지와 툇마루가 붙어 있는 단순한 구조였으나 집주인과 조석으로 얼굴을 마주할 일 없이 출입하는 문이 따로 있는 것이 좋았다. 이인재라는 현판이 걸려 있었으나 집주인은 자기 집의 이름을 잘 모르고 중요하게 여기지 않았다. 겨우 한두 달쯤 지낼 방을 찾는다고 하자 비어 있어도 세를 주지 않는다고 하다가 언커크에서 맞이한 손님이 며칠 지낼 곳을 찾는다고 하니까 무언가 명예롭다고 여겼는지 방을 내주었다. 혼자 지내기에 좁지 않은 방이었으나 소반이 놓이고 애커넌 씨와 해동까지 들어앉자 빈 공간이 없어졌다. 서양 사람들이 모두 그렇듯 애커넌 씨는 무릎과 허리를 굽혀 손바닥만한 소반 앞에 앉는 일을 몹시 힘겨워했다. 엉거주춤하게나마 한국 사람들이 앉는 방식을 따르려고 애를 쓰면서 자신의 관절이 한국의 예법에 맞게 움직여주지 않는 것을 사과했다.

원섭은 산전수전 다 겪어서 더이상 놀랄 일이 없다는 초연한 표정으로 차를 따랐다. 해동의 눈에는 그런 얼굴도 앙큼하게 보였다.

"이곳은 예전에 저의 육촌 되는 이가 살았던 집입니다. 그는 해주 사람으로 처음에 아버님께 기탁하여 몸을 일으켰으므로 훗날 자기 사업이 크게 일어선 뒤로도 감사함을 잊지 않고 아버님 모시기를 자기 친부와 같이 하였습니다."

원섭이 하는 말을 그대로 애커넌 씨에게 전하며 해동은 그녀가 『삼국지연의』의 인물처럼 매우 고풍스러운 말투로 말하고 있다는 것도 살짝 언급했다. 애커넌 씨는 눈앞의 세련된 여인과 이국의 오래된 말투를 머릿속으로 조합해보며 빙그레 웃었다. 애커넌 씨는 '육촌'이라는 촌수의 설명을 무척 재미있어했고, 자신의 부모가 태어난 본국에도 수백 년을 이어온 족보가 있는데 오로지 장자만을 기록한다고 설명했다. 이날의 모임은 유엔 기구의 업무가 아닌

반쯤은 사적인 자리이니 엄격한 통역의 역할에서 벗어나도 된다고 판단하고 해동은 조금 자유롭게 대화에 참여했다.

"서양 사람들도 족보를 중요하게 여기는가요? 가문의 뿌리를 중요하게 여기는 것은 동양의 풍습이라고 생각했는데요."

"오, 내가 자란 호주에서는 대개 가까운 친척 이상의 혈연관계에 별 관심이 없지요. 하지만 나는 가문을 매우 중요하게 따지는 구대륙 문화권 안에서 자랐습니다. 유럽의 오래된 가문들은 조상과 자손을 기록할 뿐 아니라 결혼 관계까지도 매우 깐깐하게 따져요. 족보를 연구하고 아름답게 치장하는 것이 하나의 학문과 예술이 될 정도로 대단한 자부심을 가지지요."

애커넌 씨는 고생스러운 허리를 애써 구부리며 소반에 손가락으로 족보를 장식하는 문양을 그려 보였다. 열성적으로 설명하는 것을 보니, 서양 사람들은 예수만 바치지 조상을 모른다고 경멸하던 동네 어르신들의 이야기하고는 달랐다.

"해평 윤씨는 파평 윤씨에서 유래했는데 그 시조는 신라를 치고 고려왕조가 유래할 때 이미 개국공신이었습니다. 고려 원종 때 판공부사 윤군정이 높은 공을 세워 해평 윤문을 여는 시조가 되었으니 우리 집안은 이 나라에서 가장 유래가 깊고 번성한 가문일 것입니다."

애커넌 씨는 조선까지는 이해했으나 고려를 넘어 신라에 이르자 해평 윤씨의 기원이 올림포스 신들의 행적 어디쯤과 평행한 것으로 여기는 것 같았다. 해동은 고려왕조 태혜정광의 순서를 한참 뒤쪽까지 훑은 뒤 원종이 고려 후대 충렬왕의 직전 임금이니 대략 1200년대일 것이라고 추측해 연대를 짚어주었다. 애커넌 씨는 고개를 절레절레 저으며 그가 자랑스러워하는 오스트리아 가계의 기원보다도 수백 년이나 한참 앞선다고 했다.

"아버님이셨던 윤덕영 자작께서는 어떻게 저 저택을 지으실 생각을 하셨을까요? 지금과 다르게 그 시절에는, 서양식 건물이나 문화를 접할 일이 더욱 드물었을 텐데 말입니다."

"아버님께서는 세간에 정치인이자 왕조의 마지막을 보살핀 시종원경, 귀족원의 부의장으로 알려지셨지만 실은 학식이 높고 풍취가 고아한 분이셨습니다. 선비이자 예술가로서 추사 김정희에 비견할 만한 분이셨습니다. 그 시대 조선왕조와 뭇 양반 귀족들의 세상을 보는 눈이 손바닥만큼 옹졸했던 것에 비해, 아버님의 시야는 독수리가 세상을 내려다보는 것과 같았다고 할까요!"

해동은 전문가답게 개인적 감정을 얼굴에 드러내지 않고 들은 것을 정확하게 전달했다. 하지만 그 일을 해내기까지 약 삼사 초의 침묵이 자리한 순간이 있었고 그는 입에서 말이 떨어지지 않았던 그 시간을 실제보다 더 길게 느꼈다. 추사 김정희와 윤덕영이 실제로 비견될 만한 인물들인지 공정성을 따지지 못하고 애커넌 씨에게 전해야만 했는데, 애커넌 씨가 추사 김정희가 어떤 사람인지 몰랐던 것이 다행이었다. 직업적으로 당연한 일을 하면서도 누군가에게 칭찬이나 위로를 받고 싶은 심정이 되는 순간들이 있는데, 이 때가 정말 그랬다.

이제까지 미군부대 또는 언커크에서 통역과 관련된 일을 해온 그의 경력이 아주 길다고는 할 수 없지만 그는 이 일을 좋아했고 스스로 유능함을 맛보며 일을 더 잘하고 싶은 건전한 욕망을 느끼곤 했다. 선교사의 집에서 영어를 접하며 자란 여덟 명의 소년 중 오로지 해동만이 이만한 언어의 경지에 오를 수 있었고 그것은 언제나 그의 자부심이 되었다. 두 개의 언어 사이를 오가는 그 미묘하고 섬세한 작업을 잘해내기 위해서는 언어와 표현법을 숙지할 뿐 아니라 두 세계의 문화와 사고방식에 물 흐르듯 자연스럽게 몸을 담가야 한다고 느꼈고, 그러기 위해 여러모로 보이지 않는 관심과 노력을 기울였다.

하지만 이날 그는 그 짧고 복잡하지 않은 말을 전달하는 동안, 통역사의 임무가 언어의 소통을 넘어 한 인간을 통째 전달하는 것도 넘어 한 세상과 한 시대의 명예까지 혼자 어깨에 짊어지고 만 것 같은 견디기 힘든 부담감에 짓눌리고 말았다. 그것은 그에게 몹시 부당하게 느껴졌고 심지어 불행하다는 생각마저 들었다.

"저택에 관한 영상물을 제작한다니, 레이디 윤, 그것은 굉장한 아이디어예요. 헤이든, 언커크에 영사 촬영기가 있던가?"

"자체 보유하고 있지는 않습니다. 필요할 때는 미군이나 정부에서 임대해 사용하고 있습니다."

"왜 그동안 아무도 그런 생각을 하지 못했을까? 저택의 이곳저곳을 보여주고 언커크의 활동과 저택의 일화들을 설명한다면, 굉장히 가치 있는 기록 보존물이 될 수 있겠군요. 언커크 활동에 대한 홍보물로도 활용할 수 있고요. 소중한 아이디어 감사합니다, 레이디 윤. 당신의 열정은 무기력 상태에 빠진 언커크에 신선한 자극이 되고 있어요."

윤원섭이 제안한 언커크 홍보 영상물 제작에 대해서 애커넌 씨는 과도한 칭찬을 퍼붓는 것 같았지만, 그녀가 스스로 영상물에 등장하겠다는 노골적인 암시에 대해서는 다행히 노련한 외교관답게 모르는 체하고 잘 넘어갔다. 애커넌 씨는 재킷 안쪽에서 누렇고 두툼한 종이 꾸러미를 꺼내어 원섭에게 주었다. 그것이 혹시 돈다발인가 하여 해동과 원섭의 심장이 동시에 철렁했지만, 꾸러미 안에서 나온 것은 한 권의 책이었다.

"이 책이 한국어로 번역되지 않은 것이 유감입니다. 앞으로도 번역되려면 오랜 시간이 걸릴지도 모르겠습니다. 당신을 알게 된 후 나는 제일 먼저 이 책을 떠올렸습니다. 매우 명성이 높고 가치 있는 이 책을 당신이 읽을 수 있으면 좋겠습니다."

아이들과 춤추는 사자가 그려진 표지가 눈에 들어왔다. 제목과 표지만 보아서는 동화인가 싶은데, 두툼한 부피와 작은 활자가 만만치 않아 보이는 묘한 책이었다. 원섭은 다정한 배려에 감사를 표시하고 그 속에 어떤 내용이 있을지 정말 궁금하다고 말했다. 애커넌 씨의 관절이 오래 버텨주지 않아 다과는 길지 않게 끝낼 수 있었다. 예의를 갖춘 인사를 나누고 애커넌 씨와 해동은 그녀의 숙소를 나섰다.

댓돌 위에 놓았던 애커넌 씨의 신발이 사라져 보이지 않았다. 두툼한 누비옷을 입은 아이들이 애커넌 씨의 커다란 신발을 들고 구경하며 놀고 있다가 아무렇게나 내던지고 와르르 흩어져 달아났다. 애커넌 씨의 삼백 사이즈 구두는 한국에서 어딜 가나 좋은 구경거리였다. 해동은 끈이 다 풀린 애커넌 씨의 구두를 주워다 주었다. 아이들은 문밖에 숨어 애커넌 씨가 불편하게 구부려서 구두를 신는 모습을 구경하다가 그가 대문을 나서자 다시 몰려들어 초콜릿을 달라고 졸랐다. 초콜릿이 없음을 깨닫자 지체 없이 양코쟁이, 양키놈들 하는 욕설을 퍼붓고 달아났다. 아이들은 서양 사람들을 보기만 하면 조건반사처럼 저 소리를 했다. 애커넌 씨도 그 말들은 익숙해져서 뻔히 알아들었다.

가난, 가난. 어딜 가나 지겹도록 가난한 나라였다. 돈으로도 가난하고 마음도 가난했다. 클라크 선교사는 아이들에게 초콜릿을 구걸하지 말라고 가르쳤다. 아이들에게 초콜릿은 중요했으므로 해동은 선교사가 하는 말은 귓등으로 넘기고 미군이 보이기만 하면 달려들어 손을 내밀었다. 어른이 되어 애커넌 씨를 따라다니면서, 손을 내미는 아이들을 보면 제 어린 모습이 보여서 얼굴이 화끈거렸다.

이 나라에서 가난을 보지 않을 수 있는 방법은 없었다. 주로 반도호텔과 언커크 저택만을 오가는 애커넌 씨의 작은 반경 안에도 무수한 가난이 있었고 그것은 어쩐 일인지 해동을 괴롭게 했다. 나라가 그것에서 벗어나려 하는 몸부림을 시작한 것은 다행이었고 대체로 의욕에 넘쳤으나 불쑥불쑥 과연 좋은 끝이 있을지 자신을 잃는 순간들이 찾아왔다.

"C. S. 루이스의 소설을 읽은 적이 있는가, 헤이든? 기회가 되거든 꼭 읽어보게. 옷장에 숨겨진 다른 세계의 통로, 눈 내리는 숲속의 가로등 길. 정말이지 천재적인 구상이라네. 그 소설을 처음 읽던 날의 충격이 생생하군. 언커크 저택이 만들어질 당시는 그 소설이 쓰이기 전이었고, 건축가와 소설가는 서로 생각을 교환할 기회가 없었을 것이야. 레이디 윤이 나타나 숨겨진 다락방의 비밀 통로를 소개했던 날, 나는 서로 만난 적 없는 두 천재가 감응하는 것을 본 기분이었다네."

해동은 애커넌 씨가 윤원섭에게 선물한 책의 의미를 이해한 한편, 그가 이 일에 과도하게 낭만적인 감상을 싣고 있다는 우려를 떨치기 어려웠다.

"정말이지 아름답네. 아름다운 마을이야. 그렇지 않은가, 헤이든?"

소년처럼 고양된 지금 같은 기분이 아니더라도 애커넌 씨는 어떤 장면을 보면서 아름답다는 말을 자주 하곤 했는데 해동은 시야

가득 구불구불 이어지는 좁은 골목길에서 그가 말하는 아름다움이 대체 무엇인지 잘 알 수 없었고, 해동이 생각하기로는 어디건 일단 가난, 그 지겹고 두꺼운 가난의 더께가 사라져야 그 안에 숨은 아름다움이 드러날 것 같았다. 실은 해동뿐 아니라 주변의 누구도 '가난하지 않은 상태'가 어떤 것인지 잘 알지 못했다. 일단 끼니와 집세와 자식의 학비를 걱정하지 않을 수 있으면 좋을 것 같다고 생각했는데, 그 너머에 무엇이 더 있는지는 아무도 몰랐다. 해동을 포함한 모두는 전력을 다해 간절하게 달리고 있었는데, 무엇을 향해 달려가는 중인지는 잘 알지 못했다.

평소 주제넘은 행동을 하지 않고자 날마다 조심스럽게 스스로를 점검하는 해동은 오랫동안 깊은 고민을 한 끝에 이 말을 하는 것만은 주제넘은 행동이 아니며 오히려 애커넌 씨의 통역 비서로서 반드시 해야 하는 임무임을 확신하는 결론에 다다라, 결의에 차서 입을 열었다.

"언커크 저택을 지은 윤덕영이 친일파였던 것을 잊지 않으셨겠지요? 그녀는 한국 사람들이 가장 경멸하는 악명 높은 집안의 후손입니다. 가까이 어울리는 모습을 보이면 좋지 않을 수 있습니다."

하지만 애커넌 씨의 대답은 해동이 애써 끌어낸 용기를 꺾는 쪽이었다.

"자네의 말이 무슨 뜻인지 알고 있네. 하지만 일본과 합병하는 것은 나라의 결정이었는데 그 시대의 귀족이 다르게 행동할 방안을 찾을 길이 있었겠는가? 윤자작의 일족이 일본 지배 시절의 행적으로 비난받는 것을 알고 있지만, 지금의 대한민국과 그때의 조선은 다른 세상이 아닌가? 나는 그 시대에 살았던 사람의 형편은 그때의 것으로 이해해야 한다고 생각하네."

해동은 잠시 변온동물이 된 것처럼, 피와 살과 뼛속이 모두 휑휑 불어치는 겨울바람과 같은 온도로 내려간 것 같았다. 창피한 마음이 들어서 얼른 고개를 숙이고 걸었다. 양놈, 양코배기라고 외치는 아이들의 욕설이 아직도 따라와 뒤통수를 때렸다.

방금 들은 애커넌 씨의 대답은 해동이 국제사회에 대해 마음속에 간직했던 어떤 신뢰를 결정적으로 꺾었다. "그 시대에 살았던 사람의 형편은 그때의 것으로 이해해야 한다고 생각하네." 그 말은 곧 한국의 비참했던 일제강점기 삼십육 년 동안 나라와 민족이 아닌 일본과 개인적 치부를 위해 진력했던 사람들에게 비난하거나 책임을 물을 일이 아무것도 없다는 뜻이었다.

퇴근하는 길에 그는 옥계천변 술집에 혼자 들어가 탁배기 한 주전자를 시키고 찌그러진 양철 소반 앞에 앉았다. 짜게 곰삭은 김치를 안주 삼아 입에 넣으며 그 시대에 잘살았던 사람들, 번듯한 양옥집을 짓고 곳간에 가마니가 그득하고 사시사철 진귀한 과일이 떨어지지 않게 살았던 사람들에 대해서 생각했다. 그런 사람들을 비난할 이유가 없다면 그렇게 살지 않은 사람들, 좀더 구체적으로 아버지 같은 사람들의 인생이 너무 불쌍하다는 생각이 들었다. 그런 생각을 하면서 주전자를 대여섯 번이나 다시 채웠다. 애커넌 씨가 국제사회를 대표하는 것은 아니겠지만 그가 신사의 예절 뒤에 그런 생각을 감추고 있었다는 것이 도무지 믿기지 않았고, 그런 아연함이 뭉게뭉게 부풀어 어느 순간 그 구름이 좁은 방을 가득 채우면 술집의 낡은 서까래를 향해 돌연히 버럭 고함을 지른 적이 몇 번 있었다. 그 술집에서는 혼자 술을 마시다가 천장을 향해 외마디 소리를 지르는 정도로는 크게 눈총을 받지 않았다. 그것 말고 별다른 주사를 부린 기억은 다행히 없었다.

다음날 해동은 늦잠을 잤다. 하숙집 주인이 끓여둔 훈김 오르는 콩나물국 한 사발을 들이켤 겨를도 없어서 해동은 속이 메스꺼운 채로, 여느 때처럼 반도호텔로 출근했다. 애커넌 씨 말고도 여러 나라의 인사들이 이 호텔에 상주하는 거처를 두어, 호텔 이층 레스토랑에서는 아침마다 서양식으로 햄과 달걀을 기름에 지지는 고소한 냄새가 가득했다. 서서 대화를 나누는 군복 입은 장교들, 양복 입은 외국인들과 해동처럼 그들에게 딸린 비서 인력들로 로비가 북적였다. 해동은 로비 한편에 놓인 소파에서 누군가가 남겨둔 신문을 주워 읽기 시작했다.

한일 국교 회복으로 뜨거웠던 연말을 넘긴 이후로도 신문마다 모두 한일 국교 정상화 이후의 문제들을 열정적으로 언급하고 있었다. 양국이 오랜 냉담을 끊고 국가 간 교류를 회복한 지 이제 겨우 한 달이었다. 그것은 새해를 맞이한 대한민국이 이전과는 조금

다른 국가가 되었다는 뜻이었다. 가장 큰 적국이었던 이웃 일본과 다시 교류하기로 한 것은 정말이지 큰 변화요 결단이었다.

언커크에서 일하게 된 이후, 해동은 나름대로 국제정치의 한 모퉁이에서 일하고 있다는 자부심과 함께 많은 것을 얻었다. 언커크 인사들을 수행하는 통역 비서로 일하면서, 그들은 같은 일을 보면서도 다르게 생각한다는 것을 깨달았다. 그들의 기준은 한반도에 있지 않고 세계에 있었다. 그들은 감정적인 문제에 치우침 없이 합리적 판단에 따라 일을 처리했다. 너무나 합리에 치우쳐 사람 같은 정이 느껴지지 않는가 하면, 생각지도 못한 데서 중요한 가치를 찾아냈다. 처음 미군부대에서 일을 시작했을 때, 아직 십대의 끝 무렵에 있었던 그때의 해동과 지금의 자신은 같은 사람이라고 생각하기 힘들 만큼 다르게 느껴지기도 했다.

대표적으로 생각을 개조하게 된 경험이 한일 수교의 회복이었다. 이전에도 정부 정책을 지지하는 신문지상에 드문드문 일본과 국교를 수립해야 한다는 주장이 떠돌다가 사라지곤 했다. 지금은 국교 회복, 또는 정상화라는 표현이 익숙해졌지만 그때만 해도 그런 표현조차 어이없었다. 무엇을 회복한다는 말인가? 우리가 그 나라와 한 번이라도 정상적인 관계를 가져본 적이 있는가? 그들은 아주 오랜 시간 동안 마치 어떤 가학적인 의도라도 있는 것처럼 한반도를 학대하고 황폐화했다. 그 나라는 대동아전쟁이라는 세계사적인 중대 범죄를 저질러 연합군의 집중포화를 맞고 쑥대밭이 되는 것으로 응징받았지만 한국인의 입장에서 생각하자면 사실 그 전쟁은 그들이 저지른 죄악의 아주 작은 일부분에 불과했다.

일본이 그렇게 처참하게 궤멸한 직후 한숨 돌릴 틈도 없이 한반도에 전쟁이 터졌다. 남과 북이 처절하게 싸우며 다 죽다가 살아나 보니 어느새 얄미운 그들은 곳간에 양식을 다시 채우고 떵떵거리고 있었다. 그들은 원체 표독한 종자들이라서, 한번 거머쥔 기회를 놓치지 않았다. 한국은 분단국이 되어서 유엔에 가입조차 못하고 있는데 패전국이었던 일본은 이미 십 년 전부터 국제사회에서 한자리를 차지하고 있었다. 그들이 하필이면 한국전쟁으로 특별한 호경기를 맞이해 기사회생한 것은 가장 지독하고 치욕스러운 농담 같아서, 한국인들은 하늘에 바른 마음이 있다고는 믿을 수 없었다.

두 나라의 경제력은 따라잡을 계기 없이 어마어마하게 벌어져만 갔다. 전쟁이 끝난 후 가사 상태에 빠진 나라의 경제에 수혈을 하던 국제사회의 원조도 십여 년이 흐르며 점점 줄어들었다. 정부는 한국이 이제 자력으로 살아갈 길을 찾아야 하고, 그러려면 무시할 수 없는 경제력을 가진 일본과 다시 수교해야 한다는 주장을 폈다. 국민들의 귀에는 그 소리가 당치않게 들렸다. 한국인들은 오래전부터 일본과 한국의 지리적 가까움을 불행으로 여겼다. 한국인들은 그들이 지구의 반대쪽보다도 더 먼 곳에 있어야 한다고 생각했다. 그들이 부유하다고? 그것이 어찌하여 그들과 수교를 맺어야 할 이유가 된다는 말인가? 그들은 주머니 속에 한 푼이 있다면 한국을 괴롭히기 위한 책략에 열 푼을 내놓을 인간들이었다. 한국은 연명조차 어려울 만큼 가난한 상태로 지금껏 오래 버텨왔기에, 이 제 와서 경제를 일구기 위해 저 사악한 이웃에게 손을 내밀어야 한 다는 정부의 주장에 쉽게 수긍이 가지 않았다.

언커크에서 일하기 전까지는 해동의 생각도 일반적인 한국인들 의 생각과 크게 다르지 않았다. 국교 회복이라는 말만 들어도 자존 심에 상처를 입고 부르르 떨었다. 그러나 언커크에서 통역 비서로 일하게 된 이후, 이렇게 말하기는 다소 부끄럽지만, 어떤 세계사적 시각에서 한반도의 문제를 바라볼 줄 알게 된 이후로 해동은 한국 과 일본의 재수교가 한국이 국제사회의 일부분이 되기 위한 중요 한 관문이며 언커크가 담당하는 여러 가지 중재 활동 중 하나임을 깨닫게 되었다. 제이차세계대전에서 한국은 엄연한 승전국의 일 원이고 일본은 패전한 추축국의 하나인데 어찌하여 한국이 일본 에게 화해의 손을 내미는 형식이 되어야 하는지 그런 형식적인 문 제에 언커크는 별다른 관심이 없었다. 그저 현실이 이미 그러하게 돌아가는 중이었다.

언커크에서 보고 듣고 익혀야 할 문제들이 한두 개가 아니었으 므로, 그리고 대부분 해동의 하루하루를 결정적으로 들썩이게 하 는 중요한 문제들이었으므로 한국과 일본의 관계에 대한 상념은 그 많은 것 중 하나가 되어 파묻혔다. 그리 오랜 시간이 지나지 않 아 한국의 국제적 위상을 위해서는 수교하는 것이 더 좋다는 데 동의하게 되었고, 수교 협약 결사반대를 외치며 데모하는 대학생들이 세상 돌아가는 이치를 모르는 우물 안 개구리처럼 답답해 보이게 되었다. 사실 해동이 한일 수교에 반대할 때조차도 그 문제는 해동의 감정과 머릿속에서만 불편하게 떠돌았을 뿐 겉으로는 생활에 아무런 영향을 미치지 않았다. 아무도 그에게 의견을 묻지 않았고 그의 생각이 생활에 불편이나 갈등을 일으키는 일은 없었다.

생활 표면에 드러나 문제를 일으키는 것들은 다른 데 있었다. 애커넌 씨가 오래 망설인 것이 분명한, 그러나 일단 말하기로 결심한 이상 단호하게 불쾌함을 표시한 얼굴로 적어도 매주 이 회 이상 머리를 감아달라, 회의에 동석할 때는 외투에 한국 음식 냄새가 풍기지 않도록 신경써달라고 부탁한 그런 일들이 해동의 일상을 고통스럽게 했다. 어릴 때부터 선교사의 가르침 아래 자라서 서양인들의 예의와 생활에 익숙하다고 자신했고 나름대로 신경을 쓰고 있었는데 그런 지적을 받으니 당장 쥐구멍에라도 숨고 싶은 심정이었다. 한국과 일본의 수교 문제 같은 것은 하루종일 얼굴이 홧홧하게 달아올라 옷소매를 킁킁거리게 만들지는 않았으니까, 자괴감이 들기는 했어도 감정의 격렬한 정도로 치자면 은근한 축에 속했다. 윤원섭이라는 여자가 나타나기 전까지는 말이다.

서대문형무소가 그 여자를 한겨울의 찬바람 속에 토해놓은 뒤로 해동은 옷자락에 마늘 냄새 참기름 냄새가 풍기는지 하루종일 킁킁거리던 날들로 돌아가고 말았다. 사춘기 소년처럼 울화와 창피함이 갈마들었고, 아무도 묻지 않은 그의 내심의 지지를 얻어 체결된 한일 협정이 갑자기 의심스럽게 보였다. 이 결정이 너무 빠르지 않았는가? 해방 이전, 아니 심지어 합방 이전에 태어난 사람들이 아직 살아가는 이 시대에 일본과 아무 일 없다는 듯 손을 잡는다는 건, 그들을 모욕하는 결정이 아니었는가? 이 협정으로 인하여 숨어 살던 윤원섭 같은 무리가 몰려나와 그 시절엔 어쩔 수 없었다고 큰소리를 치게 된다면, 목표로 하였던 경제적 공동 번영을 이룬다 하더라도 그것이 과연 옳은 세상일까?

숙취로 인한 두통이 고민을 방해하였으나, 이 부분에서 해동은 다소간 시간을 들여 깊은 생각을 하려 애를 썼다. 나라 전체가 잘 사는 것이 더 큰 이익인가, 원섭과 같은 죄지은 자들이 죗값을 치르고 어려운 시절 묵묵히 고난을 감수했던 올바른 사람들이 떳떳하게 사는 것이 더 큰 이익인가? 이 부분에서 생각은 플리머스 자동차의 바퀴가 진흙 구렁에 빠져 헛도는 것처럼 앞으로 나가지 못하고 헛되이 맴돌았다.

실은 질문이 제기될 때부터 이미 답이 정해져 있는 문제나 다름없었다. 일본의 경제적 배상을 거절한다고 아버지 같은 사람들이 살아 돌아오는 것도 아니었다. 휴전선 이북의 인민들은 제외하고서라도, 남한의 삼천만 인구가 먹고사는 일이란 실로 엄청났다. 그들이 겨울에 연탄을 한 짐 더 사고, 밥상에 더운 반찬을 하나 더 올리고, 자식을 한 명 더 학교에 보내는 것, 그런 것들을 모두 합한다면 정확히 알 수는 없으나 아무튼 어마어마한 수치일 것이다. 저녁마다 쌀독을 긁는 늙은 어미들, 볼이 움푹 패도록 힘주어 꽁초의 마지막 연기를 빨아들이는 여윈 아비들의 얼굴에 잠시 웃음이 떠돌게 하는 그런 일들이 좀더 많이 일어나도록 해야 할 것이다. 유엔과 정부에서 추구하는 것도 실은 그런 것들이었다. 그것이 모두 함께 나아가야 할 올바른 방향인 것을 해동은 더이상 의심하지 않았다. 해동의 내면에 든든하게 뿌리를 내렸던 그 생각들이 윤원섭의 등장 이후 겨울바람을 만난 마른 나뭇잎처럼 위태롭게 흔들렸다.

해동을 괴롭히는 이 혼란이란 것이 알고 보면 실은 질투인가? 그들이 대대손손 잘살아가는 것이 싫어서? 그들도 우리와 똑같이 가난과 고생을 경험하기를 바라서? 그 생각은 스쳐간 것만으로도 해동의 가슴을 너무 아프게 후려쳤다. 그것을 어찌 겨우 질투라고 말할 수 있을까? 두통이 발길질하는 머리를 매섭게 다잡고, 스스로 겸허하기 위해 오랫동안 애쓰며 최대한 객관적이고자 노력한 끝에, 해동은 그것이 다만 질투는 아니라는 결론에 이르렀다.

질투가 아니라면, 그러면 무엇인가?

바로 그때 애커넌 씨가 식사를 마치고 계단을 내려오는 바람에 해동은 생각을 더 이어가지 못했다. 애커넌 씨는 아직 젊은 활기가 느껴지는 경쾌한 동작으로 다 읽은 영자신문을 해동에게 건넸다.

"처칠 경의 일 주기로군. 신문마다 그이를 추모하는 기획 기사를 올리고 있어."

애커넌 씨가 반듯하게 접어 건넨 영자신문의 1면 하단에는 영연방의 수반들이 처칠의 동상에 꽃을 바치는 사진이 실려 있었다.

"처칠 경을 향한 향수는 어찌 보면 우스꽝스럽기도 해. 사실 처칠 경만큼 많은 비판을 받은 인물도 흔치 않을 것이네. 작전가로서 처칠은 정말이지 형편없었다네! 그의 작전들은 언제나 한발 늦었고, 수가 빤히 보였고, 수치스러울 만큼 치명적인 패배로 끝나곤 했지. 정말이지 처칠과 그 일당 때문에 영국군은 여러 번 궤멸당했고 승승장구하는 히틀러에게 날카로운 일격 한 번 날릴 수 없는 꼴사나운 모습을 만방에 드러내고 말았어. 즉 처칠은 영국의 늙음과 무능함을 대변할 만한 인물이었네. 그런데도 그는 저항과 승리를 상징하는 영웅으로 세계사에 영원히 각인되었지. 사실상 그가 할 줄 알았던 거의 유일한 것은 이것뿐이었네. 바로, 어흥! 이라고 하는 것이지."

애커넌 씨는 사자의 포효를 흉내 냈다. 어깨를 들어올려 흉곽을 넓히고 최대한 성대를 거칠게 긁어 위협적인 사나움이 배어나오도록 하는 것에 성공했다. 마주 오던 외국인 여인이 애커넌 씨의 연기에 미소를 지었고 애커넌 씨는 연극배우처럼 정중하게 허리를 굽혀 인사를 보냈다.

"처칠 경을 향한 나의 존경심을 의심할 필요는 없네. 인간은 아름다움을 숭상하는 존재라서, 처칠 경처럼 무능한 사람이라도 그가 아름다운 정신과 가치를 대변하기만 한다면 그에게 언제까지라도 무한한 존경심을 바칠 준비가 되어 있거든. 그게 바로 인간의 어리석고 신비로운 점이라네. 우리는 현실적으로 아무 쓸모 없는 것들에 언제나 매혹되네."

해동은 동의하기를 유보하고 묵묵히 걸음을 옮겼다. 아직 두뇌 기능이 정상으로 돌아오지 않아 올바르게 판단하고 있다는 확신이 들지 않았다. 실은 애커넌 씨의 사고 체계에 대해 총체적으로 의심하고 있었다. 한번 그런 생각이 들자 둑이 무너지듯 걷잡을 수 없는 혼란에 빠져, 이전까지 애커넌 씨가 했던 말과 행동들에 모두 의혹을 가지게 되었다. 해동이 무턱대고 배우고 따르고 싶었던 합리적인 판단, 해박한 지식, 신사다운 몸가짐들까지 모두 의심의 도마에 올랐다.

"내 말에 동의하지 못하겠는가? 알고 보니 자네의 나라에도 똑같은 인물이 있던데. 덩치가 크고 흰옷을 입은, 중절모에 동그란 안경을 쓴 그 양반 말이네. 그는 일본의 위세가 아시아를 뒤덮고 전세계로까지 뻗어가던 시절에 끝까지 포기하거나 변절하지 않고 독립을 위해 불굴의 투쟁을 벌였지. 자네들 한국인이 가장 존경하고 소중히 여기는 정치인으로 그는 언제나 첫손가락에 꼽히지 않는가. 그러나 실제로 그가 했던 일이란, 대단치 않은 것들이었다네. 실제로 일본 제국에 타격을 줄 만한 군사력은 물론 없었거니와, 조선을 이롭게 할 외교적인 교섭력이라는 것을 보여준 적도 없네. 가장 가까이 지냈던 중국 정부에도 거의 영향력을 미치지 못했고, 일본의 폭격이 언제나 그의 한 발짝 뒤를 따랐지. 요컨대 그는 일본이 패전할 때까지 목숨을 부지한 것이 가장 큰 업적이라고 할 수 있는 사람이네. 그러나 그의 살아남음이 실로 한국 민족이 굴하지 않는 기백을 가졌음을 보여주는 상징이 되지 않았는가? 그가 죽었거나 변절했다면 조선 민중은 무엇을 표상으로 삼아 자부심을 느꼈겠는가? 그는 처칠과 마찬가지로 '어흥'이라고 말할 줄 아는 사람이었네."

해동은 혼란을 좋아하지 않는 성격이었다. 그는 언제나 똑 떨어지게 착오 없는 것을 좋아했다. 이럴 수도 저럴 수도 있는 것, 이렇게도 저렇게도 보이는 것은 그를 고통스럽게 했다. 어느 쪽이든 하나를 선택하고 다른 하나를 잊는 것이 그의 방식이었다. 윤원섭이라고 하는 낯선 여자와 함께 찾아온 것은 혼란의 위기였다. 지금도 해동은 애커넌 씨가 처칠과 김구를 함께 조롱하는지 함께 존경하는지 가늠하기 어려웠다. 어제까지 한결같은 신뢰와 존경심으로 애커넌 씨를 바라보던 제 마음도 지금은 무엇인지 알 수 없었다.

다음날부터 해동의 일과에 윤원섭을 돕는 업무가 추가되었다. 애커넌 씨의 통역 비서인데 왜 윤원섭의 집필을 도와야 하는지 이론적 근거가 없었으나 혼란스러움에 대처할 때 힘없는 자들이 하는 방식대로, 해동은 일단 침묵했다. 그녀에게서 어떤 가치 있는 산물이 나오리라는 기대는 없었다. 윤원섭이 스스로 능력을 발휘

할 수 있는 사람이라는 생각은 처음부터 한 번도 든 적이 없었다. 언커크 같은 관료조직에서 애커넌 씨처럼 높은 사람이 흥분해서 어떤 일을 두서없이 추진하기 시작할 때 그것이 해소되는 가장 좋은 방법은 보고서를 제출하는 것이었다. 일단 윤원섭을 인터뷰해서 저택과 마을의 역사를 정리하는 작은 보고서 같은 것을 만들고 마무리하면 될 것 같다고, 해동은 나름의 속셈으로 계산을 했다.

난로며 몇 가지를 설치했어도 다락방은 여전히 북풍 설한의 황무지나 다름없었다. 무슨 짓을 해도 추위는 어쩔 수 없었다. 그곳에 가기 위해 오르내려야 하는 어두컴컴하고 낡은 계단도 마찬가지였다. 그녀는 풍성한 모피 코트를 두르고 나타났다. 원섭이 직접 사간동의 본가에 가서 이전보다 한층 격렬한 욕설 잔치를 벌이고 다시 짐을 가져왔다고, 동행했던 팔묵 영감이 고개를 절레절레 흔들며 귀띔했다. 이전보다 더 격렬한 분위기라는 것을 해동의 머리로는 상상하기 힘들었지만 천장까지 쌓여 있던 슈트 케이스들 속에서 모피 코트보다 더한 것이 나왔대도 이상할 것은 없었다. 애커넌 씨에게 본디 추위를 타지 않는다고 대답했을 때 자아냈던 어떤 처연함은 자취 없이 사라지고 알이 굵은 진주목걸이나 잘 손질한 빳빳한 속눈썹에서 화려하고 강력한 어떤 기운이 뿜어나왔다.

해동에게는 모피 코트가 없었으므로 몸으로 견뎌야 했다. 원섭은 작은 핸드백에서 날렵한 담배 파이프를 꺼내들고 연초환을 채워 이내 긴 연기를 뿜어냈다. 미군부대에서 일할 때 시가나 파이프

담배를 피우는 사람들을 종종 보았지만 여자가 파이프 담배를 피우는 모습은 처음이었다. 모피 코트를 입고 물소뿔 담뱃대를 손에 들자 원섭은 영화 속의 여자 스파이처럼 보였다.

"처음 이야기는 어떻게 시작하는 것이 좋을까요?"

해동이 먼저 입을 열자, 원섭은 딴소리를 했다.

"자네는 어디 출신인가?"

"여주군에서 나고 자랐습니다."

"말투만 듣고 알았네. 서울 사람은 아닌 것을."

점동면 안골마을까지 갈 것도 없이 얕보는 기색이 이미 역력했다.

"경기도 사람들은 경상도나 전라도처럼 아주 사투리를 쓰지는 않지만, 말귀를 질질 끌면서 이상하게 말을 해. 요새는 다들 서울 사람으로 행세하지만 서울은 알고 보면 작은 땅이라서, 진짜 서울에서 나고 자란 사람은 몇 명이 안 되거든. 이젠 그런 구분도 다 없는 세상이 되었지만."

사투리도 없는 여주에서 나고 자라 이런 소리를 듣기는 처음이었지만 해동은 최대한 감정을 다스리고 흔들리지 않는 것이 중요하겠다고 생각했다.

"예. 촌놈이 서울을 다 올라오고, 아주 출세를 하였지요."

"알고 보면 다 촌사람들이지. 이완용도 대감입네 하지만 실은 경기도 광주 사람이야. 저어기 남쪽 바닷가의 전라도 광주보단 낫지만 어쨌든. 자기 입으로 꺼내 말하기 부끄러워했지만, 서울에서 한자리하던 먼 친척의 양자로 들어오기 전까지 본디 출신은 열 살이 되기까지 서울 구경도 못해본 가난뱅이 촌뜨기였다네."

윤원섭은 다시 한번 파이프의 물뿌리를 깊게 빨아들인 뒤 탁하고 푸르스름한 연기를 허공으로 뿜어올렸다.

"이완용 대감의 말투가 얼마나 똑똑 끊어지는 듯 이상했는지 아는가? 그게 다 시골 출신인 것을 티나지 않게 감추려고 부러 그런 것이었지."

윤원섭은 눈을 가늘게 뜨고 창밖을 내다보았다. 질질 늘어지는 시골 말투를 감추려고 똑똑 끊어지게 말하는 이완용에게 보내는 것 같은 낮은 코웃음이 뒤를 이었다. 이 여자와 일을 하려다보면 당대의 친일 부역자들을 미화하거나 대놓고 찬양하는 소리를 듣게 될지도 모르겠다고, 해동은 일을 시작하기 전부터 이미 각오를 했다. 그것이 듣기 싫더라도 일단 들어 넘기는 것이 좋겠다고 마음의 준비도 했다. 하지만 일을 시작한 첫날부터 이완용 대감이, 그것도 이런 식으로 등장할 줄은 예상하지 못했다.

"그랬군요. 그런데 이완용 대감이 욕을 먹는 것은 이유가 있지만, 시골에서 태어난 것은 그가 잘못한 것이 아니지 않습니까."

"암, 온갖 잘못을 많이 했지. 그중에서도 그 사람의 출신을 제대로 아는 것이 중요하다는 말이야. 사람들이 모두 그이를 욕하지만, 중요한 건 제대로 알지도 못하면서 그런다니까. 그 사람의 출신 같은 것을 똑바로 알아야 한다는 말이야."

해동은 윤원섭과 이야기하는 것에 갑자기 자신감을 잃었다. 이런 식이라면 전라도 광주는 바닷가에 있지 않다고 지적하는 것도 아무 의미가 없었다. 앞으로 닥칠 일들이 무엇이건 암담하게 느껴지기 시작했다.

"애커넌 씨가 선물한 책은 좀 읽어보셨습니까? 저도 수소문해서 책을 구해보았습니다만, 영미권에서는 아주 유명한 책이라고 하더군요. 앞으로 애커넌 씨를 대하려면 그 책에 대해 조금은 알아두시는 게 좋을 텐데요."

"응, 그 책. 천천히 볼 생각이야."

"클라이브 스테이플스 루이스라고, 영국 작가가 쓴 책입니다. 사자와 마녀가 나오니까 얼핏 아이들의 동화같이 보이지만 그 안에 대단한 정신을 담고 있다고 들었습니다."

"애커넌 씨는 호주 사람이라고 했지? 자네의 상전이니 하늘처럼 모시는 게 당연하겠지만, 호주는 구미권에서 가장 낮은 나라야. 그건 알고 있는 게 좋을 거네. 영어를 쓰는 나라라고 해서 다 격이 같은 건 아니니까."

해동이 거의 유일하게 호기심을 느꼈던 부분, 애커넌 씨가 선물한 책에 대해 이야기해보려 했지만 원섭이라는 벽에 부딪히면 그것은 아예 하지 않은 말이나 다름없이 되었다.

"아무나 드나들던 곳은 아니었네, 이곳은. 이젠 다 포기했지만. 언커크라는 조직이 유엔입네 하고 이 저택을 차지했지만, 유엔에서는 가장 하격이란 말이야. 태국, 비율빈, 그런 잔챙이 나라의 대표들이 모여봤자 무엇을 한단 말인가? 그나마 제일 내놓을 만한 나라가 겨우 호주와 네덜란드뿐이라니. 벌써 알아볼 쪼라는 말이지."

해동은 자기 앞에 놓인 노트를 내려다보았다. 단정하게 만년필을 쥐고 있는 손이 남의 것처럼 보였다. 그는 그것을 내려놓고 의자의 등받이에 깊이 등을 기대었다. 담배를 피우지 않는 것이 유감이었다. 지금은 왠지 그녀와 맞담배를 피우고 싶었다. 윤원섭과 대화를 하다보니, 그것도 대화라고 부를 수 있는 것인지 의문이었지만, 추위를 잊게 되는 좋은 점이 있었다.

"그러면, 어떤 나라가 좋은 나라입니까?"

"영국! 영국이지. 불란서도 괜찮지만 영국이 더 격이 있다네. 그다음으론 미국이고."

윤원섭의 얼굴에 활짝 밝은 웃음이 피어났다.

"그것은 직접 겪어보면 바로 알 수가 있어. 파티에 초대받고, 초대하고. 그렇게 밀접한 교류를 해보면 그 사람들의 격조를 알 수 있다니까."

"아, 파티요. 저도 좀 경험한 바가 있습니다."

해동은 짐짓 여유롭게 웃었다. 미군부대에서 일할 때부터 한국인의 눈에 매우 낯설었던 파티 문화를 일찌감치 접했고, 통역 비서관으로 일하면서는 각국 대사관에서 벌어지는 성대한 파티에 동행할 기회도 여러 번 있었다. 서양의 주방장들은 꼭대기가 몽글하게 주름 잡힌 새하얗고 드높은 모자를 썼는데, 그것은 높은 신분은 아니더라도 기술성과 예술성의 중간쯤 되는 어떤 것을 갖춘 자의 권위를 보여주었다. 이 교만한 여자도 깜짝 놀라고 부러워할 만한 파티들을 해동은 많이 경험했다. 하지만 다시 한번, 해동이 낸 음파는 윤원섭이라는 벽에 부딪혀 완벽하게 소거되었다.

"진짜 파티가 열렸지. 정말로 남자들은 실크해트를 쓰고 여자들은 허리를 잘록하게 하는 드레스를 입었다니까. 그리고 진짜 제대로 된 은촛대와 은식기를 썼지! 사람들이 나에게 얼마나 찬사를 보냈는지 믿지 못할 거야. 조선 여자들 중에서 그들의 복식이 나처럼 어울리는 사람은 없었거든. 그들은 나의 검은 머리칼이 부럽다고 말하기까지 했다네! 그건 그렇고, 자네 영어 이름은 누가 지었는가?"

"네?"

"그 헤이든이라는 거 말이야. 이해동이라는 이름이랑 소리가 비슷하니까 그런 이름을 지었겠지?"

"……"

"그건 진짜 귀족들이나 쓰는 이름이 아닌가? 자네 같은 평민들은 톰이나 빌처럼 한 글자짜리 이름을 써야 맞는데."

이야기는 매양 그런 식으로 돌아갔다.

해평 윤문은 그 기원이 신라왕조에까지 이르는 조선의 최고 명문가이며 헤아릴 수 없이 많은 정승 판서를 배출했다. 비교랄 것도 우습지만, 왕조를 이룬 전주 이씨는 집안의 기원을 생각하면 학식도 벼슬도 높지 않았던 일개 변방의 무장 일족에 불과했다. 함경도는 이북에서도 문물이 발전하지 않은 시골 중의 시골이며 오늘날에도 그곳의 언어와 문화는 거칠고 격이 낮아 궁중에 출입하는 높은 신분에 이를지언정 세간의 비웃음을 샀고, 속마음으로는 같은 양반으로 대접하기조차 어렵다고 여겼다. 왕조의 기원이 이러했던 것은 조선이라는 나라의 격을 생각할 때 안타까운 점이었으나 아버지 윤덕영 자작은 이와 같은 애로를 내색하지 않으시고 왕조를 섬기기에 한결같으시었다……

다락방의 인터뷰를 통해서 파악하게 된바, 윤원섭의 정신세계에서 가장 큰 비중을 차지한 것은 명문가라는 자부심이나 저택에 대한 사랑도 아니고 뜻밖으로 지방 출신에 대한 경멸이었다. 지방 출신은 촌스럽다느니 말투가 이상하다느니 경멸함으로써 소수의 서울 순혈 토박이의 우수성이 부각되도록 하는 식이었다. 그녀의 세계관에서는 태조 이성계에서 시작된 조선 왕가 전체가 함흥 출신 촌놈 집단이었고, 그들은 상경한 지 오백 년이 지났음에도 여전히 촌놈들이었다. 그에 비하면 그녀의 아버지 윤덕영은 쓴웃음을 머금고 군주 일가의 촌스러움을 참아낸 진짜 귀족으로 묘사되었다.

덕분에 그녀가 친일파를 무턱대고 미화하지 않을까 했던 우려
는 곧 사그라들었다. 원섭은 이완용 이야기만 나오면 그 어느 독립
투사의 자제보다도 격분했다. 이완용은 지방 출신인 주제에 중앙
귀족인 척 행세한 신분 세탁자인 것에 더하여 여러 가지 치명적으
로 그녀의 비위를 거스르는 점이 있었다. 신분 구분에 결정적으로
중요한 역할을 하는 후작 작위조차 붙이지 않는 것을 보면 이완용
에 대한 그녀의 경멸이 얼마나 격렬한지 짐작할 수 있었다.

"아버님은 이완용을 좀생이라고 부르셨네. 그자는 하루종일 토
지대장과 통장만 들여다보고 살았어. 여주에서 도지가 몇 결, 김갑
동에게 받을 이자가 얼마, 하면서 하루종일 돈 계산만 하고 있었다
는 말이네. 그 밑바닥을 알고 보면 제가 부리는 마름 옆집에서 태
어난 신세였는데. 그래서 더욱 가증스럽게 귀족 행세를 하고 다닌
것이겠지. 출신이 미천해서 그랬는지, 엽전 한 닢조차 바들바들 떨
면서 모아대는 재주는 따를 자가 없었다네."

그 당시 귀족 대감들 중에 재산 관리에 관심이 없었던 이가 있
었을까. 왜 그것이 오로지 이완용만의 악덕으로 욕을 먹어야 하는
문제인가 하는 질문이 해동의 혀끝까지 올랐다가 스러졌다. 그 질
문이 자칫하면 이완용을 옹호하는 것이 될 수 있다는 것이 해동을
멈추게 했다. 실은 그 순간 해동의 마음은 이완용을 옹호하는 것에
가까워지기도 했다. 해동의 인생에 이완용을 조금이라도 옹호하
고 싶은 생각이 스쳐지나간 것은 아마 이 순간뿐이었을 것이다.

"그러면 진정한 양반 귀족이라고 할 만한 사람은 누가 있을까요?"

"민영휘 자작이지."

이럴 땐 일 초도 망설임 없이 대답했다.

"그분은 진정으로 존경할 만한, 귀족의 표본이 될 만한 분이라고 할 수 있네. 그분은 당대의 사업가로 유명하셨을 뿐 아니라 왕실을 가장 가까운 거리에서 섬기는 시종원경이라는 고귀한 역할을 수행하신 전임자이셨지. 나의 아버지는 민영휘 자작에게서 시종원경의 관직을 이어받아 그분이 하신 것과 똑같이 유능하고 치밀하게 왕실을 보필하셨네."

민영휘라면 이견 없이 당대 최고의 거부로 유명했던 사람이다. 민영휘인들 이완용만큼 재산 관리에 골몰하지 않았을까? 이완용과 민영휘 사이에 어떤 차이가 있는지 캐물었지만 의미 있는 대답을 듣지는 못했다. 하여튼 그녀에 의하면 이완용과 민영휘 사이에는 왕족과 노예만큼의 격차가 있었다. 출생지가 서울과 여주였던 것을 제외하고 둘 사이에 뚜렷하게 구별되는 점은 알 수 없었다. 그 부분이 어이없으나 해동의 호기심을 자극했다.

"그러면, 우당 이회영 선생은 어떻습니까? 그분은 양반이라고 할 수 있을까요?"

"그이가 누군데? 내가 알 만한 사람인가?"

"말하자면 이 동네 사람이라고 할 수 있죠. 신교동 쪽이 그 댁

터전이었다고 들었습니다만."

"이 동네에 살면 양반이라고 하던가? 가짜 양반 이완용이도 요기 코앞 옥인동에 살았다니까?"

"이회영 선생도 당대에 소문난 거부의 가문이었죠. 그 많은 재산을 모두……"

"이보게. 돈이 있다고 해서 고귀한 신분이라고 내세울 수 있는 게 아니네. 진짜 고귀한 가문은 돈으로 말하는 것이 아니야."

"그분은 백사 이항복의 직계 자손이라고 들었습니다. 십정승 육판서가 났다고 하는 명문 가문에……"

"썩어빠진 과거제도에서 벼슬을 좀 살았으면 제대로 된 양반이라는 이야긴가?"

"그 학식과 억만 재산을 모두 독립운동에 바쳤다고 하지요. 간도에서 풍찬노숙을 마다하지 않고……"

"하!"

독립운동이라는 말이 그녀의 기분을 결정적으로 상하게 한 것이 분명했다. 좀생이 가짜 양반 이완용에게 보내던 것과는 또다른 진한 경멸에 휩싸여, 그녀는 추위에도 치지 않던 진저리를 쳤다.

"아주 고귀한 양반 나셨구만. 그저 이 나라는 독립운동이라면 앞뒤 분별을 잃는단 말이야."

"그러면, 독립운동은 가치가 없는 일이었습니까?"

거침없던 원섭이 말을 멈추고 어렵사리 이성을 주워 챙겼다. 입에서 튀어나오고 싶은 대로 다 튀어나와선 안 된다는 것을 지난 세월 어디쯤엔가 배운 적이 있는 모양이었다. 제정신을 챙기느라 잠시 뜸을 들이고 말이 없었다. 눈을 껌벅이며 말을 고르는 모습이 무거운 문을 열고 들어오는 사람 같았다.

"자네는 올해 나이가 어떻게 되는가?"

"올해로 스물일곱입니다."

"그러면 사십년생, 용띠인가?"

"그렇습니다."

"그렇다면 일정 시대엔 아주 어린아이였구먼. 해방을 맞았을 때 자넨 겨우 여섯 살 코흘리개에 불과했어."

"솔직히 그 시대의 기억은 별로 없습니다."

"그러면 자네는 그 시절을 모르네. 그 시절의 형편은 지금 생각하는 것과 많이 달랐다네. 지금은 이 나라가 해방을 맞았고 이렇게나마 살아가고 있지. 하지만 그때엔 이렇게 되리라는 기약이 없었네. 어떻게 하는 것이 이 나라를 위해 가장 좋은 길일지, 사실 아무도 알지 못했어. 이래야 한다 저래야 한다 말은 많았지만, 정답은 아무도 몰랐다는 게 사실이란 말이네."

애커넌 씨가 했던 말과 그 뜻이 거의 같아, 그때의 불쾌함이 획 돌아왔다.

"그래도 많은 사람이 독립되어 살기를 소원했지요."

"그래. 그런데 어디 바란다고 해서 소원이 이루어지던가 말이네. 나의 아버님이 세간에서 많은 욕을 먹고 있다는 걸 알고 있네. 자네가 말한 그 뭐라나, 이회동이라는 사람이 억만 재산을 바쳐 독립운동을 한 것은 반대로 세간에서 칭송을 받고 있겠지."

"이회영 선생입니다."

"그래, 그 사람 말이야. 하지만 분명한 것은, 나의 아버님은 그 이회동과 마찬가지로 이 나라가 잘되는 길이 무엇인지 진정으로 고민하신 분이었다는 것이네. 아버님은 조선이 해방되는 일은 일어나지 않을 거라고 생각하셨네. 그때는 결코 그럴 것 같지 않았으니까. 아버님은 일본이 조선을 지배하는 건 어쩔 수 없다고 체념하셨지만 조선의 자존심을 세우고자 했고, 그분이 뜻하는 바대로 그 길을 걸으셨네."

"어떤 길을 걸으셨죠?"

"바로 자네가 알고 있는, 이 저택이지."

그들은 새삼스레 주위를 둘러보았다. 독일에서 온 건축가가 안주인을 위해 방을 꾸민 이후로 다락방은 달라진 것이 거의 없었다. 날이 흐려 창으로는 볕이 거의 들지 않았지만 둘둘 말려 한쪽에 서 있던 카펫을 다시 깐 것만으로도 높은 천장 아래 유럽풍 가구들이 아늑해 보였다. 그리고 북쪽 나라에서 온 스파이처럼 두툼한 모피 옷을 입고 파이프를 손에 든 윤원섭이 있었다.

"내 아버님은 그릇이 큰 인물이었네. 좀이 슨 옷 부스러기 같은 조선 왕실을 섬길 인물이 아니었다는 말이네. 그분은 푼돈을 적는 장부에 아무 관심이 없으셨네. 아버님은 조선에 큰 기상이 살아 있음을 보여주고자 하셨고 이 저택을 지으셨네."

이런 소리를 할 때 윤원섭은 조금 달라 보였다. 눈알에 번들번들 신열이 오른 것만 같았고 목소리가 더 저음으로 가라앉으면서 울림이 커졌다.

"나라의 기개를 떨쳐 보일 어떤 표식이 필요하다는 생각은 아버님만의 것은 아니었네. 불란서 공사로 나갔다가 저택의 설계도를 사온 민영찬 대감의 생각도 그러했네. 하지만 그런 일은 마음만으로 되는 것은 아니라네. 돈이 있어야지. 민영찬 대감은 사들고 온 설계도를 펄럭거리며 여기저기 돈을 댈 만한 사람을 찾아다녔네. 하지만 그것이 돈만 있으면 되는 일이었겠는가? 민영찬 대감은 같은 집안 사람이었던 민영휘 자작에게 설계도를 내밀며 애원하다시피 했지만 민자작은 손을 내두를 뿐이었네. 조선 최고의 갑부였던 민영휘 자작이 왜 이루지 못했겠는가?"

해동은 무언가를 적는 척 노트로 눈길을 떨구었다. 대답하지 않으려면 뭐라도 하는 척하느라 그랬는데, 사실 윤원섭은 해동의 대답 따위는 필요로 하지도 않았다.

"민영휘 자작은 안목이 없었던 거야. 아버님에겐 능력과 안목이 함께 있었지. 그 두 가지 중 하나라도 빠지면 이런 걸작품은 남길 수가 없는 거야. 그런 배포와 뚝심을 가진 사내는 조선 천지에 단 하나, 아버님뿐이었네. 민자작이 은행이나 공장을 지을 때 아버님은 이 저택을 지으셨네. 그런데 이보게, 말해보게. 지금 조선땅에 민자작이 남겨 조선의 낯을 빛낸 공장이 있는가? 민자작이 아니라도, 공장이 아니라도 조선 사람의 업적이다 하고 내세울 만한 것이 무엇 하나라도 떠오르는가 말이네. 아버님이 아니었으면 이 나라에는 흔해빠진 기와집 나부랭이나 그득했을 것을, 아버님이 저택을 지어 이 나라에 선사한 것이나 다름없어. 조선 천지에 윤덕영 자작, 그분 한 사람만이 할 수 있었단 말이네. 어리석은 국민들이 그것을 과연 알기나 하겠는가? 그것도 모르고 그저 입만 열면 이회동이 어쨌다느니, 독립운동을 했다느니 어쨌다느니."

윤원섭은 비교조차 기분 나쁘다는 듯이 쯧 하고 혀를 찼다. 해동은 이제 이회영을 이회동이라고 부르는 윤원섭의 실수를 정정하기도 그만두었다. 그것이 실수나 무지가 아니라 다분히 의도적인 경멸이자 도발인 것이 서서히 느껴졌다. 이회영을 이회동이라고 틀리게 부름으로써 이회영에 한데 묶어 해동까지 모욕하는 것도 그녀의 다채로운 기법들 중 하나였다. 그녀와 함께 일하는 것은 여러 겹의 고통을 수반했다. 기록 작업을 할 때 그녀는 극도로 말이 많았지만 별다른 역사적 가치가 없는 횡소리들, 실제 사실과 부합하지 않는 거짓 정보들, 기록하는 해동 자신을 포함한 많은 이에게 모욕이 되는 소리가 대부분이었다.

이를테면 윤원섭과 한 시간 반 동안 작업하며 받아 적은 메모는 노트 두 페이지 분량이었지만 중심 내용은 '영국 공사의 귀환 파티에 초대받은 한국 사람은 윤원섭뿐이었다. 그날 입은 파란색 드레스에 각국의 외교관들이 모두 찬사를 퍼부었다'는 것으로 요약할 수 있었다. 그 파티에 초대받은 한국 사람이 정말 윤원섭 한 명뿐이었을지, 해동은 진위가 매우 의심스러운 진술이라고 여겼다. 나머지는 모두 다른 참석자들의 실크해트와 드레스, 포도주와 꽃 장식, 머리 모양과 구두에 대한 이야기였는데, 세세하게 기록하자니 복장이 터지는 내용들이었다. 그 행사가 언제쯤이었냐고 날짜를 물어보았더니 매우 귀찮아하다가 마지못해 1933년 가을쯤이라고 대답했다. 아무렇게나 하는 소리 같았다.

그런 식이다보니 윤원섭의 이야기를 최대한 기승전결의 아귀에 맞추어 배열하는 것도 쉽지 않은 일이었다. 윤원섭의 말은 중구난방 생각나는 대로 아무렇게나 튀어나오는데다 역사적 정확성은 조금도 담보되지 않았고 자신에게 흥미로운 부분에 이르면, 즉 그 시기 유행하던 패션이나 외국에서 도입된 사치품, 윤씨 가문의 영광같은 이야기에 닿으면 무한정 반복되고 늘어지기 일쑤라서 최소한의 격을 갖춘 도입부를 완성하는 데만 해도 오랜 시간이 걸렸다.

나의 아버님이신 윤덕영 자작에 대한 세간의 평판은 악의적으로 과장된 바가 있다. 윤덕영 자작은 학식과 덕망이 높아 정작 그를 가까이에서 대하고 알아온 이라면 누구나 그의 기품과 안목에 존경심을 가졌고 그가 왕실에 한결같이 바쳤던 충성심을 의심하지 않았다.

조선 최고 명가의 후손인 윤덕영 자작은 1873년 한성부 양덕방 계동에서 영돈령부사 윤철구의 둘째 아들로 태어났다. 십사 세에 부친을 여의고 아버지처럼 여기던 장형마저 잃어 일찌감치 집안의 기둥이 되어야 했으나 효성이 지극했던 그는 모친인 수안당 홍씨의 엄격한 가르침을 따라 학업을 게을리하지 않았으며 식년시 병과에 소년 등과해 입신의 길을 걸었다.

한 나라를 능히 운영할 만큼 능력과 식견이 광활했던 그는 젊어서 이미 경기도와 황해도의 관찰사가 되어 지방 민정을 보살폈으나 그의 뜻은 비루한 곡식 자루를 세는 일에 있지 않았다. 윤덕영 자작의 벼슬이 만인의 추대로 홍문관 대제학에 이르렀던 것은 그가 오로지 일평생 숭상하였던 학문과 예술의 경지에 걸맞은 일이었으며 사람들은 그를 추사 김정희에 비견하였다.

윤덕영 자작이 일생을 걸고 진력한 업적은 석양에 이른 이씨 왕조의 마지막 2대를 살뜰히 보필한 부분에 있다. 황태자비 민씨가 춘추 삼십삼 세로 승하하자 윤덕영 자작은 황태자의 빈전이 비어서는 안 된다는 충정으로 동생인 택영을 설득, 당시 십삼 세로 음전하고 방정하던 조카 승섭의 간택 단자를 올리도록 하였다. 훗날 순종 황제에 즉위한 황태자 이척은 키가 멀쑥하게 컸으나 지능이 박약하고 외모도 흉측했으며 이미 삼십대 장년이었으나 남자로서 구실을 하지 못해 여인을 가까이하지 않았다. 국운

이 땅에 떨어지려면 이와 같이 사내가 여인을 마다하는 해괴한 일까지 일어나는 법이다. 이러한 불행한 사실은 귓속말을 타고 세상에 널리 퍼져 명망 있는 집안은 물론 미관말직의 향반조차 왕가와 사돈을 맺으려 하지 않았던 안타까운 정황이었기에, 윤자작이 아끼는 조카의 간택 단자를 올리도록 동생을 설득한 것은 오로지 나라의 위신을 생각한 간절한 충정이었다.

조선의 명문가 중에서도 그 격이 가장 높은 해평 윤씨 가문에서 아끼는 맏딸의 간택 단자를 내놓자 왕가에서는 크게 기뻐하고 안도하여 다른 가문의 여식은 돌아볼 이유조차 없다 하였다. 나의 사촌언니가 되시는 윤승섭은 1906년 십삼 세의 나이로 동궁 계비가 되어 입궁하였으며 이듬해 고종이 황제위를 양위하자 황후의 존귀한 자리에 오르셨다. 황후께서는 왕조와 나라가 겪는 어려움을 모두 함께 겪으시면서 한 번도 현숙하고 꿋꿋한 덕을 잃지 않으셨으므로 세상 사람들이 해동의 여군자라고 존경하여 일컬음이 오늘에 이르렀다.

"황후의 사촌 여동생이라니, 정말 대단하지 않은가."

애커넌 씨는 입가에 미소를 띠고 문서를 읽어내려갔다. 왕조는 끝났지만 황후는 생존하여 창덕궁 낙선재에 기거하고 있었다. 이제는 윤황후보다는 윤비라는 호칭으로 일컬어졌지만 그녀는 한반도의 역사상 생전에 황후의 호칭을 받은 유일한 여성이었다. 가끔

신문 한 귀퉁이에는 윤비가 귀국한 영친왕의 아들이며 사손嗣孫인 이구씨에게서 큰절을 받았다거나, 왕실 가족들 몇을 모아 조촐하게 칠순연을 베풀었다는 기사가 실렸다. 언커크 본부로 쓰이는 저택에서 창덕궁 낙선재까지는 해동의 걸음으로 삼십 분을 넘기지 않을 가까운 거리였지만 대한민국이 공화국으로서 정체성이 확고한 지금, 비 전하니 왕이니 하는 왕가 구성원들이 실존하고 살아가는 신문 기사는 현실계와 환상계의 경계선쯤에 피어오르는 아지랑이처럼 느껴졌다. 대한민국의 가까운 과거에 왕실이 존재했던 것, 그들이 누군가의 삼촌 사촌에 불과한 혈족으로, 한 인간으로 살아간다는 것을 윤원섭을 만나기 전까지는 그토록 강렬하게 깨달을 기회가 없었다.

역사에 해박하지 않은 해동의 눈으로 보아도 윤원섭의 말에는 뻔히 사실이 아닌 것들이 셀 수 없이 많았다. 해동은 시간을 여투어 신문사의 수장고를 찾기 시작했다. 해동은 원섭이 하는 이야기를 받아 적은 서류와 별도로 낡은 신문철을 참조해 사실관계를 보완한 서류를 따로 정리했다. 애커넌 씨가 읽어볼 수 있도록 간략한 영문 원고까지 만드느라 해동은 밤잠조차 옳게 이룰 수 없이 바쁜 시간을 보내야 했다. 원섭의 증언에 결여된 사실적인 측면을 보충하는 작업은 시간을 매우 오래 소요하는 일이라 해동의 업무 외 개인적인 시간 대부분을 잡아먹고 말았지만 그 과정을 생략할 수는 없었다. 그리고 애커넌 씨의 미소를 확인한 순간 준비했던 두번째 원고를 내밀었다.

   윤황후가 세자빈으로 입궐한 것은 1907년 1월, 십삼 세 어린 나이였고 황태자였던 순종은 삼십사 세의 장년, 장인인 윤택영보다도 두 해나 연상이었다. 적막하고 어둡던 황실 가족에게 어리고 음전한 세자빈의 등장은 유일한 기쁨이 되어주었다. 시부모인 고종과 엄귀비, 남편인 순종 모두 어린 세자빈을 꽃처럼 어여쁘게 사랑하고 아꼈다.

   세자빈으로 입궐하였으나 그해 곧 황후가 되었다. 시아버지인 고종이 헤이그에서 열리는 만국평화회의에 밀사를 파견해 을사조약의 무효를 선언하려 한 일이 발각되어 일본인들이 황제위를 순종에게 양위토록 강압했기 때문이다. 태상왕이 된 시아버지나 남편인 신황제 모두 이 일을 참담하게 여겼고 주는 쪽이나 받는 쪽 아무도 황제 양위식에 참석하지 않는 일이 벌어졌다. 새로 즉위한 황제와 황후는 곧 창덕궁으로 이어移御하였는데 이 또한 황제 부부가 원하던 바가 아니었다. 황후는 더이상 시부모와 다사로운 정을 주고받을 수 없게 되었다.

   창덕궁에는 대전인 인정전仁政殿과 편전인 희정당熙政堂이 있었다. 국가의 중요한 의식을 거행하고 정무를 보는 정전正殿이자 외전外殿이었다. 말로는 왕보다 더 격을 높인 황제라 부르면서 일인들은 대전이 낡고 수리되지 않았다는 핑계를 대며 황제가 인정전을 사용하지 못하게 했다. 대신 원래 왕비의 처소였던 대조전大造殿에서 업무와 일상생활을 함께 하도록 했다. 침수는 곤전인 대조전에서 들고 국정은 대조전에서도 단계가 낮은 흥복헌興福軒에서 보도록 했으니 여간 모욕이 아니었다.

황후는 말수가 적고 국정에 참견하지 않는 성품이었지만 황실과 나라를 둘러싼 불길한 기운들은 충분히 감지할 수 있었다. 무시로 대궐에 출입하는 무례한 일인들과 대신들은 점점 더 기승해졌고 황제는 점점 더 움츠러드는 것 같았다. 원체 순한 남편은 무엄하게 눈을 부라리는 대신들에게 "차마 내 손으로 그 일을 할 수는 없으니 대신들이 알아서 하오"라는 무력한 대답을 남기고 어깨가 늘어져 침소로 돌아왔다. 상궁들의 귓속말들이 점점 더 흉흉해지던 어느 날, 일인 통감과 각부 대신이 흥복헌에 모여서 조선을 일본에 병합하는 공식 조약에 이미 서명했다는 하늘이 두쪽 날 소식이 들렸다. 황제의 재가도 얻지 않은 무엄한 사건 속에는 황후의 큰아버지인 시종원경 윤덕영도 한자리를 차지하고 있었다. 그리고 드디어 한일 병탄의 합법적 형태를 갖추기 위한 마지막 고비로서, 일본의 황제에게 조선의 황제가 합병하기를 공손히 청원하는 문서에 남편 황제의 옥새를 찍으려 하고 있는 순간이었다.

어린 황후의 심장이 그때보다 더 격렬히 날뛰었던 적은 없었다. 자신이 삼간택의 최종 낙점을 받아 세자빈으로 입궁하게 된다는 소식을 들었을 때조차 이렇게 아득하지는 않았다. 8월의 찌는 듯한 무더위 속에 그녀는 앞뒤 볼 것 없이 흥복헌으로 내달렸다. 아귀 같은 대신들이 몰려들어 남편 황제를 겁박하고 있었다. 남편 황제는 스스로 굴욕적인 문서에 도장을 찍을 만큼 쓸개 없는 위인은 아니었지만 대신들의 겁박에 끝까지 항거할 기백이 있는 것도 아니었다.

"종묘를 지키시는 누대 선왕의 혼백이 두려운 일이로다. 짐은 하지 못할 일이니 공들이 알아서 처리하라."

시아버지 고종도 곤란한 일들이 닥치면 그런 식으로 대답하곤 했다. 이제 대신들의 손아귀에 옥새가 들어가면 돌이키지 못할 일이 벌어질 것을 황후는 깨달았다. 황후에게는 어린아이의 충동적인 민첩함이 아직 남아 있었다. 황후는 숨어 있던 병풍 뒤에서 뛰쳐나가 이제 막 남편 황제에게서 내무대신 이완용의 손으로 건네지려던 어보를 낚아채 방을 빠져나왔다. 스스로 인식하지 못했으나 이후 역사의 벽에 그녀의 일생을 음각하게 되는, 슬프면서도 아름다운 몇 발짝이었다. 영원처럼 느껴졌지만 실은 매우 짧은 복도 한 개에 불과했던 도피 이후 더이상 갈 길을 잃어 그녀는 아무데로나, 문이 열리는 아무 방으로나 달려들어가 어보를 치마폭 아래 집어넣고 몸을 웅크렸다. 굼벵이 같기도 하고 태아 같기도 한, 동그랗게 웅크린 등짝이 그녀가 할 수 있었던 최대한의 분기였다. 머리를 세 바퀴 두른 무거운 달비가 바닥에 나뒹굴어 황후의 속머리가 드러났고, 가채에 꽂힌 떨잠이 바들바들 떨렸다.

먼저 달려온 사람은 아버지인 해풍부원군 윤택영이었다. 그는 옥새를 품고 엎드린 큰딸을 보고 어쩔 줄 몰랐다.

"황후마마, 어보를 이리 주옵소서. 국가의 대사이고 양국 황제 간의 조약이니 마마께서 나서실 일이 아니오이다."

윤택영은 긴장하여 혀가 목구멍 안으로 말려들어가는 소리를 냈다. 황후는 고개를 저을 뿐 친정 아비에게 대답하지 않았다. 뒤이어 달려온 대신과 각료들도 차마 어찌할 줄 모르고 우왕좌왕할 때에, 윤덕영이 동생인 윤택영의 어깨를 밀치며 재촉했다.

"무엇하느냐, 얼른 빼앗지 않고?"

하지만 원래 성격이 유했던 윤택영은 어찌할 바를 몰라 계속 황후마마, 황후마마를 되뇔 뿐이었다. 형인 윤덕영은 동생의 그런 답답함을 오래 참는 성격이 아니었다.

"이런 염병할! 내 혹여라도 이런 일이 일어날까 우려해 너를 부르지 않았느냐! 에잇, 저리 비켜라!"

치마 속에 옥새를 숨긴 황후를 어떻게 다루어야 하는지 아는 사람은 윤덕영뿐이었다.

윤덕영은 황후를 벌렁 나자빠뜨린 후, 그 치마 속을 뒤져서 옥새를 빼앗아 들었다.

애커넌 씨는 해동이 내민 두번째 원고를 받아들고 꼼꼼히 읽기 시작했다. 첫번째 원고를 읽을 때는 누이동생의 일기장을 들춰보는 것처럼 싱글거렸지만 두번째 서류를 읽을 때는 유엔위원회의 보고서를 볼 때처럼 심각했다. 읽던 중간에 안경 너머로 해동과 눈길을 마주치며 둘만 아는 눈짓을 찡긋했는데, 그것은 한국의 고위급 인사와 긴한 토론을 하다가 벽에 부딪칠 때, 세상은 참 불합리한데 우리는 이 모든 것을 견뎌야 하지, 그렇지 않은가? 하는 마음을 표시하는 둘만 아는 신호였다.

"정말 훌륭하구먼, 아주 좋아. 헤이든, 이 내용들을 간략하게 발표용 원고로 정리해줄 수 있겠는가? 슬라이드 열 장 정도로, 간략하게."

"알겠습니다. 그런데 어느 쪽 내용을 기준으로 할까요? 윤원섭이 말한 인터뷰 내용은 일방적인 주장이기도 하고 제가 검토해본 바로는 신뢰성도 많이 떨어집니다."

"골치 아픈 역사보다는 저택 건물을 중심으로 하게. 그러면 그 문제가 해결될 테니. 원고는 따로, 슬라이드는 사진을 중심으로 하게. 윤덕영이라는 문제적 인물의 얼굴 한 장 정도는 들어가는 게 좋겠네. 언젠가 유엔 본부에 언커크 활동을 전할 때 필요할 수 있겠다는 생각이 들었네."

"알겠습니다."

"한글과 영문 원고를 모두 부탁하네."

해동은 애커넌 씨의 주문을 빈틈없이 수행해서 슬라이드와 두

종의 발표용 원고를 전달했지만, 애커넌 씨가 읽을 줄도 모르는 한글 원고를 따로 만들어달라고 특별히 부탁한 것은 이번이 처음이었다는 사실을 나중에야 깨달았다.

4

빵집의 실내는 어둑했다. 사람은 많은 편이었다. 요새 명동에서 최고로 인기 있는 데이트 명소였다. 하지만 좀 친해진 다음에 오는 곳인지 해동처럼 잘 차려입고 선을 보는 사람들은 별로 없었다. 해동네는 주선자가 없는데다 둘 다 쑥맥 같은 성격이어서 어쩔 줄을 몰랐다.

이 자리에 나오기 이전부터도 두 사람은 서로 많이 어색했다. 고모가 준 연락처로 연락을 했더니 손진형이 사는 하숙집의 옆집이었다. 하숙집 주인이 웃음기를 참는 목소리로 "남자네에" 하면서 손진형에게 수화기를 넘겨주었다. 시간도 장소도 해동이 정했다. 손진형은 의견이 없는 사람처럼 "네, 네" 하기만 했다.

막상 만나보니 단정하게 머리띠를 한 긴 생머리에 갸름한 얼굴이 코스모스처럼 곱다고 할 만도 했지만 언뜻 스쳐가는 눈빛이 꽤나 매서울 때가 있었다. 고모가 자세히 알지 못하고 드센 여자를 소개한 것이 아닌가 겁이 더럭 났다. 해동은 드센 여자라면 질색이었다. 소심하고 예민한 제 성격을 알아서, 드센 여자에게는 도저히 당해낼 수 없겠다는 열패감부터 들고 보았다.

둘 다 커피를 시켰지만 여자는 커피가 익숙지 않은지 한 모금을 겨우 마시고는 더 손을 대지 않았다. 해동이 주문한 슈크림은 입에 맞았는지 제 몫을 남김없이 다 먹었다. 긴장해서 머뭇머뭇 오가는 손은 꽤 귀여워 보이기도 했다. 해동은 자기 슈크림에 손을 대지 않고 여자 쪽으로 밀어주었다.

"형제가 어떻게 되세요?"

"저는 조실부모하고 천지간에 홀홀단신입니다."

"아……"

여자가 해동에게 던진 첫 질문은 참 뜻밖이었다. 고모가 소개한 사람이기에 저에 대해 어느 정도는 알고 있으려니 하다가 놀랐다. 답하고 보니 여간 쓸쓸하지 않았다. 괜히 진형 앞에서 약점부터 내보인 것 같아서 속상했다.

"고모님께서 꼭 연락을 하라고 하셔서서 저도 놀랐습니다. 그러신 적은 처음이라…… 저희 고모님께서 진형양을 참 좋게 보셨나봅니다."

"안골 아주머니가 저희 어머니와 오래 알고 지내셨는데, 하지만 제가 고등학교를 마치자마자 서울로 올라간 뒤로는 거의 뵙지 못

했거든요. 어머니가 연락처를 두고 가라고 하셔서 그리한 것이에
요."

"그러면 최근에 고모님을 뵌 적이 없습니까?"

"지난 추석에 장에서 뵈어서 인사를 했는데……"

그러면 겨우 그것뿐인가, 해동은 속으로 부루퉁해버렸다. 장에
서 스쳐 인사한 정도였다면 기껏해야 나이가 적당하다는 것 말고
는 고모가 진형에 대해 따로 안 것이 없었을 것이다.

해동의 내심에 진형은 꽉 들어차지 않았다. 아직 장가들 생각을
진지하게 하지 않아 여자를 유심히 본 적이 없기는 했지만 미군부
대와 언커크에 발을 디딘 뒤로는 주변에 세련된 서울 여자들이 얼
마든지 많았다. 바쁘다보니 수작을 할 만한 여유가 없기도 했고,
서울 여자라면 말 걸기가 무턱대고 어려워 연애가 실현되지는 못
했지만 말이다. 진형의 말대로라면 상경한 지 어느덧 삼사 년이 되
어가는데도 진형은 척 보아도 상경 처녀였다. 예쁘장하긴 했으나
세련된 구석이라고는 찾을 길 없었다. 서울 처녀들과 상경 처녀들
은 어쩌면 이렇게 한눈에 알아볼 수 있도록 차이가 나는 걸까. 남
들이 저를 보아도, 제아무리 유창하게 꼬부랑말을 지껄이고 다녀
도 첫눈에 서울내기가 아닌 것을 알아챌까, 해동은 그런 생각을 하
면서 왠지 우울해졌다.

형제를 묻자 꽤 긴 대답이 나왔다.

"저희 집은 삼남 이녀예요. 큰언니 다음에 오빠 셋, 제가 막내

예요."

큰언니는 일찍 시집을 갔고, 큰오빠가 먼저 서울에 올라와 자동차공업소에서 일을 시작하더니 동생들을 차례로 불러모았다고 했다. 진형도 서울에서 애 보기부터 시작해서 지금은 작은 무역회사의 경리부에서 일하고 있었다. 유복하지 않아도 형제간은 은성한 그들의 자부심이 느껴졌다.

시간은 길고 느리게 흘렀다. 둘 다 말주변이 시원치 않아 그랬겠지만, 해동은 이럴 때 남자 쪽에서 시원스럽게 너스레를 부릴 줄 알아야 한다고 누군가가 혀를 쯧쯧 차는 것 같은 기분이 되었다. 제가 그런 성격이 아니니 여자 쪽에서 곰살갑게 조잘조잘 떠들어주면 고마울 것 같았다. 하지만 진형은 형제들 이야기를 할 때 반짝 신을 낸 것을 제외하면 드문드문 이어지는 어색한 대화에 큰 도움을 주지 않았다. 이런 여자랑 살면 참 재미가 없겠구나, 소반에 차려진 저녁상은 정갈할지 몰라도, 하는 심술궂은 생각이 들었다.

해동은 진형의 눈치를 보았다. 빵집을 나선 다음에 할 만한 일이 마땅치 않았다. 계절이 좋을 때라면 남산을 산책하자고 하겠지만 그러기엔 아직 많이 추웠고 구정 직전에 큰불까지 났다. 이재민의 곡소리를 들으며 데이트를 즐길 일도 아니었다. 함께 영화를 보고 집에 바래다주면 첫날의 만남으로서 다소 과한 것이 아닌가 싶었다. 그럴 만큼 진형이 마음에 쏙 들지는 않았다. 솔직히 말하자면 진형은 남색 블라우스를 입고 있는 나무뿌리 같았다.

그래도 영화다. 하고 해동은 마음을 정했다. 해동은 빵집 주인이 앉아 있던 계산대 앞쪽에 놓인 신문을 가져와 영화 광고면을 펼쳐 진형에게 내밀었다.

"어떤 영화를 좋아하세요?"

별다른 흥행작이 없는 시기였다. 해동의 취향대로 하자면 외화 스파이물이나 전쟁물을 보고 싶었다. 울고 짜는 방화라면 딱 질색이었지만 진형이 고르면 보는 수밖에 없을 것이다. 진형은 망설이다가 김지미와 신영균이 등장하는 〈이별의 강〉에 손가락을 얹었다. 해동은 속으로 한숨을 쉬었다.

찻값을 치르고 빵집 밖으로 나왔다. 토요일의 명동은 사람이 많았다. 해동은 함께 걷는 여자와 제 모습에 '선본 사이'라는 명찰이라도 붙어 있는 것처럼 어색했다. 선본 것이 처음은 아니었지만 얼마큼 가까이, 얼마큼 빨리, 얼마큼 이야기하며 걸어야 하는지 늘 알 수 없었다.

"영화를 좋아하시나보아요?"

"예? 아니, 그냥……"

"신영균 팬이세요?"

"아니요."

곁눈질해보니 진형은 여전히 숫기 없이 심란한 얼굴이었다. 영화도 많던데 하필 〈이별의 강〉이라니, 무언가 속뜻을 비치는 것이었을까? 해동은 슬그머니 부아가 났다.

한낮이 되어도 추위는 맹렬했다. 해동은 택시를 잡았다. 빵값에 영화비에 택시까지, 마음에 차지도 않는 여자에게 돈을 많이 쓰게 되는 날이라고 속으로 못되게 투덜거렸다.

"저기 가보셨어요?"

진형이 문득 가리킨 건물은 소공동에 우뚝 솟은 반도호텔이었다.

"저희 회사 사장님의 딸이 결혼하고 저기서 묵었거든요. 저에게 짐을 가져다주라고 해서 신혼부부가 묵는 방까지 들어가보았는데 어찌나 떨리던지. 백화점에서 산 물건들을 바리바리 들고서, 저는 그때 자동으로 올라가는 승강기를 처음 타보았답니다. 정말이지 으리으리한 곳이었는데, 저는 호텔에 드나드는 여자로 보일까봐 너무 무서워서 한번 둘러보지도 못하고 후딱 돌아나왔어요."

아까는 여자가 좀 조잘거리면 좋겠다고 바랐으면서, 막상 진형이 말문을 열자 기분이 상했다. 젊은 여자가 초면의 남자 앞에서 호텔을 운운하는 것이 별로 좋은 모습은 아니었다. 쥐뿔도 없이 가난하게 자란 주제에, 호텔이나 백화점같이 사치스러운 것을 밝히는 허영된 여자인가 하고 의심했다.

"저의 상사께서 저기 살아서, 거의 매일 갑니다."

"저기 살아요? 호텔에서?"

"외국인이고 외교관이라서요."

대답하는 목소리는 자연 쌀쌀맞게 되고 말았다. 해동의 기색이 불편한 것을 깨닫고 진형은 입을 다물었다. 해동은 반도호텔을 보면서 진형을 만나기 이전부터 기분이 좋지 않았다는 사실을 뒤늦게 깨달았다. 아직 엄동이 무르지 않은 이 토요일에 첫 데이트를 하기로 날짜를 잡은 것은 애커넌 씨와 대표들이 일본으로 출장을 가서 닷새간 다소 느슨하게 지낼 수 있었기 때문이다. 반도호텔을 보자 잠시 잊었던 언커크와 애커넌 씨와, 다른 모든 기분 나쁜 것들이 한꺼번에 떠올랐다.

칠레가 언커크에서 탈퇴하겠다는 통보를 한 이후로 언커크의 분위기는 하루하루 살얼음판과 같았다. 겨우 칠 개국의 연합체인 언커크에서 회원국의 탈퇴 소리가 나온 것은 큰 위기였다. 해동은 애커넌 씨의 기분이 그럭저럭 괜찮아 보이는 때를 골라 언커크 상부의 동정을 슬쩍 물었다. 애커넌 씨는 고개를 절레절레 저으며 만만치 않은 일이라고 했다.

"언커크라는 조직이 과연 언제까지 우리 이 멋진 저택에 머물 수 있을지 잘 모르겠어. 벌써 칠 개월째 칠레 대표는 한국 땅을 밟지 않고 있으니."

"칠레는 왜 그러는 걸까요?"

"칠레에서 기독교민주당이 집권하면서 외교 노선에 변화가 일어나는 것 같네. 이전처럼 일방적으로 미국 뜻대로 움직이지는 않겠다는 뜻이겠지. 칠레는 언커크를 구성하는 일곱 개 나라 중 한국과 지리적으로 가장 먼 나라지만 미국과의 거리는 가장 가깝다네. 사실 미국은 세계 모든 나라와 가장 가까운 나라이긴 하지만."

"언커크는 유엔 기구가 아닙니까. 미국은 언커크의 회원국도 아닌데요. 미국과 언커크 사이에 아무 직접적인 관계가 없지 않습니까."

"물론 유엔은 국제연합이고 언커크는 유엔 소속이지. 하지만 애초부터 친미적인 국가들로 구성되었으니 언커크에 미국의 입김이 닿지 않는다고 생각하는 사람은 아무도 없다네. 거의 모든 유엔 기구에서 그런 논란이 있는데, 분단국가인 한국 문제에서는 특히 예민한 부분이지."

"언커크의 활동에 특별히 편파적인 부분이 있다고 생각하지 않았는데요."

"한국 사람들은 그럴 수 있네. 언커크가 친미적이라는 말은 곧 남한에 우호적이라는 뜻이기도 하니까. 언커크의 활동이 지금까지 남한에 편파적이었던 것은 사실이지."

"그게 왜 편파적인 것입니까? 그럼 언커크가 북한처럼 폐쇄된 독재국가를 지지하기라도 해야 한다는 뜻인가요?"

"북한을 적대시하는 한국인에게는 이해가 되지 않겠지만, 원칙적으로 유엔은 남한과 북한을 동등하게 대해야 하는 입장인 것이지. 그렇게 생각한다면 한국통일부흥위원회가 남한에 있다는 것은 북한의 입장에서는 불쾌한 노릇이 아니겠는가? 북한은 언커크가 중립적인 제삼국으로 옮겨야 한다는 적극적인 외교전을 펼치고 있고, 칠레가 그 주장에 호응한 것이지."

"한국은 언커크를 순순히 빼앗기지 않을 것입니다."

"과연 그럴까? 이보게 헤이든, 국제정치는 그리 단순하지 않다네. 정부에서 언커크를 중요하게 여기는 것은 맞지만, 그렇다고 언커크와 한국 정부가 화목한 것도 아니거든. 언커크는 한국 정부의 독단적인 정치적 성향에 대하여 타당한 우려를 표시했는데, 정부는 그런 발언들에 매우 예민하게 반응한다네. 한국 정부는 언커크가 제삼국으로 이전해서 더 쓴소리를 해대는 것은 결코 원치 않겠지. 하지만 우리가 아예 사라져버린다면? 그건 은근히 좋아할지도 몰라."

해마다 유엔에 보고하는 언커크 보고서를 제작할 때면 언커크와 한국 정부 사이에 상당히 신경질적인 연락들이 오가곤 했다. 한국 정부는 북한의 독재 체제와 한국의 경제 발전을 강조하고 싶어 하는 반면 언커크는 한국에 민주적 정치체제가 건설되고 있다는 증거들을 원했다. 해동은 그것이 의례적으로 존재하는 긴장 관계라고 여겼지 언커크의 존립이 오갈 수도 있다는 생각은 한 번도 해보지 않았다.

"이런 틈새에 일본이 기회를 노리고 있으니, 한국 입장에서는 참 얄궂은 일이야."

"일본이요?"

"언커크 본부를 동경으로 옮기자는 이야기는 이전부터 드문드문 나오곤 했네. 이번 회의도 동경에서 할 예정이고. 헤이든, 자네 생각은 어떤가?"

"한국 정부와 국민으로서는 받아들일 수 없는 일입니다. 언커크 본부를 동경으로 옮기느니 차라리 언커크 없이 사는 쪽을 택할 겁니다. 일본에서 한국의 부흥과 통일을 논의한다니요. 그런 일은 생각할 수도 없습니다."

"맞아. 일본과 수교를 회복한 것만으로도 정권이 흔들릴 만큼 국민감정이 악화되었지. 일본의 강제 통치에서 벗어난 지 이제 겨우 이십 년 아닌가. 한일 간에 무단 병합의 역사가 없었다고 해도, 세계 어디를 보나 이웃한 두 나라는 감정이 안 좋기 십상이니까. 언커크 본부를 동경에 두자고 하는 것은 한국을 이만저만 모욕하는 소리가 아니겠지."

"그런 걸 알면서도 어떻게?"

"한국민의 감정도 중요하지만, 외교는 현실이니까. 언커크 구성 국가들이 대표를 따로 임명해 한국에 파견하는 것은 현실적으로 비용이 많이 드는 일이라네. 칠 개국 중 절반 정도의 국가들은 주일본대사가 언커크 대표를 겸직하는 형식으로 인원과 비용을 절감하고 있으니, 언커크를 아예 동경으로 옮기는 것이 그들에게는 훨씬 편하지 않겠는가? 어쩌면 현실이 될 수도 있는 일이라네."

애커넌 씨가 마지막에 싱긋 웃은 것은 어쩌면 해동에게 마음의 준비를 하라는 암시처럼 보이기도 했다. 한국민의 사정도 사정이지만, 언커크가 동경으로 본부를 옮긴다면 해동은 직장을 잃게 될 것이다. 달러로 받는 월급도, 경비병이 지키는 장엄한 저택을 드나드는 출퇴근도 사라질 것이다. 실직은 언제나 고통스러운 일이지만 그것이 또 일본 때문이라면 더욱 분한 일이었다.

일본은 얄밉상스럽게도 눈부신 발전을 구가하고 있었다. 그들이 저지른 무도한 만행에 대해 무릎 꿇고 사죄하기는커녕, 그득한 곳간과 지폐 다발의 힘으로 한국의 소중한 귀빈들을 제 쪽으로 빼돌렸다. 하늘이 왜 그런 식으로 세상일을 운영하는지 알 수 없었다.

한국에는 별로 좋지 않은 소식이었지만 언커크 정례 회의는 결국 동경에서 열리게 되었다. 한국의 반발을 의식해 정례 회의라고 이름을 붙이지는 않았지만 언커크를 구성하는 칠 개국 대표들이 빠짐없이 동경에 모이기로 했으니 정례 회의를 대신하는 것이나 다름없었다.

애커넌 씨를 전송하러 김포공항에 나간 해동은 그곳에서 윤원섭을 마주치고 얼어붙었다. 윤원섭의 차림새는 무채색 일색이었는데도 멀리서도 알아볼 수 있을 만큼 인파 속에서 도드라졌다. 유행을 모르는 해동조차도 그녀가 몸에 두르고 걸친 하나하나가 서민은 꿈도 꿀 수 없는 사치품들인 것을 알 수 있었다. 서대문형무소에서 출옥하던 날 해동에게 가져오라고 했던 검은 핸드백도 알고 보니 엄청난 고가품이었다. 윤원섭의 상체에 꼭 맞는 트위드 재킷은 굵은 자수 선이 테두리를 장식했고 장갑 손등에는 검은 진주알이 박혀 있었다. 검은 양장 바지 아래 언뜻언뜻 보이는 광택 있는 하이힐까지, 어느 외국의 영화배우인가 싶었다.

해동과 눈길이 마주치자 원섭은 자신만만하게 웃었다. 원섭에게 이제 해동은 하찮아 눈길을 줄 가치도 없었지만, 너무 기분이 좋아 웃지 않을 수 없는 것 같았다. 애커넌 씨는 해동의 얼굴이 하얗게 질린 것을 보고 그녀가 언커크 회의에서 발표를 하게 되었다고 설명했다. 둘 사이에 의심스러운 관계가 발전된 것이 아님을 힘주어 암시하였으나 애커넌 씨의 설명을 듣고 나니 차라리 둘이 바람피우러 동경에 가는 것이 나을 것 같았다. 자신이 지난 며칠 동안 공들여 제작한 슬라이드와 한/영문 발표 원고가 윤원섭을 위한 것이었다는 사실도 뒤늦게 깨달았다. 윤원섭에게 무슨 자격이 있기에 동경에서 열리는 언커크 회의에서 언커크를 소개하는 발표를 한다는 말인가? 윤원섭의 표정은 해동에게 내가 하는 일을 보았느냐, 세상이 내 뜻대로 돌아가는 모습을 보았느냐고 묻는 것 같았다. 해동은 급히 외면했다.

반도호텔은 요새 일어난 그런 일들을 한꺼번에 떠올리게 하여, 해동은 반도호텔을 보자마자 자동으로 속이 뒤집혔다. 해동이 클라크 선교사의 헛간에서 언커크의 오늘에 이르기까지 거쳐야 했던 숨넘어가도록 고달팠던 과정들을 생각하면, 김포공항에서 윤원섭이 영화배우같이 차려입고 출국해서 동경의 국제회의장 한가운데에 서는 것은 부당했다.

반도호텔을 등뒤로 하고 시청 모서리를 돌자 멀리 국제극장이 보였다. 시야에 반도호텔이 사라진 것만으로도 숨을 좀 쉴 것 같았다. 국제극장 건너편에 이르러 택시에서 내릴 때가 되어서야 해동은 제가 그동안 우거지상을 하고 말 한마디 않고 있었던 것을 뒤늦게 깨달았다. 택시에서 내린 진형은 서너 걸음 떨어진 뒤에서 울상을 하고 기가 죽어서 따라오고 있었다. 울상이 된 누이의 얼굴을 보는 못된 오라비의 마음이 이런 것일까? 해동은 무엇 하나 제대로 하는 일 없는 저 자신에게 마구 욕을 퍼붓고 싶은 기분이었다. 같이 엉엉 울고 싶기도 했다. 진형은 무언가 말실수를 하여 해동의 기분을 그르쳤다고 속상해하는 것 같았는데, 한 마리 벌레 같은 놈의 기분을 거슬렀는가 하여 풀죽은 저 여자는 대체 얼마나 더 벌레보다도 못한 인생인가 싶었다.

분위기를 수습하지 못하고 국제극장을 향해 걸어가면서, 오래전 일을 떠올렸다. 만원 버스 한번 끼어 타려고 해도 오금이 오그라들던 상경 초짜 시절에, 서울이 이렇다고 자상하게 가르쳐주는 이가 있는 것도 아니라서 해동은 서울에 대해 많은 오해를 했다. 얄미운 서울내기들은 갓 상경한 촌놈들을 놀려먹으려, 시골에서 처음 올라오면 신발을 벗고 남대문을 향해 반드시 큰절을 해야 한다고 다그쳤다. 마치 통과의례와도 같은 뻔한 장난이었다. 해동은 그것이 사실일 리 없다고 생각했지만, 속는다기보다는 속아준다는 기분으로 남대문을 향해 넙죽 절을 했었다.

남대문보다 더 창피한 기억이 바로 광화문이었다. 그때 해동은 전쟁중에 광화문이 없어져 이름만 남은 것을 몰랐다. 굳이 따지자면 전쟁중에 목조가 부서지고 석축만 남은 것을 경복궁 동쪽으로 옮겨 건춘문建春門 옆에 돌무더기처럼 아무렇게나 부려놓았다. 사정이 아무러하든 서울에 살자면 하루에 두세 번도 입에 오르는 게 광화문인데 설마 그 문이 실제로 없을 줄은 상상도 못했다.

그런 와중에 사람들이 대략 광화문이라 일컫는 구역, 중앙청에서 시민회관을 거쳐 덕수국민학교에 이르는 모서리에 맞춤하게 국제극장이 있었다. 해동은 열주와 아치로 이루어진 국제극장이 원래 광화문이었다는 소리에 의심 없이 고개를 끄덕이고 말았다. 화려한 극장 간판이 붙어 있었는데도 그것이 광화문이 아닐 것이라는 의심이 들지 않았다. 모든 혼란이 가능한 세상이라 광화문을 개조하여 극장으로 쓴다는 것이 그다지 개연성 없는 생각으로 여겨지지도 않았다. 위치상 그곳이야말로 서울의 중심 광화문이 있을 만한 곳이었다. 뒤이어 터져나온 웃음소리를 듣고서도 그들이 왜 웃는지 몰라 어리둥절했다. 누구에게도 말해본 적이 없지만 국제극장이 화제에 오르면 제일 먼저 그 기억부터 떠올라 자동으로 부끄러웠다. 둘 다 엉망이 된 기분으로 국제극장을 향해 가는 지금, 문득 해동의 심술이 폭발했다.

"저기 극장 보이죠?"

"네, 보여요."

"저기가 원래 광화문이었던 거, 아세요?"

"네에?"

"저기가 원래 광화문이에요. 지금은 극장으로 쓰지만."

"아아…… 그랬구나……"

해동이 입을 뗀 것이 반가워 허겁지겁 답하는 모습이, 한 번도 가져본 일 없지만 정말로 어리숙한 어린 누이 같았다. 아니나다를까, 진형은 순진하게 입을 쩍 벌렸다. 누가 같은 동리 사람 아니랄까봐, 홀라당 잘도 속아넘어간다. 해동은 그렇게 진형을 놀려주고 시침을 떼려고 했지만 그동안 광화문이 어딘지도 모르고 살았던 걸 누가 깔보기라도 할 것처럼 허겁지겁 새로운 정보를 습득하느라 새삼 두 눈알이 되록되록 굴러가는 모습을 보자 세상에서 가장 가난하고 모자란 것은 내가 아니라 저 여자다 하는 놀부 같은 쾌감을 느꼈다. 그 기쁨은 심술궂은 웃음이 되어 해동의 얼굴에 번졌다.

"저기요……"

진형이 조심스럽게 물었다.

"혹시 저…… 속여먹는 농담하신 거예요?"

해동이 웃음을 참지 못하고 킥킥거리자 진형은 울상이 되고 말았다.

"아이 정말…… 난 참말로 저기가 광화문인 줄 알고……"

해동은 진형이 속상해하는 것이 남의 일 같지 않으면서도 견딜 수 없이 통쾌했다. 지난 몇 달간을 통틀어 이만큼 유쾌하였던 적이 없는 것 같았다.

국제극장 앞에 다다랐을 때 진형의 얼굴은 그새 바뀌어, 쌀쌀하게 새침한 표정이 되어 있었다. 좀전처럼 당황하여 바보같이 울상을 짓는 여자가 아니었다. 고향 장터에서 이웃 아주머니께 인사했던 실낱같은 인연 따위 쌍동 잘라버리고 다시는 해동을 보고 싶지 않은 것이 분명했다. 그러니까 말하자면, 진형은 해동에게 화를 내고 있었다. 그 모습을 보자 해동은 갑자기 철렁하고 놀랐다. 어쩌자고 처음 만난 여자에게 괜한 심술을 부리고 격 떨어지는 농담을 했는지, 고향의 장터에서 고모가 해동의 싹퉁머리 없는 평판을 들으면 얼마나 면목 없고 실망하실지 걱정이 되기 시작했다.

하지만 내가 왜 이 여자에게 미안해야 하더냐, 마음속의 못된 해동이 다시 어깃장을 놓았다. 배운 것도 없고 가난한 이 여자 앞에서까지 쩔쩔매고 빌지는 않을 것이다. 나 이해동, 이만하면 이날까지 잘 살았다. 적어도 이 촌스러운 여자보다는 출세한 인생이 분명했다. 이 여자와 사귀고 싶은 마음도 없고 헤어져 아쉬울 마음도 없으니 뻔뻔하다 하더라도 배짱을 부려볼 테다. 어려움을 헤치고 이날까지 살아온 사내의 기개를 보여주고야 말 터이다. 해동은 마침내 매표원 앞에 섰으나 표를 사지 않고 돌아서 그냥 진형의 앞으로 돌아왔다. 진형은 여전히 뾰로통한 얼굴로 서 있었다.

"이것참, 영화를 볼 수 없게 되었습니다."

"왜요? 벌써 세시 표가 다 팔렸나요?"

진형은 분통 터진 얼굴이 되었다. 다른 사람들은 멀쩡하니 티켓을 사서 팔짱을 끼고 극장 안으로 들어가고 있었다.

"진형씨와 오늘 처음 만났는데 벌써 '이별의 강'이라니, 이런 영화를 보아서야 어디 되겠습니까?"

좀전까지는 제 안에 전혀 없다고 자책했던 '너스레'가 절로 나왔다. 잘되어가는 기분은 아니었다. 술 한 방울 마시지 않았는데 만취한 것처럼 말이 제멋대로 튀어나왔다. 영화 속 건달처럼 광화문 네거리에서 여자에게 뺨을 맞는 것도 나쁘지 않을 것 같은, 실은 될 대로 되라는 기분이었다. 하지만 진형은 초면에 남자의 뺨을 올려붙일 결기가 있는 여자도 아니었다. 술 취한 것처럼 제멋대로 이랬다저랬다 하는 해동에게 당황해서 어쩔 줄을 몰랐다.

"그러면 영화를 볼 수도 없고, 무얼 해야 하지요? 집엘 가야 하나요?"

해동은 광화문이라고 속였던 국제극장의 열주에서 조금 더 서쪽으로 비껴난 햇볕 속으로 진형을 데리고 갔다. 해동이 가로수 가지 사이로 고개를 기웃거리며 무엇을 찾는 시늉을 하자 진형도 호기심이 동하여 해동의 뒤편에서 저도 모르게 고개를 길게 뺐다. 까까머리 학생들이 오전 수업을 마치고 어슬렁거리는 서울중고 옆, 거의 폐허로 버려진 경희궁 터 뒤편 야트막한 언덕에 하얀 중앙관상대가 얹혀 있는 것을 제외하면 시야를 가리는 것이 별로 없었다. 물속을 들여다보는 왜가리의 모가지처럼 둥글게 굽은 인왕산의 능선 안에, 붉게 솟은 언커크 저택은 어렵지 않게 시야에 들어왔다.

"저기 가보시겠어요?"

"어디요?"

"저기 저 건물이요. 저기가 제가 근무하는 곳입니다."

"언커크요?"

"네, 사람들이 그렇게 부르죠."

"어머나. 그런 곳엘…… 저 같은 사람도 가볼 수 있나요?"

"유엔 사람들은 토요일엔 일하지 않습니다. 비어 있을 테니 슬쩍 가보아도 상관이 없습니다."

해동은 품안에서 사무실 열쇠를 꺼내 보였다. 진형은 놀란 얼굴이 되었다. 저도 모르게 두 손이 올라와 가슴 앞에 모였다. 해동은 다시 자신감을 회복해서, 전차 정거장을 향해 걷기 시작했다. 눈앞에서 열쇠만 달랑달랑 흔들면 진형은 어디까지라도 따라올 것 같았다.

"저기서 전차를 타실까요? 종점까지 가면 멀지 않습니다."

광화문에서 언커크 본부까지는 멀지 않은 거리였다. 늘 만원이던 전차는 주말이라서 조금은 여유가 있는 편이었다.

"신문을 보니 전차 노선이 곧 철거된다고 하더군요."

"어머, 그러면 이제 전차가 없어지나요?"

"예. 오히려 교통에 방해가 되어서 없애는 게 낫다고 하니."

"아이, 버스를 타면 멀미를 하는데."

"대신 땅속을 파서 철길을 만든다고 하더군요."

"땅속으로요? 기차가요?"

"구미歐美 선진국에서는 땅속으로 기차가 달린 지 벌써 오래입니다. 건설 비용이 비싸고 기술이 들어 그렇지, 땅 위와 땅 밑 이중으로 승객을 나를 수 있으니 도심 교통 개선에 최고라고 할 수 있지요."

"벌써 다니고 있다고요?"

"미국의 뉴욕이나 영국의 런던 같은 도시에서는 금세기 초부터였죠."

"세상에."

진형 앞에서 알은척을 해댔지만 실은 신문에서 읽은 것을 앵무새처럼 읊어대고 있을 뿐이었다. 사실 해동에게도 땅속으로 달리는 지하철의 존재는 머릿속으로 쉽게 그려지지 않았다. 하필이면 원효로에서 청와대 앞까지 달리는 이 노선이 제일차 철거 대상이었다. 노선이 짧아서 승객도 적고 전차의 차량도 몇 칸 되지 않았으니 일차인 것이 당연하기도 했다. 궁하던 시절에는 차비 따위 아낄 걱정 없이 마음껏 전차를 타고 다닐 수 있으면 좋겠다는 생각을 하곤 했는데, 어느덧 전차는 시대에 뒤떨어진 유물이 되어 곧 철거된다는 기사가 신문에 났다. 대신 청량리역에서 서울역까지 땅 밑으로 다니는 지하철을 만든다고 했지만 진형이나 해동 같은 사람들에게는 그런 세상이 오는 것이 머릿속으로 가늠되지 않았다.

진형의 시선은 차창 밖으로 보이는 언커크 저택을 향하고 있었다. 겨울눈을 달고 있는 앙상한 가로수 가지가 가끔씩 빗금을 그을 때를 제외하고, 인왕산 자락의 붉은 저택은 전차가 달리는 내내 시야를 떠나지 않았다.

"저의 상사는 호주국에서 파견된 유엔 외교관인 데이비드 애커넌 씨입니다. 지금은 동경에서 열리는 회의에 참석하러 출국하셨지요. 나이는 마흔일곱 살이고, 영국의 악스포드 대학에서 국제정치학을 전공했습니다."

"악스포드요……"

"미국의 하바드처럼, 세계 최고로 치는 대학이지요."

"외국 사람과 일하시려면 힘드시겠어요……"

"저는 영어에 익숙하기 때문에 큰 어려움은 없습니다만 국제기구에서 일하면 여러 가지 색다른 일이 있습니다. 예를 들자면, 월급이 달러로 나오기 때문에 항상 환전을 거쳐야 하는 점이 아무래도 좀 거추장스럽지요."

고개를 숙이고 해동이 하는 말에 소심하게 장단이나 맞추던 진형이 깜짝 놀라며 해동을 똑바로 쳐다보았다.

"회사에서 경리 업무를 보신다고 했으니, 외환 업무도 좀 아시겠어요?"

"그러믄요. 한국은행 외환업무과에 늘 가는걸요. 저희 회사는 군납도 해서, 상공부에 외환 보고서도 내야 하고……"

"그러면 진형씨도 잘 아시겠네요. 작년부터 환율이 변동되기 시작해서 금액이 자꾸 왔다갔다하는 것이 우습지 않습니까? 유엔에서 주는 월급은 칠십오 달러로 항상 일정한데 환전을 받아보면 그때그때 액수가 다르게 되니까요."

해동은 갑자기 터져나오는 수다를 멈출 수 없었다. 목소리를 낮추긴 했지만 유엔이니 달러니 하는 소리에 전차 안의 몇몇 승객이 그에게 궁금하다는 눈길을 던졌다. 외환 업무를 담당해본 진형은 칠십오 달러가 얼마나 큰 돈인지 곧바로 알아듣고 눈이 커졌다.

해동은 아직 서른도 안 된 나이치고는 매우 높은 급여를 받고 있었다. 작년부터 달러 환율이 변동되기 시작해서 환전수수료까지 떼고도 그가 손에 쥐는 금액은 이만원에 가까웠다. 환율이 계속 오르고 있어서 유엔에서 지급하는 금액이 달라지지 않았는데도 월급이 펄쩍펄쩍 뛰어오르는 효과를 보았다. 곧 이만원을 넘을 것이고 어쩌면 급여 인상이 이루어질지도 모른다. 어쨌든 처녀들이 알면 모두 반색할 조건이었다. 진형 역시 달러 이야기에 생기가 올랐다.

"그러면 환전하실 때, 명동에 배씨 아줌마, 그분이 최고로 잘해주시는데. 우리 회사는 거기랑 거래하거든요."

"아, 유엔에서는 수표를 줘서, 저는 꼭 한국은행에 가야 합니다."

"아까워라. 수수료 차이가 큰데."

진형은 제 주머니에서 수수료를 낸 것처럼 울상이 되어서 발까지 동동 굴렀다. 해동 또한 명동과 한국은행 사이의 격차를 내심 안타깝게 여기던 터라서 몇 번이나 맞장구를 쳤다. 이제 다시 보니 진형은 작고 마르고 속마음이 투명하게 겉으로 보이는 여자였다. 처음 보았을 때 왜 이 여자가 드세어 보였던가 싶었다.

종점에서 모두 내려서, 해동과 진형은 언커크 저택으로 향하는 정서향 길로 접어들었다. 전차가 청와대 앞 삼거리 종점에 멈출 무렵에 저택은 산자락에 절반쯤 몸을 감추어 뾰족탑 윗부분만 보였다. 인왕산의 가장 아름다운 능선, 동편 사면이 그들의 정면에 놓였다. 왜가리의 굽은 목 같은, 호랑이의 웅크린 엉덩이 같은 산이 붉은 뾰족탑의 저택을 품고 있는 모습은 자신의 눈이 그런 사물을 보고 있다는 것을 믿지 못하게 만드는, 그런 비현실감이 있었다.

"저 바위 이름은 치마바위입니다. 정변이 일어나 쫓겨난 왕비가 자기 치마를 널었다고 하는 곳이에요."

"왕이 보라고?"

"왕이 보라고."

"아…… 가여워라…… 그럼 저거는 왕이 보라고 바위에 시를 쓴 건가요?"

진형은 치마바위에 선명하게 새겨진 한문 각자刻字를 손가락질했다.

"아닙니다. 저건 전쟁 동원 구호예요. 일제시대에 일본놈들이 새긴 거죠. 저기 대동아 어쩌고 하는 거 보이죠? 잘 보면 날짜도

써 있어요."

해동은 쓰게 웃고 진형은 입을 다물었다. 진형이 상상했듯이 슬프고 로맨틱한 한시처럼 보였지만 잘 보면 일제강점기에 새긴 전쟁 구호였다. 해동 또한 업무가 한가하던 어느 날 무심히 큰 글자들을 읽어보다가 그것이 '동아청년단결'인 것을 알고 얼마나 놀랐는지 모른다. 바위가 넓어 오만소리를 다 적어놓았고, 글자를 새긴 날짜와 일본인 책임자의 직급과 이름까지 정확하게 적혀 있었다. 일본어를 잘 알지 못했지만 책임자의 끝 이름이 사부로三郎인 것은 알아볼 수 있었다. 몇몇 숫자와 동아東亞 같은 글씨는 멀리서도 아주 선명하게 보였다.

이 동네의 많은 것이 그런 식이었다. 왕비가 울면서 치마를 널었던 너럭바위에는 청년들을 죽음으로 내모는 섬뜩한 동원령이 새겨져 있었고 그 아래 장엄한 붉은 저택을 지은 자는 역사적인 친일파였다. 신령한 바위에 글자를 새기고 내려온 인부들을 거느리고, 각반을 찬 조선총독부 학무국장 사부로는 윤덕영의 저택에서 카이젤 수염을 매만지며 상다리가 무너지는 환대를 받았을지도 모른다.

해동은 진형과 함께 맹학교 앞을 지나 한 사람이 겨우 지날 수 있는 좁은 석문을 통과했다. 오래된 주거지였지만 구불구불한 길과 낡은 한옥 사이사이 인왕산의 암반이 억세게 통과하는 줄기들이 있었고, 돌아갈 수 없도록 암반이 깊으면 그런 식으로 좁은 석문을 뚫어 옹색하게 길을 냈다. 신교동에서 옥인동으로 이어지는 주택가는 오래된 한옥과 새로 지은 양옥들이 널찍널찍하게 터를 잡고 있었다. 한옥들은 오래된 마을의 호젓하면서도 쇠락한 분위기를 풍겼다. 마을길은 매우 구불구불했지만 대체로 넓은 편이었고 집집마다 마당 안에 정원수 한두 그루쯤 곱게 자라고 있었으며 무엇보다도 마을 전체가 응달진 곳 없이 사철 볕이 밝아 해동이 늘 터가 좋다고 생각하는 곳이었다.

해동은 심상한 출근길인 것처럼 언커크 언덕을 오르기 시작했으나 진형은 문득 발걸음을 멈추고 그 자리에 서버렸다. 해동이 올라오라고 손짓해도 긴장해서 굳어진 얼굴이 풀어지지 않았다.

"정말 가도 되나요?"

진형은 거의 우는소리를 했다. 저택은 어디에서 보든지 신기했으나 결코 사람을 끌어당기지는 않았다. 멀리서도 눈길을 끌었지만 날씨 좋은 어느 날 한번 가보고 싶어지는 곳이 아니었다. 청와대나 중앙청, 또는 방첩대처럼 군인이 항시 지키고 있어서 관공서의 위압적인 정문을 통과할 때처럼 긴장하게 되었다. 해동 또한 처음 출근할 때 그런 위태로운 기분을 느꼈다. 총을 든 여러 명의 경비병이 지키고 군용 지프가 드나드는 저택의 철문 앞을 지날 때면 어디선가 총알이 날아올 것처럼 쭈뼛했다.

"괜찮아요. 저는 이곳에 늘 출입하는 사람이니까, 다 알아요."

지금 이 순간 진형에게 손을 내밀면 진형은 어린아이가 어른의 손에 매달리듯이 덥석 잡을 것 같았다. 진형이 해동에게 완전히 의지하고 있다는 느낌은 나쁘지 않았다.

그들은 경비병들에게 제지를 받지 않고 정문을 통과했다. 외부인을 데리고 언커크에 들어갈 일이 있으면 언제나 그렇듯 해동은 자랑스러운 기분을 느꼈다.

"어머나. 정말 아름다운 정원이네요."

올해는 백말의 해라서 무언가 야단스러운 운세가 있을 거라고 연초에 신문마다 호들갑이 대단하더니, 그 탓인지 음력설과 겹친 대한大寒 추위가 여간하지 않았다. 설 지난 후 날씨가 좀 풀리긴 했지만 기껏해야 겨울눈뿐인 삭막한 겨울 정원의 어디를 보고 아름답다고 하는 것인지 해동의 눈으로는 짐작할 수가 없었다.

"무엇이 그렇게 아름답습니까?"

"나무요. 보세요. 다 좋은 나무들이에요."

진형은 가느다란 나뭇가지 하나를 잡아당기더니 둥글게 구부려 보였다.

"구기자 가지에 물이 올랐어요. 곧 입춘이니까."

"구기자?"

"예. 여름에 꽃이 피고 빨간 열매가 열리는."

얼굴을 때리는 찬바람 속에 쑥대머리처럼 낮게 엉클어진 검회색 덤불 무더기를 무슨 근거로 구기자라고 하는지. 해동은 아무거나 근처에 선 나무를 손가락질했다.

"그럼 저 나무는 뭔가요?"

"아이, 그런 쉬운 걸. 저건 개복숭나무잖아요."

그리고 보니 봄이 되면 그 나무가 흐드러지는 분홍 꽃을 이었던 것이 기억났다. 하지만 꽃이 필 때나 복사꽃이구나 했을 뿐, 꽃이 지면 그만이었다. 너나없는 초록의 바다에 파묻힌 뒤 이윽고 지금처럼 앙상한 가지만 서 있으면 그저 한 그루의 이름 없는 '나무'로 돌아갔다.

"나무들을 잘 아시네요."

"우리 어머니 아버지가 진짜 잘 아시죠. 저는 그냥 쉬운 것만 아는 건데."

"이런 게 쉬운 건가요?"

"어릴 때 부모님이 과수원집에 일을 얻으셔서, 산에 한 오 년 살았어요. 그러다보니 알게 된 거죠."

해동이 달러와 국제정치를 가지고 떠들 때처럼, 시골 처녀는 나무들이 선 정원에 들어서자 말수가 많아졌다. 진형은 신이 나서, 해동의 눈에는 다 똑같아 보이는 검회색 줄기들을 손가락질하면서 이건 후박나무, 이건 음나무, 밤나무, 배롱나무, 버찌나무 하면서 이름들을 맞혔다.

"언덕 아래 저기 마을까지도 원래는 이 저택에 속했던 것 같아요. 거기까진 나무들이 드문드문 서 있고, 굵직하니 좋잖아요. 길 건너편부터는 아무것도 없지요? 집주인이 나무를 좋아했나봐요.

오래 공들여 가꾼 정원이에요. 나무들이 나이가 많고, 사철 꽃과 과일이 나도록 종류도 가지가지 골랐어요."

아무것도 없는 황량한 정원을 보면서 진형은 탐정처럼 끝도 없는 추측의 날개를 펼쳤다. 갑자기 말이 많아진 진형의 모습에 어리둥절하면서, 해동은 자신이 이곳에 오래 근무하면서도 정원의 나무에 관심을 가진 적이 한 번도 없었다는 사실을 새삼 깨달았다. 저택에 처음 출근하던 날에도 웅장한 모습에 놀랐으나 낯선 직장에 적응할 일을 더욱 크게 생각했었고, 언커크에 익숙해진 뒤 때때로 흐뭇하게 여겼으나 그것은 좋은 직장을 자랑스러워하는 마음이었다. 저택의 사계절을 네 번 겪고 나자 그곳을 생각할 때마다 한번 고장나면 자재를 구하기 힘들어 오랜 시간 기다려야 하는 파이프나 창틀, 꼭지는 근사하게 생겼는데 졸졸 흐르다 마는 수돗물이나 겨울이면 피할 길 없이 뼛속까지 냉골이 되고 마는 그악스러운 추위 같은 것이 먼저 떠오르게 되었다.

각색 꽃이 만발한 봄이나 단풍 진 가을도 아니고, 푸른 숲이 우거진 한여름도, 하다못해 흐드러지게 눈을 인 설경조차 아닌, 나무에 새잎도 나지 않아 온 세상이 사금파리처럼 빗금 친 회색조인 가장 황량하고 볼품없는 계절에 그들은 언커크 언덕에 올랐다. 그런데도 진형은 나무에게 제각각 이름을 불러주었다. 추위 속에 흩어지는 음파에 불과한 그것이 불러오는 기묘한 생기에 해동은 내심으로 놀랐다.

진형은 저택을 향해 돌아서서 고개를 한껏 뒤로 젖혀 저택의 전경을 시야에 모두 담으려 노력했다. 하지만 이만큼 가까이에 서면 저택의 전체는 한눈에 들어오지 않았다. 본채를 보면 뾰족탑이 잘리고, 뾰족탑을 바라보면 본채의 삼분의 일쯤이 시야에서 사라졌다. 직원들이 근무하고 있는지 몇몇 사무실에는 불이 켜져 있었다. 해동은 현관의 육중한 나무문을 당겨 열어 진형을 안으로 인도했다.

해동이 이곳에 근무한 지 사 년이 넘었지만 개인적으로 아는 사람을 데리고 와서 구경시켜주는 것은 처음으로 부려보는 객기였다. 진형은 죽은듯이 아무 소리도 내지 않고 눈만 커다래져서 해동을 따라 들어왔다. 현관을 열고 들어오면 제일 먼저 맞이하는 거대한 샹들리에가 그들을 반겨주었다. 불을 켜지 않아도 눈부신 물건이었다. 토요일 오후인데다 대표들이 모두 출국해 저택은 절간같이 조용했다.

일층 남면에는 언커크의 큰 회의나 파티가 열리는 대연회실이 있었고 서남면 모서리에 2회의실이라고 불리는 그만큼 커다란 방이 또 있었다. 2회의실을 통과해 들어가면 저택의 왼쪽 앞면으로 돌출된 커다란 방이 또 나왔는데, 열댓 명 정도가 앉을 수 있는 커다란 나무 테이블이 한가운데에 놓인 그곳은 천장이 투명한 유리로 훤하게 뚫려서 언커크에서도 가장 인기 있는 공간이었다. 진형은 천창을 올려다보며 눈을 가늘게 떴다. 흐린 날이었는데도 천창으로 쏟아지는 햇볕으로 방은 은은하게 밝았다.

"세상에…… 천장을 유리로……"

"사철 자연광이 들어오게 하는 천창이죠. 이층 베란다에서 보면 둥근 온실처럼 유리로 되어 있는데 문을 열어서 바람이 들게 할 수도 있습니다."

"이런 것은 처음 봐요. 신기해라……"

"지금은 없어졌지만 원래는 저기에 수조까지 달려 있었다고 하는군요."

"천장에 수조요?"

"네. 여기서 보면 금붕어와 비단잉어가 하늘을 날아다니는 것처럼 오갔다고 하니까, 굉장했겠지요?"

홀린 듯이 이야기에 빠진 진형을 보면서 해동은 다시 윤원섭이 생각나 우울해졌다. 해동이 준비해준 슬라이드를 챙겨서 동경의 언커크 회의에 한자리를 차지하고 앉은 그 얄미운 여자의 이야기에, 언커크 대표들은 이렇게 홀린 듯이 귀를 기울이고 있을 것이다.

"아마 평소엔 그 수조를 비워두었을 거예요."

"예?"

"서울에 올라와서 처음에 부잣집 식모로 들어갔는데, 거기에 일본에서 들여왔다고 하는 커다란 수조가 있었어요. 주인 양반은 사업하는 사람이라서 집으로 사람을 불러들이는 일이 많았는데, 그 수조가 아주 자랑이었죠. 그런데 그게 얼마나 까다로운지, 돌아서면 퍼렇게 물때가 끼고, 툭하면 물고기가 죽어서 떠오르고, 아차 하면 깨질까 싶어서 관리하기가 여간 어려운 게 아니란 말이에요. 그래서 나중엔 수조를 아예 깨끗이 비워두고, 손님이 온다고 하면 그날로 기사가 물고기를 사와서 채웠어요. 그게 제일 보기 좋아서, 쭉 그렇게 했어요."

"맞아요! 언덕 아래 연못도 있으니까! 거기서 물고기를 퍼오는 것이 가장 쉬운 방법이었겠군요!"

해동은 무릎을 쳤다. 진형은 자랑스럽게 고개를 끄덕였다. 그들은 수조를 자랑했던 윤덕영의 꼼수를 비웃으며 회의실을 나섰다.

"지금 저의 상사는 일본으로 출장을 갔는데, 이게 참 큰일입니다."

"왜요?"

"일본이 언커크를 빼앗아가려고 수작을 부리고 있어요."

"네?"

"게다가 북한까지 트집을 잡아요. 한국이 독재국가니 어떠니 하면서."

"어머! 김일성이야말로 독재자인 주제에!"

"그런데도 그런 트집이 먹힌다니까요. 언커크가 한국의 민주화 방안을 논의해야 한다고 해서, 알고 보면 언커크와 정부 사이의 알력도 보통이 아니랍니다."

"박대통령이 무슨…… 일도 잘하고…… 독재하거나 그럴 사람 아닌데……"

"그러게 말입니다. 이승만 때 끝이 안 좋은 걸 잘 보았으니 적당하게 물러날 때를 알겠지요."

"그런데 해동씨는 유엔에서 그런 일까지 하시다니…… 정말 대단하네요……"

"국제정치란 것이 참…… 제가 별로 큰일을 하는 건 아니지만, 아무래도 가까운 데서 지켜보는 입장이니까 나라의 앞일이 걱정이 되기도 하고요……"

"아니에요…… 정말 대단한 일을 하고 계시는 게 분명해요……"

해동은 누가 들을까봐 목소리를 최소한으로 낮추었다. 팔십여 명이 근무하는 언커크에서 해동의 자리는 잡역부 다음으로 낮은 위치에 불과했지만 이 여자는 고등고시를 패스한 외교관처럼 생각하고 있었다. 이곳의 누구라도 그 착각을 듣는다면 비웃음을 참지 않을 것이다. 하지만 국제정치의 무대에서 중요한 활약을 하는 이해동의 모습은 착각이라도 너무 달콤해서, 해동은 그 아름다운 그림을 당분간만이라도 음미하고 싶었다.

눈요기를 하기에 가장 좋은 곳이라면 동편 뾰족탑이었다. 사층 베란다에 오르자 진형은 코트 자락을 뒤흔드는 바람도 잊은 듯 난간에 가까이 붙어서 뛰어들 것처럼 시내 풍경을 바라보다가, 다람쥐처럼 베란다의 사면 난간을 빠짐없이 호드득호드득 뛰어다녔다. 난간에 가까이 가지도 않고 어정쩡하게 서 있던 해동은 그 모습을 보기만 해도 어지럽고 오금이 저렸다.

"세상에 이렇게 아름다운 곳이!"

보통 방문객들은 왕궁이 보이는 남동향을 좋아했는데, 진형은 서향으로 펼쳐진 저택의 검은 기왓장을 넋놓은 듯이 바라보았다. 펄쩍 뛰어내려 기왓장 위로 저벅저벅 걸어갈 것처럼 몸을 아래로 숙여 팔을 뻗쳐보기까지 했다.

"그깟 지붕이 무엇이 그렇게 좋습니까."

"예쁘잖아요. 세상에 이렇게 예쁜 것이라니……"

"보이는 풍경이 좋지요? 시내가 다 보이고."

"네. 하지만 이런 풍경은 산에 올라가서도 볼 수 있으니까요. 이 풍경은, 여기서 보이는 이런 것들은……"

진형은 뾰족한 탑의 꼭대기, 검고 단정한 기와지붕, 끝을 동그랗게 오므려 우아하게 모양을 낸 저택의 창틀, 톱니바퀴처럼 하얗게 마무리한 벽의 테두리 들을 손가락질했다.

"저 하얀 테두리, 창문이랑 모서리에 벽은 빨갛고 테두리는 하얗고, 특히 예쁘잖아요? 시골에 있던 당나귀 같아요. 털은 진한 색인데 눈가는 하얀색. 주둥이랑 발굽 있는 데도 하얗고. 짐승이지만 참 신기했는데."

해동은 저택에 오자 갑자기 말이 많아진 진형을 신기하게 여겼다. 저택을 보면서 당나귀를 떠올린 것은 어이없게 들렸으나 다시 보니 말이 되기도 했다.

"저기, 저기로 들어갈 수도 있나요?"

진형이 손가락질한 곳은 다락방의 창문이었다.

"저기, 아까 우리가 먹었던 그 빵과자 이름은 무엇인가요?"

"네?"

"그 동그랗고…… 안에는 달콤한 것이 들어 있었던……"

"아, 슈크림 말씀이군요."

"맞아요, 슈크림. 정말 그렇게 맛있는 건 처음이라서…… 그 슈크림을 저런 방에서 먹으면, 정말 외국의 소공녀가 부럽지 않을 것 같아요. 예쁜 찻잔에 차를 따르고. 영화에서 외국 사람들이 그렇게 하는 것처럼요."

그러더니 쑥스럽게 혀를 날름했다. 바람에 흐트러진 진형의 머리칼과 허술하니 찬바람을 잘 막지 못할 것 같은 머플러는 물론, 나무토막같이 어울리지 않던 남색 블라우스와 코트도 저택의 베란다에 서니 영화의 한 장면처럼 잘 어울렸다. 가난하고 초라한 여자가 소공녀가 되는 상상을 하며 환하게 웃는 모습이 너무 예뻐서, 사진을 찍어주고 싶었다. 해동의 사무실 서랍에 소중히 여기는 카메라가 있었지만, 안타깝게도 필름을 채워놓지 않았다.

"꽃이 피면 다시 와요. 슈크림을 가지고 와서, 저 방에 가면 티 테이블이 있어요. 영화에서 보던 것처럼 예쁜 찻잔에 차를 마실 수 있게 해줄게요. 그때는 카메라도 가져와서, 사진도 예쁘게 찍어줄

게요."

진형의 얼굴이 붉어졌다. 해동은 여자에게 실례인가 싶어서 부끄러워졌지만, 아까 심술을 부렸던 것이 한꺼번에 미안해져서 좀 더 칭찬을 했다.

"오늘 옷이 참 예뻐요."

"그런가요? 아, 정말 다행이에요."

진형은 얼굴이 대번에 밝아지더니, 단단히 여미었던 코트 자락을 들척거려 블라우스 자락을 조금 보여주었다.

"실은 입을 만한 옷이 없어서, 옆방 언니에게 빌렸어요. 백화점에서 산 것이라고 했는데, 어찌나 버석버석하고 까실까실한지, 언니는 백화점 옷은 원래 이렇게 불편한 것이라고 하던데, 내내 신경이 쓰여서 어쩔 줄 몰랐거든요."

해죽하니 웃는 얼굴이 예뻐 보이면서도, 가난해서 옷을 빌려 입었다는 소리를 하다니 부끄러운 줄을 모르는가 의아하면서도, 이 여자와 계속 사귀게 된다면 추울 때 태어난 이 여자의 허술한 목덜미에 모직 목도리라도 든든하게 둘러주어야 하겠다는 등의 여러 가지 생각이 머릿속에 한꺼번에 두서없이 떠올라서, 해동은 진형의 웃는 얼굴에 아무 대답도 하지 못했다.

5

해마다 두세 번쯤은 저택에서 큰 파티가 열렸다. 언커크를 구성하는 칠 개국, 태국, 터키, 호주, 네덜란드, 필리핀, 파키스탄, 칠레 각국의 전통 명절에 한 번씩 파티를 여는 것이 애초 목표였으나 각국 대표들 간에 친목이 그리 두텁지 않고 각국의 정세에 따라 분위기가 들쭉날쭉해서 곧 흐지부지되었다. 대신 크리스마스에 송년을 겸해 꼭 파티를 챙겨 열었고, 유엔창립기념일은 날씨가 매우 화창한 시월 말이라 마당에서 바비큐 파티를 하기에 딱 좋았다. 중간중간 중요 인사들이 취임하거나 임기를 마치고 떠날 적에도 환영 파티 또는 송별 파티가 열렸다.

이런 날을 위해서 언커크에는 하얀 주방장 모자를 쓴 요리사와 그의 조수 두 명이 있었다. 그들은 시내 유명한 호텔에서 경력을 쌓은 요리사로서, 고등고시 출신 공무원들보다 더 콧대가 높았다.

드높은 하얀 모자를 쓰고 영화에서나 볼 것 같은 요리들을 만들어
내는 그들이 존재함으로 인해 저택의 신비로움이 더욱 커지는 것
은 사실이었다.

부모 없이 자란 해동에게 어쩌다 고모 댁에서 보내게 되는 명절
은 사촌들의 텃세에 치이느라 흥겨울 겨를이 없이 쓸쓸한 느낌뿐
이었다. 그에 비하면 서양인들의 파티는 오히려 즐길 만했다. 해동
과 같은 한국인들은 파티에서 더부살이 같은 기분으로 한쪽에 오글
오글 몰려 있는 것이 고작이었으나, 그 딴 세계 같은 시공간에 곁눈
질이라도 할 수 있는 자리에 있다는 것은 대부분의 한국인들이 꿈
도 꾸지 못하는 호사 중에 호사였다. 클라크 선교사의 집에서 보낸
어린 시절부터 미군부대에서 잔심부름으로 시작한 직장생활이 오
늘날 언커크에 이르기까지 해동은 외국인들의 파티 문화를 접할 수
있는 환경에서 살았고 그것은 매우 즐길 만한 일이었다.

개중에는 트위스트 김처럼 요란한 댄스 솜씨를 뽐내며 무대 진
출까지 시도하는 얼굴 두꺼운 동료들도 있었다. 미군들처럼 병맥
주를 손에 들고 서서 마시고 떠드는 것까지는 해동도 어느덧 익숙
해졌으나 드레스를 입은 여자들의 허리에 손을 얹고 춤을 추는 것
은 도저히 자신이 없었다. 그것은 해동이 시도할 수 있는 영역 바
깥의 일이었다. 괴상하게 팔다리를 꺾어가며 까불어대는 치들을
보면서 가끔은, 해동 자신을 위한 무대는 애초부터 이 세상에 없는
것이 아닐까 하는 생각이 스쳐가기도 했다. 그럴 때면 서늘한 냉기

가 가슴을 때렸다. 하지만 해동은 억울한 감정에 민감해지지 않으려고 노력했다. 억울함이 무엇인지 배우지도 못할 만큼 생존부터 급급했던 인생이라서, 이 정도에 와 있는 것만으로도 충분히 만족할 만했다. 요컨대 파티는 해동의 인생에 몇 가지 되지 않는 긴한 즐거움 중 하나였다.

영화에서나 볼 것 같은 옷을 입은 사람들이 반짝이는 크리스털 잔을 들고 해동의 눈앞을 오가는 동안, 해동은 애커넌 씨와 사람들의 환담을 도왔다. 행사에 참석하는 한국의 관리들은 대부분 경직된 모습이었고 거의 언제나 천편일률적으로 형식적인 발언밖에 하지 않았는데, 그것에 부드러운 위트를 가미하여 애커넌 씨와 파티를 주최하는 사람들이 대화중에 한 번쯤 미소를 지을 수 있도록 하는 것은 해동이 보이지 않게 수행하는 중요한 업무였다.

언커크의 파티에는 세계 각국의 외교관과 그 배우자들이 참석했다. 그들은 격식에 맞게 잘 차려입는 일을 중요하게 여기는 사람들이었다. 남자들은 하나같이 양복 차림이었다. 색깔은 검은색, 짙은 회색, 남색을 벗어나지 않았다. 서양 여자들은 대부분 드레스를 입었다. 치맛자락이 바닥에 살짝 끌리며 반짝이는 구두가 언뜻언뜻 드러나게 하는 길고 풍성한 드레스를 입고, 깊이 파인 가슴선을 화려한 목걸이로 장식했다. 외교가에서 열리는 이런 파티에 여성들이 일반적인 장소에서 격식을 차리는 정도에 불과한 원피스나 투피스를 입으면 예의를 잃은 것으로 여겼다.

과감한 서양식 드레스를 거북하게 여기는 아시아 여성들은 대신 본국의 전통 복장을 한껏 화려하게 입었다. 한국 외교관 부인들도 한복을 즐겨 입었다. 붉은 자주색이나 남색처럼 진한 색깔 천을 쓰고 끝동마다 금박을 대어 보통 여염에서 입는 것보다 화려한 것이 보통이었지만 태국 여성의 황금빛 쑤타이나 베트남 여성의 날렵한 아오자이와 비교하면 한복은 언제나 점잖고 차분해 보였다.

팔묵 영감이 윤원섭을 일컬어 후리후리하게 잘생겼다고 했던 것이 무슨 뜻인지, 해동은 드레스를 입은 그녀를 보고서 알았다. 실은 이전에도 조금씩 알았던 것 같기도 했다. 윤원섭은 옷을 잘 입는 여자였다. 스웨터와 바지를 입은 평범한 모습이 오십대 나이를 잊게 할 만큼 청순해 보여서 흠칫 놀랐고, 낡은 옷상자를 뒤져서 찾아낸 두꺼운 모피 코트 하나로 러시아 여상女商처럼 강인하게 다락방의 추위를 물리치기도 했다. 이날 자주색 드레스를 입은 윤원섭은 모두의 눈길을 끌었다. 여윈 어깨와 후리후리한 키, 강하게 도드라진 광대뼈가 마치 그 옷을 위해 만들어진 몸처럼 보였다.

윤원섭의 드레스는 두툼하나 광택이 있는 벨벳과 공단이 섞인 것 같았고 매우 부드럽고 우아하게 보였으나 잘 살펴보면 레이스 하나 붙어 있지 않았다. 파티에 참석한 모든 여성들의 필수품이다시피 한 목걸이조차 두르지 않았다. 아직 봄이 오지 않아 어쩔 수 없었다는 듯 검고 넓은 숄만이 어깨에 마지못해 얹혀 있었다. 머리 꼭지에는 외국영화에서나 보았던 베일 달린, 앙증맞은 모자가 얹혀 있었다. 그런 옷차림을 하는 한국 여자는 거의 본 적이 없었지만 윤원섭은 늘 그 옷을 입고 살았던 것처럼 자연스러웠다. 무대에 설 때면 가슴이 깊게 파이고 몸의 곡선이 과장되게 드러나는 의상을 늘 입곤 하던 미군부대의 여가수들조차도 오늘 원섭처럼 익숙해 보이지는 않았다.

드레스와 숄 사이로 보이는 팔뚝은 희다못해 푸르스름할 지경이었다. 오래된 유적지에서 찾아낸 상아 조각품 같은 그녀의 곁으로 전세계에서 온 외교관들이 꾸역꾸역 모여들었다. 외교관들과 인사 정도 주고받는 것은 윤원섭의 엉터리 영어로도 얼마든지 되었지만 이런 날에는 통역 비서를 거느리는 것이 더 격이 높다고 여겨서, 윤원섭은 꼬박꼬박 해동을 통하여 답을 했다. 윤원섭과 이야기를 나누고 싶어하는 사람들이 끊이지 않아서, 해동은 그녀의 곁을 쉽게 떠날 수 없었다. 해동은 윤원섭의 말을 영어로 통역하면서, 애커넌 씨가 슬쩍 신경질을 누른 표정으로 까닥 고갯짓을 하는, 얼른 달려와서 이 한국인이 뭐라고 하는 소리인지 알아들을 수 있게 말해달라는 특유의 몸짓을 얼른 해주었으면 하고 바랐다. 하지만 애커넌 씨는 오늘 해동이 원섭을 돕는 부가 업무가 매우 필요하다고 인정해 그를 부르지 않고 서툰 한국말을 연습하는 기회로 삼았다. 해동은 애커넌 씨의 너그러움이 달갑지 않았다.

해동은 애커넌 씨의 통역 비서로서 자기 일을 좋아했다. 가끔은 모멸감을 느끼는 순간도 있었다. 분명 고등고시를 통과했을 외무부의 엘리트 관리가 유창한 영어로 애커넌 씨와 직접 대화하며 까놓은 마늘 톨 같은 얼굴로 해동을 등지고 설 때, 그럴 때는 다소 비참함을 느끼며 한 발짝 물러섰다. 자신에게 든든한 부모가 있어 대학까지 나올 수 있었더라면 고등고시에 도전해 지금 저 자리에 설 수도 있었을까 하는 무익한 상상으로 빠져들기도 했다. 하지만 그런 비애에 오래 머물지는 않았다. 해동은 현재의 위치에 오른 자기 자신을 대견하게 여겼다. 그가 참여하는 일은 국제정치의 일, 나라의 일이었다.

친일파의 딸이 지껄이는 시시껄렁한 말 따위를 통역하는 것은 해동의 일이 아니었다. 윤원섭 따위를 보필하려고 그가 이날까지 영어사전을 뒤지며 살아온 것이 아니었다. 검은 공단 숄 아래로 슬쩍슬쩍 비치는 허연 등짝에 해동은 구토감을 느꼈지만 윤원섭과 인사를 나누기 위해 늘어선 외빈들을 두고 토할 수는 없었다. 외교용 예의에 합당한 얼굴들 아래 흐르는 봄기운 같은 설렘을 해동은 분명히 느낄 수 있었다.

"놀라셨나요. 아버님이 그러실 리가요. 그것은 '만卍'자예요. 나치의 철십자와 닮았지만 좌우가 반대죠."

질문을 했던 프랑스 외교관의 심각한 얼굴이 무색하게, 윤원섭은 높고 들뜬 웃음소리와 함께 대답했다.

프랑스 외교관의 질문은 저택의 현관, 육중한 아치형 나무문의 바로 윗부분에 달린 현판에 관한 것이었다. 그곳에는 처음 오는 사람을 누구나 놀라게 하는 꺾인 십자 문양이 구리판에 새겨져 있었다. 크기가 작지 않고 국경일에 집집마다 내거는 가정용 태극기보다 큰 정도가 되어서 무척이나 눈에 띄었다.

알고 보면 사찰에서 흔히 볼 수 있는 만卍 자 문양이었지만 저택의 현관에 내걸린 그것은 의심의 여지 없이 철십자로 보였다. 사람들은 그 글자를 보면 하나같이 나치를 떠올리고 얼어붙었다. 저택을 언커크 본부로 사용하기로 결정하고 내부 수리를 거친 뒤 대표들이 처음 모여 기념사진을 찍은 날에도 현관은 논란을 불러일으켰다. 동양에 흔한 불교 문양이라는 사실이 알려지고 현판은 그대로 남았지만 이차세계대전이 끝난 지 이십 년이 흘렀어도 아직도 예민했고 여전히 새 방문자를 놀라게 했으며 볼 때마다 찜찜했다. 왜 저택의 현관 이마에 만 자를 새긴 구리판이 떡하니 붙어 있는지, 윤원섭은 깔깔대고 웃으며 대답했다.

"그 문양은 세계홍만자회 조선지회의 주표입니다. 제 아버님은 조선홍만자회의 대통장이셨고 이 저택을 본회당으로 봉납하셨습니다."

윤원섭이 사간동 본가에서 쟁투 끝에 획득해 온 오래된 앨범에서는 과연 조선홍만자회 대통장 윤덕영이 천제를 흉내낸 복장으로 찍은 사진을 발견할 수 있었다. 윤덕영은 곤룡포 같은 두루마기를 입고 천자관 같은 관을 썼는데, 그 사진을 보자 그가 황제 흉내를 내고 싶어서 그 괴상한 종교를 중국에서 끌어댄 것을 한눈에 알

172

수 있었다.

"천장에 물고기를 키웠다는 소문이 많이 들리던데, 그것이 사실입니까?"

"물론이지요. 그것은 이 저택의 많은 자랑거리 중에서도 최고였어요."

"천장에서 어떻게 물고기를 키웠죠?"

"일층 소회의실에는 천창이 있어서 늘 밝지 않습니까? 아버님은 그곳 천창에 평평하게 수조를 달고 물고기가 노닐도록 하셨지요. 그곳은 애초에 화초실이었습니다. 아버님의 아호가 벽수碧樹였던 것과 같이, 아버님은 꽃과 나무를 사랑하셨어요. 세상의 진귀한 화초를 모으시고 애지중지 아끼셨죠. 햇빛이 환히 쏟아지는 천창 아래 금붕어와 비단잉어들이 일렁일렁 돌아다니면 낙원 같았습니다."

"지금도 그런 모습을 볼 수 있다면 정말 좋을 텐데 말입니다. 전쟁 직후 저택을 보수할 때 천창은 새로 고쳤지만 수조는 없어지고 말았어요. 정부에서 아무래도 수조를 관리하기가 어렵다고 생각했던 것 같습니다."

수조 이야기로 사람들이 웃음꽃을 피웠다. 몇몇 사람은 천창이 있는 소회의실을 직접 보기 위해 자리를 옮기기도 했다. 윤원섭이 풀어놓는 저택의 소사小史는 연회의 분위기를 화사하게 달구었다.

"지금 저택의 북편 사무실로 쓰는 곳은 원래 옥돌실玉突室이라

불렀습니다. 옥돌이란 빌리야드, 즉 당구를 일컫는 말이었지요. 옥돌은 원래 신사와 귀족의 유희였으므로 아버님께서는 병약하셨던 황제께 건강과 활력을 드리려 옥돌을 권하셨습니다. 인정전仁政殿의 동행각東行閣에도 옥돌실을 설치하고 황제와 황후께서 때때로 즐기시도록 하셨어요. 아버님 스스로도 좋아하셨으므로 이곳 벽수산장의 가장 볕바른 방에도 옥돌실을 두 개나 두셨지요. 일층은 신사를, 이층은 숙녀를 위한 곳이었습니다."

윤덕영이 황제 부부의 건강을 위해 당구를 권면했다기보다는, 아무래도 황제가 왕궁에 설치한 옥돌실이 샘이 나서 윤덕영도 저택의 한 모서리에 따라 지었다고 하는 것이 옳을 것이다. 그는 자신이 황제보다 못할 것이 하나도 없다고 여기고 어떻게든 황제 흉내를 내려 했던 자였으니 말이다.

"아니오! 그것은 옳지 않습니다. 황후마마께서는 본시 명랑하고 밝은 성품이십니다. 다만 황실과 세상의 형편이 어두우니 드러내지 않으셨을 뿐이지요. 우리 윤씨 가문 사람들이 모두 밝고 외향적인 면이 있는 것을 아셔야 합니다."

"오, 황후의 그러한 일면은 흔히 알던 것과 다르군요. 그분은 반석같이 바르고 위엄 있는 어른으로 알고 있었는데요."

"외부의 사람들은 그런 면만을 알았겠지요. 황후마마께서 황제와 함께 당구를 즐겨 치셨던 것을 알고 있나요? 황제께 당구를 가르치는 전문 선수도 있었지만, 황제께서는 황후와 함께 치는 것을 가장 즐거워하셨습니다. 실력이 비슷해서 져주는 법 없이 서로 치열하게 싸우는 유일한 상대셨으니까요."

사람들 사이에서 일제히 탄성이 일었다.

"황후께서는 창가에도 능하셨습니다. 목청이 맑고 흥겨우셨어요. 좋은 계절이면 황제와 황후 두 분이 오붓하게 창덕궁의 후원을 거닐곤 하셨는데, 황제의 심중이 우울하게 가라앉은 듯 보이면 황후께서 창가를 부르셨습니다. 그러면 황제께서는 듣기 좋다, 참 좋다고 기뻐하셨지요. 두 분은 부녀지간이라고 할 만큼 연배 차이가 나셨습니다만 참 금실 좋은 부부셨습니다."

당구를 치고 노래를 부르는 조선의 왕비는 그 누구의 머릿속에도 떠오른 적이 없는 모습이었다. 거침없이 신기한 이야기들을 풀어놓는 윤원섭의 얼굴에 퍼진 자신만만한 미소가 해동은 참 보기 싫었다.

"저는 집안의 늦둥이로 태어나 귀여움을 많이 받았습니다. 절기를 따라 인사를 올리러 창덕궁에 들어가면 황후께서는 저를 친자식인 듯 반기셨지요. 그분에겐 자식이 없으셨으니, 늦은 아기인 저에게 자식인 듯 정을 많이 주셨답니다. 제가 졸음에 겨워 잠투정이라도 할라치면 무릎에 앉히고 노래를 불러 달래주셨습니다. 그분의 청아한 목소리를 잊을 수가 있겠습니까."

"황후께서 직접 노래를! 어떤 노래를 불러주셨던가요?"

"보통 여염집에서 어린애들을 달랠 때 부르던 그런 노래들을 부

르셨지요. 특히, 푸른 하늘 은하수…… 하는 노래를 좋아하셔서
자주 불러주셨어요."

세계 각국에서 모인 외교관들은 원섭이 말하는 그 노래가 어떤
것인지 알지 못하여 궁금해했다. 누군가가 노래를 들어보고 싶다
는 뜻을 내비치자마자 원섭은 조금도 사양하는 기색이 없이 황후
가 불렀다는 그 노래를 부르기 시작했다.

푸른 하늘 은하수 하얀 쪽배에
계수나무 한 나무 토끼 한 마리
돛대도 아니 달고 삿대도 없이
가기도 잘도 간다 서쪽 나라로

윤씨 집안 여자들이 목소리가 좋다는 말은 과히 거짓이 아닌 듯
했다. 점잖은 자리에서 예의를 잃지 않을 만한 쓸쓸하고 짧은 노래
였지만 만일 그녀가 마음만 먹는다면 유행하는 〈동백아가씨〉 유의
노래도 얼마든지 소화할 수 있는 윤택한 음성인 것을 알 수 있었
다. 한국인에게는 누구에게나 친숙한 노래였지만 외국인들에게는
새로운 경험이었다. 그들은 슬프고 우아하다는 감상과 함께 찬사
를 아끼지 않았다.

"저를 달래려 노래를 부른다고 하셨지만, 가끔은 그분의 마음이
어디론가 치달아갈 때, 어린 저를 핑계삼아 노래를 부르셨던 것 같

아요. 이 노래를 부르실 때마다 눈물이 핑 돌고 목소리가 떨리셨던 것이 기억납니다. 저를 토닥이면서 원섭아, 나는 이 노래를 들으면 어찌 그리 눈물이 나겠느냐, 그렇게 말씀을 하셨어요."

그녀의 눈가에 촉촉한 물기가 비쳤다. 그곳에 모인 사람들은 윤 황후를 잘 알지 못했지만 제 나라를 지키지 못한 왕조의 마지막 여인이 감내해야 했을 그 모든 쓰라림은 굳이 설명하지 않아도 알아들을 만해서, 모두 고개를 끄덕이며 공감을 표했다.

"황후께서는 전쟁이 끝난 뒤 서울로 돌아오셨습니다만 거처할 곳조차 마땅치 않았지요. 자격도 없이 대통령의 자리를 꿰찬 악독한 늙은이가 황후께 합당한 대우를 해드리지 않았으니까요. 그때나 지금이나, 고귀한 혈통의 사람들이 그와 같은 모욕을 피할 길 없었던 것을 여기 신사분들은 아무도 모르셨겠지요. 그런데도 황후께서는 세상인심을 한탄하거나 타인의 잘못을 탓하는 일 없이 의젓함을 잃지 않으셨습니다. 그 시절에 황후마마의 울적한 마음을 달래주었던 것은 바로 피아노였지요! 그분은 중년의 나이에 피아노를 배우기 시작하셔서, 꽤 근사한 연주를 하실 만한 실력에 이르셨습니다. 축음기의 소리를 한번 듣기만 하면 금세 따라 하셨으니, 명석하기 이를 데 없는 분이지요. 환갑을 넘기신 뒤로는 악보와 건반을 보면 눈이 침침하다고, 나중에는 눈을 감고 피아노를 치셨답니다."

"어떤 곡을 즐겨 연주하셨습니까?"

"텔레비전에서 유행하는 딴스와 시속도 모두 즐기셨습니다. 사실 그분은 텔레비전과 라디오의 유행들을 천하다 나무라지 않고 아이처럼 즐거워하셨지요. 오히려 황후를 모시는 상궁들이 망측하다고 고개를 돌려도, 함께 보자고 곁으로 불러 앉히셨습니다. 상궁들이 옛 법도에 얽매여 흥겨운 유행가조차 즐기지 못하는 것을 안타까워하셨어요. 황후마마는 스스로 법도를 지키는 일에는 흐트러짐이 없으셨으나 다른 사람들에게는 항상 누구보다도 너그러운 분이셔요."

신문의 흐릿한 사진 속에서 보았던 윤황후는 몸집이 단단하고 눈매가 날카로운 여인이었다. 법도를 어긴 죄인에게 그 누구보다 모진 치도곤을 명할 것처럼 엄격하고 매서워 보이는 얼굴이었다. 그런 윤황후가 어린아이에게 동요를 불러주고, 늦은 나이에 피아노 연주에 빠지고, 텔레비전에서 흘러나오는 대중가요와 우스꽝스러운 춤을 모두 즐거워한다고 한다. 아직 현대의 사진술은 인간의 진짜 풍모를 담아내지 못하는 것이 분명하다.

"이 저택을 지은 사람이 당신의 부친이라는 것이 사실입니까?"

"맞습니다. 내 아버지 윤덕영 자작이 지으셨습니다. 이 마을은 조선시대의 시인 천수동이 이름을 떨쳤던 곳입니다. 그의 예술에 대해 자네가 좀 설명을 해드리게."

윤원섭의 괴벽한 성정으로 볼 때 시인 천수경은 기껏해야 중인 나부랭이에 불과한 허섭스레기였다. 그렇게 경멸하는 마음을 티

내려 할 때 원섭은 가벼운 헷갈림인 척하며 이름 끝 자 대신 '동'을 붙였다. 이회영을 이회동, 천수경을 천수동이라고 하는 식이었다. 그런 경멸의 방식에 해동이 계기를 제공한 것은 의심할 나위가 없어 보였다. 원섭은 아예 해동에게 설명을 맡기고 손바닥만한 작은 핸드백에서 담배를 꺼내들었다. 개나리의 가지처럼 가느다랗고 겉껍질이 진한 양담배였다. 서너 개의 양복 입은 손목들이 경쟁적으로 라이터를 꺼내 몰려들었다.

"저택이 있는 이 마을은 조선 중기 시인 천수경의 시회가 있던 곳으로 유명했습니다. 그는 양반이 아닌 중인 신분이었지만 그가 만든 시인들의 모임은 큰 인기가 있었습니다. 장안의 부호들이 종이와 먹을 대고 도시락을 날라서라도 그 모임에 한자리를 끼어앉기를 소망했습니다. 그가 살았던 집은 이 저택의 너른 뒤뜰 한 구역에 포함되어 있습니다."

해동은 한국의 옛 양반들 사이에서 서로를 부르는 격식 있는 호칭이었던 호와 아호에 대해, 벽수라는 이름의 한자 뜻풀이에 대해, 저택이 서 있는 아름다운 산자락과 푸른 소나무 계곡에 대해, 이 마을에 부는 시의 바람을 한량없이 사랑했던 옛 시인 묵객들과 예술가들에 대해 윤원섭을 대신해 설명했다. 윤원섭은 옥인동의 오랜 유래에 대해서는 아무 관심도 없었다. 윤원섭의 밑도 끝도 없는 이야기들을 점검하느라 낡은 책과 신문철들을 뒤지며 알게 된 것들이었다. 많은 사람이 모여들어 그의 말에 귀를 기울였으나 그는 기쁘지 않았다. 동경 회의에 다녀온 후 그녀는 아예 외교관인 듯, 언커크의 일부인 듯 행세하고 있었다. 그녀의 이야기에, 존재에 쏟아지는 끝없는 관심이 해동은 괴로웠다.

황후의 사촌이라고 하나 감옥을 전전하는 막장 인생에 불과했던 윤원섭이 오늘 이와 같이 관심의 중심에 서게 된 것, 아니 한 발 더 깊이 의심의 촉수를 뻗어보자면, 보통 호텔의 중규모 연회장 정도를 빌리는 것으로도 곧잘 넘어갔던 유엔 대표의 이취임식을 이렇게 큰 규모로 확대한 것에는 어쩌면 윤원섭을 잘 봐주고자 하는 애커넌 씨의 호의가 작용했을지도 모른다. 애커넌 씨가 윤원섭에게 남성으로서의 감정을 가지게 되어 그런 얼토당토않은 호의를 자꾸 베풀다보면 오 년 전 외기러기가 되어 공석인 그의 부인 자리에 윤원섭이 털썩 주저앉아 고위 외교관의 부인으로 인생을 다시 펴게 될지도 모른다는 생각이 들기도 했다.

혼잣말로 연습을 하고 말을 가다듬기 여러 번이었다. 윤원섭에 대해서 개인적인 호감을 갖고 계십니까? 윤원섭이 언커크의 행사에 초대되는 이유는 무엇입니까? 그러나 그런 질문에 대해 애커넌 씨가 지을 표정이라든지 듣게 될 대답이 너무 뻔해서 결국 용기가 꺾이고 말았다. 윤원섭에 대해 내가 개인적인 감정이나 관계를 갖고 있다고 생각하지 말아주게. 언커크의 행사에 초청할 인사는 반드시 외교가에 한하는 것이 아니며 다양한 예술인과 문화계 인사들이 참석하네. 일전 행사에 피아니스트 프란츠 마흐트 씨를 초청하여 그의 연주를 감상했던 것처럼 말이네. 어느 행사에 누구를 어떤 이유로 부를 것인지에 대해 내가 자네의 동의나 심사를 거쳐야 한다는 생각은 나에게 한 번도 떠오른 적이 없다는 것을 알아주기 바라네. 애커넌 씨는 매우 예의와 격식을 차려 대답할 것이나 그 표정과 몸짓은 해동의 질문이 가소롭고 모욕적이라는 그의 내심을 여과 없이 보여줄 것이다. 해동은 그런 일을 겪고 싶지 않았다.

머리를 짧게 손질한 젊은 외교관이 다가왔을 때, 해동은 늘 그러하듯이 그가 윤원섭의 통역 역할을 자처하며 자신을 등지고 서서 따돌릴 것이라고 예상했다. 보통 그런 일을 당하면 기분이 상하곤 했으나 오늘은 그가 구세주처럼 반가웠다. 그가 어서 이 고역을 대신 차지하고 자신은 애커넌 씨의 곁으로 돌아갈 수 있기만을 간절히 바랐다. 하지만 외교관의 입에서 나온 말은 그런 것이 아니었다.

"아까 들려주신 노래에 대해서 궁금증이 있습니다. 황후마마께서 어린 윤여사를 무릎에 앉히고 들려주셨다는 그 노래 말씀입니다."

얇은 담배 한 대를 절반쯤 태운 참이었던 윤원섭은 새로 등장한 청년이 혹시 대꾸할 가치도 없는 하급 직원인지 의심하다가 그의 양복 깃에 꽂힌 외무부 배지를 보고 성실하게 대답하기로 마음을 고쳐먹었다.

"네, 무엇이 궁금하신가요?"

"그 노래가 세간에 알려진 것은 1930년이 다 되었을 때의 일인데, 그때에 여사께서는 황후의 무릎에 앉으실 나이를 한참 지났던 것이 아니었을까요?"

해동은 젊은 외교관의 질문에 아연 관심을 느꼈다. 그는 언커크에서 늘 보던 얼굴이 아니었다. 짧게 깎은 머리, 마늘 톨같이 하얀 얼굴에 금테 안경, 짙은 눈썹. 처음 보는 사람이었지만 한눈에 보아도 총명하고 만만치 않은 인상이었다. 해동은 그들을 둘러싼 외국 대표들에게 젊은 외교관의 질문을 통역했다.

"그 노래를 작곡한 사람이 윤여사와 일가인 윤극영 선생인 것은 알고 계시겠지요? 불초하나 저 또한 마찬가지로 해평 윤문의 사람이라서 알고 있는 것입니다. 인사드립니다. 윤태식이라고 합니다."

젊은 외교관은 싱글싱글 웃었다. 윤원섭은 귀찮고 대수롭지 않다는 듯 넘겼다.

"제 기억이 허술했던 모양이군요. 자세한 연도까지는 제가 기억하지 못합니다."

"귀찮은 질문을 올렸군요. 죄송합니다. 여사께서는 최근에 황후를 뵌 적이 있습니까?"

"아니요. 최근에는 뵙지 못했습니다."

"그거 참 이상한 일이군요. 지난 22일이 구정舊正이었는데, 황후의 사촌이라면서 세배도 드리지 않았단 말입니까?"

"저는 최근까지 해외에 머물러, 아직 황후께 인사드릴 기회를 얻지 못했습니다."

해동은 윤원섭의 뻔뻔한 거짓말에 치를 떨면서, 이 기개 높은 외교관에게 윤원섭이 형무소에 있었던 사실을 귀띔하고 싶은 욕망에 몸서리쳤는데, 젊은 외교관은 그런 사소한 지식의 도움 없이도 윤원섭을 다룰 수 있는 사람이었다.

"황후께서 친정 일가들을 멀리하여 낙선재에 들이지 않는다는 소문을 들은 적이 있는데, 사실인가보군요."

"황후께서 그럴 리가요. 근거 없는 소리를 하지 마세요."

"윤덕영 자작이 생전에 누렸던 부귀영화의 대부분은 황실 내탕금을 유용한 것이 아니었나 하는 의혹이 저간에 자자했습니다. 그는 시종원경으로 황실 친용금을 직접 관리하는 위치에 있었으니까요. 황후께서는 누구보다도 그 사정을 잘 아셨을 테니, 그의 핏줄을 이어받은 혈육들을 가까이하고 싶지 않으셨던 게 아닐까요? 당신의 아버지는 황실의 돈을 빼돌려 이와 같은 대저택을 짓고 황제처럼 떵떵거리고 살았던 것이 아닙니까?"

"이 무례한 자는 대체 누구인가? 어찌 너 같은 쭈그러진 월급쟁이 따위가 해평 윤씨를 운운한다는 말이냐? 너 같은 자 백만 명을 합쳐도 감히 내 아버지 윤덕영 한 사람을 당해낼 수 없었을 거란 말이다!"

윤원섭은 명백한 적의를 담아서, 반말로 뇌까렸다. 신열로 번들거리는 윤원섭의 눈빛은 형무소에서 나오던 그날로 돌아간 것 같았다. 그러나 젊은 외교관은 조금도 개의치 않았다.

"졌군요. 내탕금에 손을 댔는지 안 댔는지는 죽은 윤덕영 말고는 아무도 모를 테니까요. 하지만 그가 이완용에 버금가는 조선 제일의 친일파였던 것은 누구나 아는 일이지요. 그건 당신도 부인할 수 없을 테지요?"

"친일!"

윤원섭이 울부짖었다. 뱃속에서부터 끓어넘쳐오르는 굵은 포효에, 와인과 샴페인을 손에 들고 있던 모든 사람들의 시선이 윤원섭에게 향했다. 이상한 분위기를 눈치챈 애커넌 씨가 재빨리 다가왔다.

부들부들 떨던 윤원섭은 애커넌 씨가 다가와 등에 손을 얹자 문득 정신을 차렸다. 역기를 들어올리는 사람처럼 이를 악물어 낱낱이 두드러졌던 여윈 목의 근육들이 천천히 이완되었다. 윤원섭은 크게 숨을 들이마시며 손마디가 하얗게 움켜쥔 제 주먹을 남의 것을 보듯이 바라보았다. 손가락을 펴자 형체를 알 수 없이 짓뭉개진 거무스레한 것이 드러났다. 윤원섭은 그것을 확인하고 곁에 서 있던 애커넌 씨에게 넘겼다. 그는 구겨진 양담배를 정중하게 받았다.

"제 아버지께서 모든 처신을 잘하셨다고 말할 수 있으면 좋겠지만, 그렇지는 못했습니다. 젊은 분께서 친일파라고 말씀하시니 마음이 아프군요. 예, 안타깝습니다. 제 아버지는 이 나라 사람들에게 욕을 많이 먹었습니다. 하지만 그분의 딸인 저는, 그분이 이 나라와 왕실을 얼마나 지극히 사랑하셨는지 알고 있습니다. 그분은 이 나라가 잘되기를 간절히 바랐고, 그분의 방식대로 노력하셨습니다."

고함까지 질렀던 윤원섭이 어렵사리 이성을 회복한 것은, 외교가의 예의로 볼 때 대단히 다행스러운 일이었다. 애커넌 씨와 내빈들은 활짝 웃으며 예의의 회복을 환영했다. 하지만 젊은 외교관은 모두의 바람을 무시하고 한 걸음 더 나아갔다.

"그분의 방식이란 어떤 것이었을까요?"

"아버님의 방식은, 문화 창달이었죠!"

윤원섭은 이제 젊은 외교관에게는 눈길조차 주지 않고 둘러싼 손님들을 향해 답했다. 오랜 시간이 흐르는 동안 공들여 하나하나 준비한 듯 거침이 없었다.

"일본인들은 우리나라에 내세울 만한 문화의 힘이 없음을 비웃고 업신여겼습니다. 그때 우리나라는 얼마나 가난하고 보잘것없었는지, 번듯한 것이라고는 정말 하나도 없었던 것이지요. 아버님은 비웃는 그들의 면전에 바로 이 저택을, 꽝하니 내세우셨습니다! 이렇게 크고 아름다운 건축물은 내지에도 없었기 때문에 일본인들조차도, 이 저택을 보고서 아무것도 아니라고 하지는 못했습니다."

"본인이 잘 먹고 잘사는 일이 아니라 나라의 문화를 일으키는 일이었다?"

"이것은 한 사람의 집이 아니라 위대한 건축물이고 예술품입니다. 오로지 돈과 벽돌만 있으면 되는 일인 줄 아십니까? 아니요!
조선총독부를 내려다보는 이 언덕에 이와 같은 건축물을 짓기 위
해선 힘이 필요했습니다. 때로는 으막지르고, 때로는 설득하고, 때
로는 뇌물이나 접대 같은 방법도 써야 했습니다. 이런 큰일이란,
그런 어두운 것까지 모두 포함하는 것입니다. 아버님은 진정한 애
국자였고, 바로 그런 모든 일을 해낼 수 있었던 사람이었습니다.
아버님이 뜻을 세우지 않으셨다면, 유엔과 같은 중요한 국제기구
가 우리나라에 변변하게 깃들 곳이나 과연 있었겠습니까? 대한민
국 국민이라면 누구나 내 아버님께 커다란 빚을 지고 있는 것을 알
아야 합니다."

　윤원섭은 해동에게 어서 통역하지 않고 무엇하느냐는 눈짓을
던졌다. 뾰족한 턱이 거만하게 치솟아 있었다. 해동은 명치가 턱
막히는 것 같았다. 흐뭇한 기개를 보여주었던 외교관조차 윤원섭
의 뻔뻔한 대답에 기가 막혔는지 더이상 말이 없었다. 아무도 말하
지 않고 해동이 통역하기만 기다렸다.

　"그렇다면 윤덕영은 진심으로 친일한 게 아니고, 본심은 애국자
였다는 말씀입니까?"

　해동은 통역 비서의 본분을 잊은 제 목소리를 듣고 깜짝 놀랐다.
통역하지 않고 스스로 질문을 하는 것은 그가 할 일은 아니었다. 하
지만 그는 이미 질문을 던졌다. 윤원섭이 무뚝뚝하게 답했다.

　"그렇지."

"시종원경, 중추원장, 귀족원 의장, 그런 것도 모두?"

"그 시대엔 어쩔 수 없었다니까."

"원치 않았는데도?"

"원치 않으셨지."

"그 시대에 어쩔 수 없이 그랬다면, 일등을 할 거까지야 있었을까?"

"뭐라고?"

젊은 외교관이 궁금해하는 외교관들에게 해동의 질문을 통역했다. 해동이 말하고 외교관이 통역하는 것은 처음이었다. 세상이 가끔 이상하게 뒤집히는 드문 순간이었다.

"당신 말대로, 그 시절에 나라를 위해서 피치 못하게 친일도 하고 돈도 긁었다고 치자고. 동의하지 않지만 어쩔 수 없어서 그랬다고. 그런데 마지못해 하는 일이라면 적당히 흉내만 내지, 남들을 모두 제치고 일등을 하지는 않잖아? 어떻게 윤덕영처럼, 아무도 생각해내지 못한 온갖 못된 수를 다 써서, 그 시대에 있었던 모든 감투들을 하나도 놓치지 않고 다 차지할 수 있는 거지? 원치도 않는데 하는 수 없이 그랬다면?"

거침없던 윤원섭의 대답이 막힌 것만으로도, 짧은 침묵만으로도 해동은 그것을 작은 승리라고 느꼈다. 격렬한 감정에 치받혀 오히려 아무것도 느낄 수 없는 무감한 지경이 되었는데, 그 작은 승리의 감정만은 희미하게 감각할 수 있었다.

"그러고도 어떻게, 그 시대에는 어쩔 수 없어서 그랬다고 말할 수가 있을까?"

훗날 해동은 그 저녁에 일어났던 모든 일들을 꿈인 것처럼 여기게 되었다. 언커크의 외교관도 공무원도 아닌 개인 통역 비서에 불과한 이해동이, 덜덜 떨리는 소심한 무릎 위에 얹힌 몸뚱이에서 목소리를 쥐어짜내 그런 질문들을 던졌던 것을. 세상 뻔뻔하고 거침없는 윤원섭이 아무 대답도 하지 못하고 하얗게 질린 얼굴로 그를 바라보기만 했던 것을. 마늘 똑같이 머리를 깎은 젊은 외교관 윤태식이 외국 대사들에게 그의 질문을 정확하게 통역하면서, 그가 무례하게 반말을 쓰고 있음도 야무지게 전달했던 것을.

그리고 언커크의 한 직원이 달려와 애커넌 씨에게 귓속말을 하자 애커넌 씨의 눈이 커다래지면서, 낙선재의 윤황후가 급서急逝하셨다고 큰 소리로 외친 것도 역시나 먼 꿈속에서 일어난 일인 것 같았다.

곧 달려들어 목을 조를 것처럼 이글이글 불타는 눈으로 해동을 노려보던 윤원섭이 영화 속의 여주인공처럼 까무러쳐 쓰러지기 전에, 그 얼굴에 비통한 눈물이 흐르기 직전 찰나의 순간에 쾌재를 부르는 미소가 스쳤던 것만은, 오랜 시간이 흐른 뒤에 다시 생각해도 방금 본 것처럼 생생했다.

6

1966년 2월 3일 오후 일곱시, 조선왕조의 마지막 황후였던 순정효황후가 서거했다. 춘추가 높았지만 평소 지병 없이 건강했으므로 모두 갑작스러워 어쩔 줄 모르고 허둥거렸다.

평소 이 세상에 황실의 잔여 인물이 아직 남아 있다는 사실을 거의 의식하지 않고 살았던 평범한 시민들이 황후의 장례라는 행사를 계기로 갑자기 과거를 떠올렸다. 신문에는 날마다 윤황후의 생애와 황실의 종막을 기리는 특집 기사가 실렸고 사람들은 재궁梓宮이니 성복전成服奠 같은 낯선 궁중의 장의葬儀 용어들에 갑자기 익숙해졌다. 시민의 조문을 받는 창덕궁의 빈소에는 애도를 표하려 찾아든 사람들의 긴 줄이 늘어섰다.

"장례위원회에 연락하여 방문 일시를 정해주게. 레이디 윤이 나타나지 않았다면 윤황후의 부음은 나에게 그리 중요한 뉴스가 아니었겠지. 하지만 지금은 윤황후의 백부가 지은 건물을 사용하고 있는 기관을 대표하여 조문을 가는 것이 의미 있는 인연이라는 생각이 드네. 구황실에서도 언커크에서 조문을 오는 것을 싫어하지는 않을 거야."

해동은 애커넌 씨의 지시를 따라 장례위원회에 연락했다. 윤황후의 장의는 십일일 장으로, 낙선재에 빈전이 차려졌다. 유엔 한국 통일부흥위원회의 호주 대표이며 사무국장인 데이비드 애커넌 씨가 조문을 간다고 하자 아연 반기는 기색이 역력했다.

생전 황후와 왕족 일가가 기거했던 낙선재는 창덕궁 안에 있었으나 다른 궁궐처럼 붉은 기둥과 단청을 쓰지 않아 보통 여염의 기와집처럼 보였다. 낙선재는 세 개의 전각으로 구성되어 있었는데, 가장 입구에 있는 낙선재에는 몇 해 전부터 이방자 여사와 이구씨 부부가 살고 있었다. 가운데 전각인 석복헌에서 황후가 일생을 마쳤으며 가장 안쪽에 있는 수강재에는 병들어 사람들을 거의 대하지 않는 덕혜옹주가 칩거중이었다.

황후의 서거 이후 왕실은 낙선재 내실에 빈소를 차리고 시민들의 조문을 받았다. 조문하는 시민들의 옷차림은 제각각이었다. 옛 법도대로 갓을 쓰고 두루마기를 갖추어 입은 늙은 유생도 있었고, 장사하던 가게를 잠시 사환에게 맡기고 조문을 왔다는 누비 점퍼 차림의 오십대 중년 남자도 있었다. 그들의 얼굴에는 애증이 섞여 있지 않았다. 영친왕 이은씨나 그의 아들 이구씨에 대해 때로는 얄밉고 때로는 안된 마음이 교차하는 것과는 다르게 윤황후에 대해서는 오로지 묵묵한 애도와 애틋함뿐이었다. 윤황후가 사욕을 추구하지 않고 한결같이 명예를 지키며 기품 있는 일생을 살았다는 평판을 얻은 것은 조선왕조에 내린 마지막 축복이었다. 아무도 왕정을 그리워하지 않았으나, 왕궁에서 혼례를 올리고 살림을 살아가던 인간의 훈김이 끝난 것을 순정한 마음으로 아쉬워했다. 결코 돌아가고 싶지 않은 지난 시절이지만, 아름다운 것도 있었다고 생각했다.

애커넌 씨가 빈소를 찾은 날은 황후가 세상을 떠난 지 닷새째 되던 날이었다. 오전에는 종친들이 상복을 입는 중요한 장례의가 있으니 오후에 와달라는 요청이 있었다. 망인을 애곡하는 갖은 절차를 밟은 끝에 근친들이 상복을 입는 전례를 성복전成服奠이라 했다. 알고 보니 황후가 죽었다 해서 곧바로 상복을 입는 것이 아니었다. 아무나 입는 것도 아니었다. 종친 중에서도 근친들만이 황후의 상복을 입을 수 있어, 상복을 입는다는 것은 그의 고귀한 신분을 보여주는 영예로운 자격이었다.

낙선재 안마당에 줄을 서서 황후께 마지막 인사를 드리려던 시민들은 유엔 한국통일부흥위원회를 대표하여 애커넌 씨가 조문을 오자 조용히 차례를 양보했다. 빈소를 차린 지 이틀째 되던 날 미국 부대사가 조문한 것이 그동안 황후의 영전을 찾은 가장 높은 외국인의 방문이었고 그다음으로는 애커넌 씨가 아마 가장 높은 외빈이었다.

황후에게는 자식이 없었으므로 순종의 동생이자 왕세제(王世弟)였던 이은 공(公)이 상주가 되어야 옳으나 이미 그는 일본에 머물 적부터 뇌일혈로 거동을 잃어 내내 병원살이를 하는 중이었다. 대신 이은 공의 외아들 이구씨가 종친을 대표하여 상주의 역할을 도맡고 있었다. 상복을 입은 이구씨는 애커넌 씨를 맞이해 유창한 영어로 황후의 마지막 모습을 상세히 전했다.

"노령에 쇠약함은 있었으나 이리 급박히 가실 줄은 몰랐지요. 늘 강건하고 한결같으신 모습이었습니다."

"하루에 아침과 저녁 두 끼만 잡수신 지 오래셨는데, 오전부터 속이 답답하다 하시어 상궁들이 전전긍긍하였고, 오후 들어 목욕 시중을 들던 중 의식을 잃고 혼절하신 것이 그 마지막이었다고 합니다. 생전 황후마마의 모습과 꼭 같이 흐트러짐 없이 세상을 하직하셨습니다."

윤황후가 친자식처럼 사랑하였다 하는 이구씨는 미국의 유명한 MIT대학에서 건축공학을 전공하였다 하는데, 총명하고 이목구비가 수려한데다 영어와 일어가 능통해 상복을 입은 종친들 중에 단연 돋보였다. 여러 나라 말을 자재로이 구사하는 이구씨가 오로지 한국말은 한마디도 입 밖에 내지 않는 것을 해동은 쉽사리 눈치챘다. 한국말을 어느 정도 알아듣기는 하나 입 밖으로 내기는 여의치 않은 것 같았고 한국어로 말하는 종친들 또는 시민들과 친밀하지 않으려 하는 거리감이 있는 것 같아 보이기도 했다.

이구씨를 포함한 구舊왕실 구성원들의 모습은 해동이 보기에 혼란스러웠다. 그들은 국가적인 애도를 자기들에게 유리한 쪽으로 해석하고 부정적인 방향으로 고무된 것 같았다. 대한민국이라는 국가에 왕실이라는 존재가 국민적 가치 체계로서 꼭 필요하며, 그들 자신이 그 중요성에 걸맞지 않게 홀대당하고 있다는 분노감 위에서 행동했다. 그들은 굳은 얼굴로 일반 조문객들은 거의 만나지 않았고, 애커넌 씨 같은 고위 인사나 방송 취재진이 나타나야 자신들의 시간과 노력을 할애했다. 애커넌 씨와 언커크의 위세를 다소간 등에 업고 있기는 하지만 아무리 좋게 봐줘야 일개 소시민에 불과한 해동은 종친들의 오만한 몸가짐이 좋게 보이지 않았다.

뉴스에 등장하는 구왕실 인사들은 때때로 희망적이고 대부분 부정적이었다. 최근 몇 년간 이구씨로 대표되는 구왕가 인물들이 숙명여자대학교와 부설 중고등학교의 이사로 부임하여 학교 경영을 장악하려 하는 터에 숙명학원은 몇 년째 아우성을 면치 못하는 와중이었다. 숙명학원은 고종의 후궁이자 영친왕의 생모였던 엄귀비가 설립했으므로 왕실에서 그 운영권을 되찾아야 한다는 것이 구왕가의 주장이었다. 하지만 영친왕 이은씨나 그의 아들 이구씨 모두 생의 대부분 시간 동안 한국에서 살지 않았으므로 학교와 왕실 인물들 간의 연계감은 희박했다. 영친왕 이은씨는 심지어 '왕실재산 환수' 문제를 제기했다가 격렬한 사회적 비난에 부딪치자 목소리를 낮추었다. 구왕실이 주장하는 대로라면 대부분의 궁궐과 종묘, 능원들, 약탈과 전쟁에서 살아남은 국보와 문화재들, 몇몇 학원 재단과 일부 은행, 철도, 광산 채굴권까지도 구왕실 구성원의 '사유재산'인 셈이었다. 한국 사람들이 사회적 자산이라 여겼던 것에 왕실이 사유재산으로서의 권리를 주장한 것은 시대착오적이고 뻔뻔한 행동으로 받아들여졌다. 수많은 사람이 목숨을 내걸어 그 '재산'들을 지키고 돌보는 동안 그들은 이 땅에 고개조차 디밀지 않았다. 그러므로 평균적인 한국인들의 정서는 왕실에 냉담했다. 이은씨와 이구씨가 한국말을 거의 하지 못하고, 이구씨의 부인인 줄리아 여사는 담배를 달고 사는 경박한 여자라는 식이었다.

해동은 대한민국의 정치체제가 언제 어떤 과정을 거쳐 공화정으로 결정되었는지 잘 몰랐다. 해동이 숨가쁘게 청소년기를 넘기는 중간 언제쯤에, 누군가에 의해 정해졌을 것이다. 어쨌든 해동은 누추하나마 대한민국이라는 공화국의 정체성을 고민해본 일이 없었다. 고민의 여지 없이 공화국이었고, 만약 왕정국가로 돌아갔다면 분개했을 것이다. 그에게는 왕과 왕조를 향한 충성심이 없었고 그의 주변에서도 그런 것을 간직한 사람들을 만난 적이 없었다.

하지만 그는 오늘 돌연히, 존재하지 않는다고 생각했던 것을 직접 만나게 되었다. 그간 애커넌 씨를 따라다니며 유명 정치인이나 관료들을 만나본 적은 여러 번 있었다. 깐깐하고 차돌 같은 대통령까지 보았으니, 그만하면 유명하거나 높은 사람들을 다 만난 편이었다. 그런데 창덕궁에 모인 구왕실 인물들과 조문객들을 직접 눈으로 보는 것은 다른 유명인들을 만나는 것과는 느낌이 달랐다. 시공간이 한순간에 수십 수백 년 전 과거로 이동한 것처럼 낯설고 기묘했다.

애커넌 씨는 조문을 마친 후 황후가 말년에 기거하던 석복헌으로 이동했다. 안마당이 너르고 개방감이 있는 낙선재에 비하면 석복헌은 놀랍도록 작고 밀폐되어 답답할 지경이었다. 황후의 마지막 거처가 이렇게 검박했던 것에 해동은 내심 놀랐다. 황후의 시신은 대렴을 마친 후 석복헌의 내실에 모셔져 있었고 상궁들과 여자 종친들은 한지 바른 한 겹 문 너머 우물마루에 모여 앉아 있었다.

오전에 성복전을 한 터라 생전에 황후와 혈연으로든 인연으로든 가장 가까웠던 여인들은 모두 각자 격식에 맞는 흰옷을 입고 흰 족두리처럼 생긴 부인관을 쓰고 있었다. 여자들 사이에 끼어 앉은 윤원섭은 흰 소복을 입고 옛 법도를 따르고 있다가, 애커넌 씨를 보자 앞뒤 살필 것 없이 벌떡 일어나서 뛰어나왔다. 그 모습은 마치 남편을 맞이하듯 거침없이 당당했고, 그 눈빛에 슬픔이라고는 인사치레로도 찾아볼 수 없었다.

"오셨군요! 기다리고 있었어요! 당신이 이곳에 꼭 와주실 거라고 생각했어요!"

눈길들이 윤원섭과 애커넌 씨에게 쏟아졌다. 영친왕의 부인인 이방자 여사를 제외하면 이구씨의 부인인 줄리아 여사가 여성들 사이에서는 가장 서열이 높았다. 그러니 윤원섭이 줄리아 여사를 제치고 애커넌 씨를 선점한 것은 이만저만 예의를 잃은 행동이 아니었다. 애커넌 씨는 평소 윤원섭에게 과하다 싶을 만큼 관대했으나, 이날만큼은 다행히 외교관으로서 지켜야 할 범절을 잊지 않고 줄리아 여사에게서 시선을 떼지 않았다. 그래도 원섭은 포기하지 않았다.

"줄리아와 인사를 나누세요. 줄리아, 이분은 유엔 대표이신 데이비드 애커넌 씨예요."

줄리아 여사는 갈색 머리의 우크라이나계 미국인 여성으로 한복을 입고 왕가의 여인들 틈에 끼어 있었다. 줄리아 여사는 기품과 인내심을 가지고 왕세손비의 역할을 수행했으나 종친들은 그녀를 백안시하는 기색이 역력했다. 그녀가 서양 여인인데다 이구씨보다 팔 년이나 연상이었으므로 그들의 결혼은 이미 왕조가 끝났다 하더라도 한국 사람들에게 충격을 주었다. 결혼한 지 팔 년이 넘었는데 줄리아 여사와 이구씨 사이에는 아이가 생기지 않았다. 아이가 태어났다 하더라도 종친들이 서양인 핏줄이 섞인 왕실 후계자를 기꺼워했을 것 같지 않기도 하다. 아무튼 줄리아 여사는 언어의 불편을 핑계삼은 노골적인 따돌림으로 낙선재에 거처를 정한 지 삼 년이 넘었음에도 여전히 종친 여성들 사이에서 꿔다놓은 보릿자루 같은 모습이었다. 일본 황족 출신 시어머니인 이방자 여사만이 완고한 구왕실에 들어온 외국인 며느리의 고충을 이해하여 오히려 고부간의 사이가 다사롭다는 소문이었다. 종친들 틈에 어색하게 끼어 앉아 있던 줄리아는 애커넌 씨가 나타나자 숨길 수 없이 기뻐했고 사람들의 눈 밖에 나지 않는 한도 내에서 모국어 환담을 즐겼다.

"궁궐에서 지내기는 어려움이 없으셨습니까?"

"낯설고 어려운 일도 많았지만, 내가 선택한 삶이니까요. 많은 아름다움을 느끼며 살 수 있어서 감사하다고 생각했어요."

"방석에 앉는 문화에는 익숙해지셨나요?"

"아 그것은 정말…… 저희 부부가 사는 거처에서는 소파와 식탁을 사용하니까 어려움이 없는데 매일 아침 황후를 뵐 때는 저도 방석을 사용해야 했지요. 익숙해지려 애쓰고 있답니다."

"대단하시군요. 저는 한국에 온 지 사 년이 넘었는데 아직도 방석을 보면 겁이 납니다. 저에게는 십 분이 한계예요."

줄리아 여사와 애커넌 씨가 이야기를 나누는 동안 윤원섭은 쏟아지는 비난의 눈길들을 모르는 체하며 애커넌 씨의 곁에 최대한 바짝 붙어 서 있었다. 남편이 업무상 환담을 나누는 동안 참을성을 발휘하는 성마른 아내 같았다. 우뚝한 키에 턱을 높이 들고 선 그녀는 마치 애커넌 씨의 옆에 뿌리를 내린 고목처럼, 도끼로 찍어내도 움직이지 않을 것 같은 단단한 결의가 넘쳤다.

황후가 말년에 불교에 귀의하였고 읍곡泣哭하지 말라는 유언을 남겼으므로 흰옷을 입고 옹기종기 모여 앉은 여인들은 나지막한 독경 소리에 귀를 기울이거나 작은 목소리로 이야기를 나누고 있었다. 앉은 자리와 옷차림으로 볼 때 여자들은 그 신분이 세 종류로 구별되었다. 첫번째 무리는 황후와 마찬가지로 왕족과 결혼했거나 왕가의 핏줄을 물려받은 이들로, 격식에 맞는 상복을 입을 자격이 있는 유복친有服親들이었고 가장 지체가 높은 여성들이었다. 두번째 무리는 혈족은 아니지만 사회적인 인연으로 황후를 알게 된 사람들로, 여러 가지 종류의 교육 단체나 봉사 단체에 소속된 이들이었다. 이들은 사회활동을 활발히 하는 사람들로서 상복은 아니지만 소복을 입었고, 대부분 교육 수준이 높았으며 그 몸가짐에 기품과 자긍심이 있었다.

세번째 무리는 평소 황후와 왕실 가족들을 가까이에서 모시던 상궁들과 나인, 항아들이었다. 옛 법도대로라면 잠시 엉덩이 붙일 틈도 없이 장례의 수발을 들어야 할 인력들이었고 감히 존귀한 여인들과 함께 너른 방의 한 모퉁이라도 차지하고 앉아 있을 수 없었을 테지만 황후가 세상을 떠남과 함께 그녀들도 구왕조의 마지막 유물과 같은 대접을 받아, 몸 둘 바를 몰라 하면서도 그들은 방의 가장 끄트머리에서 황후를 애도하는 무리 중 하나로 앉아 있을 수 있게 되었다. 마지막까지 창덕궁의 높은 담 안에서 황후를 모신 상궁들은 바깥세상 사람을 대하는 것이 익숙지 않아 조문객에게 낯을 가렸고 황후가 떠난 후 막막해진 거취를 우려해 낯색이 창백하고 어두웠다. 그들은 자기들 대여섯 명만이 서로 가까이 모여 앉아

푸석해진 얼굴로 하염없이 눈물만 짓고 있었다.

　황후의 친정인 윤씨 일가 여인들은 첫번째 무리와 두번째 무리의 중간쯤에 걸쳐 애매하게 끼어 앉아 있었다. 황후의 친정 형제자매들은 모두 나이가 많아 와병중이거나 일찍 세상을 떠 이 자리에 없었고 그들의 후손들, 즉 황후의 친정 조카들은 첫번째 무리의 말석을 차지해 앉아 있었다. 옛 법도에 의하면 결혼한 여자는 완전히 시가에 소속되어, 가까운 친정 혈육이라 해도 상복을 입지 않는 것이 전례에 옳았다. 해풍부원군 윤택영의 후손들인 황후의 조카들도 상복을 입지는 않았으나 소복을 입고 부인관을 써서 가까운 혈육임을 드러내며 나름의 존귀함을 가지고 첫번째 무리에 속해 있었다.

　윤원섭을 포함한 윤덕영의 후손들은 사촌지간인 부원군계 여인들과는 어느 정도 거리를 두고 애매하게 떨어져 앉았다. 한집안이나 다름없는데도 한눈에 보일 만큼 소원하고 서로 눈길을 피하는 기색이 역력했다. 해동은 사간동 집에서 본 덩치 큰 노인, 윤원섭의 큰언니인 윤성섭을 알아보았다. 윤성섭은 두 집안을 합친 윤씨 여인들 중에 가장 연장자였고, 위풍이 당당했으며, 윤원섭을 향한 눈길에 노기가 등등했다. 윤성섭은 곁에 앉은 젊은 여인에게 무어라 귓속말을 했고 젊은 여인은 조심스럽게 윤원섭에게 다가와서 성섭의 말을 전했다.

　"얼른 들어와 앉으라고 하십니다."

　그러나 윤원섭은 큰언니의 명령을 못 들은 척했다. 아예 그 말이 들리지도 않는 것처럼 완벽하게 무시했다. 오히려 지금까지 기다릴 만큼 기다렸다는 듯, 엉터리 영어로 자연스럽게 애커넌 씨와 줄리아 사이의 대화에 끼어들었다. 그녀가 이렇게 작심하고 달려들 때는 아무도 말릴 수가 없었다.

"지금 유엔은 벽수산장 저택을 본부로 사용하고 있어요. 제 아버지가 만드신 아름다운 건물이죠. 유럽의 왕궁과 비교해도 부족함이 없을 거예요. 저택에 가본 적이 있나요, 줄리아?"

"아니요, 본 적이 없어요. 서울에 그런 곳이 있는 줄 몰랐네요."

"황후께서 생전에 황실 행사가 아니고서 궁궐 밖으로 나가신 것은 단 한 번이었어요. 저의 아버님께서 모친의 환갑연을 열었을 적에, 황후께서 바로 그 저택으로 납시었지요. 환갑을 맞이하신 그분은 저의 할머니이시자 황후의 할머님이시기도 했으니까요."

"그렇군요! 처음 듣는 이야기네요. 그렇다면 당신은 황후마마와 사촌지간이 되나요?"

"맞아요. 저의 아버지는 혈연으로 따지면 황후의 큰아버지이셨죠. 황제와 황후를 모신 시종원경이었어요. 이 나라에서 가장 학식이 높은 대제학이기도 하셨고요. 아버님은 생전에 황실을 모셨고, 돌아가신 뒤로도 가문의 보배인 저택을 나라에 바쳐 충성을 이어가고 계신 셈이지요."

해동은 윤원섭의 채근에 못 이겨 그녀가 하고자 하는 말들을 정확한 용어로 줄리아 여사에게 전달해야만 했다. 영문 모르는 줄리아 여사가 순순히 고개를 끄덕일 적에, 해동은 윤원섭이 말하고 있는 그자가 얼마나 왕실과 조국에 해를 끼친 인물이었는지 사실대로 말하고 싶은 충동을 간신히 삼켰다.

줄리아 여사와 애커넌 씨의 대화에 윤원섭이 끼어들자 너른 방에 앉아 있는 여인들의 얼굴에는 아연 분노가 감돌았다. 해동은 윤씨 집안 여인들의 불화가 못내 부담스러웠다. 등뒤에서 고조되고 있는 윤성섭의 분노가 명확하게 감지되었다.

결국 참다못한 한 여인이 다가와 해동에게 점잖게 항의의 뜻을 전했다.

"이보시오, 이곳은 법도가 있는 곳이오. 이 자리엔 이우 공의 부인이신 박찬주 여사도 계시고 많은 어른이 계신데 뉘라서 경망하게 앞서 나서겠소. 먼저 어르신들과 인사를 나누는 게 옳지 않겠소."

해동은 그녀의 말을 애커넌 씨와 줄리아 여사에게 전달했다. 그 말은 여러모로 합당했다. 애커넌 씨는 줄리아 여사와 환담을 끝낸 다음에는 서열이 높은 왕가 여인들에게 위로와 인사를 전하고 자리를 떠나야 옳았다. 그래도 윤원섭은 애커넌 씨에게서 떨어질 생각을 하지 않았다. 방안에 앉아 있던 모든 여인들이 이맛살을 찌푸린 가운데, 가장 격분한 이가 바로 윤성섭이었다.

"대체 이년의 수작질은 끝이 없구나. 이보시오, 유엔 양반! 내가 바로 윤덕영 자작의 큰딸이오. 내가 이년보다 자격이 부족해서 조용히 있는 게 아니오. 혼인한 이후로도 저택을 떠나지 않도록 별채를 지어주시고 부모님이 항상 곁에 두셨던 것은 바로 나였소. 세상이 고약하게 뒤집히고 집안이 풍비박산 나지 않았으면 그 저택은 내가 물려받았을 것이란 말이오. 지금 댁의 곁에 달라붙어 간살을 떠는 것은 부모님이 자식으로 여기지도 않았던 망종년인 것을 알고나 있으시오!"

해동은 방금 들은 말을 차마 전달하지 못하고 망설였으나 윤원섭은 눈 하나 깜짝하지 않았다.

"언니, 이곳은 언니가 함부로 행동하실 곳이 아닙니다. 예의를 차리세요."

"네 이년, 집안 꼴 망신스럽게스리 어디서 활개를 치고 다니느냔 말이다!"

"지금 망신스러운 건 언니예요. 가문의 명예를 생각하세요."

"네년이 어딜 감히 명예를 입에 올려? 몸 파는 기생년 주제에?"

"언니! 망측하게스리."

윤원섭은 가볍게 눈살을 찌푸렸다. 해동은 통역을 포기하고 입을 다물었다. 애커넌 씨는 윤원섭과 윤성섭의 말씨름이 귀에 들리지 않는 것처럼, 눈에 보이지 않는 가상 취재단의 사진 촬영에 응하는 것처럼 자연스럽게 앞을 보고 섰다. 해동도 애커넌 씨를 흉내내어 애매한 곳을 바라보았다. 난처한 상황을 넘기는 숙련된 외교관과 그의 통역 비서의 몸에 익은 처신이었다.

"미국년이 중전 자리에 앉아 있으니 아주 왕실 꼬라지가 엉망이

구나!"

윤성섭은 생뚱맞게 줄리아 여사를 타박했다. 원섭 성섭 자매가 황후의 영전에서 무례를 저지르는 것이 한국 전통의 예의와 왕가의 위신을 잘 모르는 줄리아 여사 때문이라는 주장이었다. 해동은 통역하지 않고 그 타박의 수신인이 그 말을 알아듣지 못했기만을 바랐다. 줄리아 여사가 애커넌 씨를 자연스럽게 왕실 어른께 안내할 수 있었으면 좋았을 것이다. 하지만 줄리아가 원섭 성섭 자매의 험한 욕설 섞인 다툼을 모르는 체하지 못하고 당황해 어쩔 줄 모르는 사이, 언제나 재빠른 윤원섭이 그 역할을 차지하려 들었다.

"자, 애커넌 씨, 이쪽으로 오세요. 이우 공 전하의 부인이신 박찬주 여사께 인사를 드리고 가시는 게 좋겠어요."

윤성섭의 인내심의 마지막 한 방울이 다하였다. 윤성섭이 달려 나와 갈퀴 같은 손으로 윤원섭의 풍성하게 틀어올린 뒷머리채를 움켜잡았고 그것으로 모두가 위태롭게 부여잡고 있던 질서의 얇은 막이 찢어졌다. 여인들의 비명이 쏟아져나왔고 윤원섭과 윤성섭 사이에 사간동 집에서 보았던 것과 비슷한 험악한 육탄전이 벌어졌다.

"마마의 영전에서 이 무슨 행패인가! 저 윤씨년들을 당장에 내쫓아라!"

누군가가 외쳤다. 해동의 귀에는 합당하게 들렸지만 윤성섭은 움켜쥐고 있던 윤원섭의 머리채를 놓고 목소리가 들린 쪽을 향하여 우뚝 섰다. 쭉 찢어진 눈에서 불똥이 쏟아지는 것 같았다.

"윤씨더러 나가라고? 참 가당치도 않다! 여기서 윤씨를 내쫓으려거든 황후마마의 시신부터 마당으로 내던져라!"

여기저기 참지 못하고 욕하는 소리들이 터져나왔지만 윤성섭은 전혀 기가 죽지 않았다. 오히려 눈이 희번득하고 목소리는 포효하듯 거침없었다.

"여기 있는 사람들은 모두 내 아버지의 은혜를 알아야 한다! 사십 년 전 순종 황제께서 서거하셨을 때, 모두 황망하여 우왕좌왕하고나 있을 때 아버지께서는 먼 훗날을 내다보시고 황제의 능원에 미리 마마의 광중도 지어놓도록 조처하셨다! 오늘날 마마께서 아무런 혼란 없이 금곡 유릉에 합장되시도록 한 것은 모두 내 아버지께서 미리 손써두신 덕택이란 말이다! 그런데 뭐가 어째? 그의 딸을 내쫓으라고? 조선땅에 하나같이 식견이 짧고 배은망덕한 자들뿐이니 나라꼴이 요 모양 요 꼴인 것이다!"

손톱만큼도 숙어들지 않고 오히려 더욱 기승하는 윤성섭의 기세에, 여인들은 차라리 애커넌 씨를 내보내서 망신스러운 장면을 감추는 것이 낫다는 쪽으로 재빨리 의견을 모았다.

"얼른 저 사람을 내보내게! 이게 대체 무슨 망신이야! 인사고 뭐고, 얼른 내보내란 말이야!"

얼른 애커넌 씨를 데리고 나가지 않는다고 해동까지 욕을 먹었다. 그런 상황에서 무슨 인사를 더 차리는 것도 우스웠다. 연배가 높은 종친 부인들은 망측한 사태에 억장이 무너져 거의 혼절할 지경이었다. 애커넌 씨는 그곳에 몰려 앉은 여인들에게 동양식으로 허리 굽혀 꾸벅 인사를 남기고 도망치듯 석복헌을 나섰다. 애커넌 씨의 뒤를 따르면서 해동은 얼굴을 때리는 쌀쌀한 바깥바람이 그렇게 반가울 수가 없었다. 몇몇 사람이 마당에 모여 큰 소리가 새어나오는 내실 쪽을 걱정스러운 눈길로 보고 있었다.

애커넌 씨가 손수건으로 이마의 땀을 닦아내며 불편하게 웅크리고 앉아 구두를 신는 동안, 등뒤에서 두세 번 왈칵왈칵 문이 열리며 윤원섭이 구르듯 떠밀려 나왔다가 다시 들어갔다. 떠밀쳐 쫓아내는 윤성섭의 기세도 엄청났지만 결코 자신이 있을 자리를 양보하지 않겠다는 윤원섭의 버틸심도 대단했다. 나이 많은 여인들이 분별을 찾으라고 호통치는 소리, 두 자매의 몸씨름에 떠밀린 여인들이 지르는 비명소리가 끊이지 않았다. 싸움을 말려야 하는가 하고 방문을 열었던 몇몇 남자들은 이유 없는 욕을 한 사발 먹고 떨떠름한 얼굴로 얼른 방문을 닫았다. 싸우려면 나가서 싸우라는 여자들의 외침에 윤성섭은 내장을 모두 토해낼 것 같은 음산한 고함으로 답했다.

"나는 황후마마의 사촌 여동생인 윤성섭이다! 내가 이 방을 나갈 이유가 없다!"

나도 역시 황후마마의 사촌 여동생이라는 윤원섭의 새된 목소리도 뒤따랐다.

"방에서 무슨 일이 있었습니까? 누굽니까? 왜 싸움이 벌어진 겁니까?"

사람들은 해동에게 슬며시 다가와 묻기도 했다. 해동은 두 여자를 모르는 것처럼 시침을 뗐다.

"갑자기 어떤 여자 둘이 욕하며 싸우기 시작했는데, 이유는 모릅니다. 평소 사이가 좋지 않았나보지요."

석복헌 마루에 쭈그리고 앉아 신발을 신는 애커넌 씨는 한없이 느렸다. 구둣주걱이 없으면 제 신발 한 짝을 발에 꿰는 데에도 저렇게 긴 시간이 필요하다니, 도대체 서양인들이란.

"저 신발 좀 보게. 양코배기들은 코만 큰 것이 아니라더니."

애커넌 씨의 삼백 사이즈 구두는 시내의 내로라하는 수제화 전문점에서도 본이 없어서 맞추지 못하고 미군부대 앞 구둣방에서나 겨우 발에 맞는 신발을 찾을 수 있었는데 애커넌 씨의 고아한 취향에는 닿지 않아 늘 불만이었다. 학교나 고아원을 방문할 때면 거룻배처럼 커다란 애커넌 씨의 구두는 언제나 신기한 구경거리가 되곤 했다.

창덕궁 안 왕족의 마지막 거처인 낙선재, 황후가 떠나신 뒤 상복을 입은 사람들에게도 애커넌 씨의 구두는 재미난 화제가 되었다. 코도 크고 발도 저렇게 크면 바지 속의 물건은 볼 것도 없이 엄청나겠다고, 무슨 신기한 발견이라도 한 것처럼 수군거렸다. 사람들은 애커넌 씨가 한국말을 알아듣지 못한다고 생각해 목소리를 낮추지도 않았다.

외국어를 공부해본 경험상, 알아듣지 못하는 외국어라도 욕설과 조롱은 신기하게 알아들어졌다. 귀를 거치지 않고 피부로 바로 흡수되는 것 같았다. 한국 생활이 얼추 오 년 차 되어가는 애커넌 씨는 한국말을 거의 하지 못했지만 양놈, 코쟁이, 거시기 하는 식의 말들은 다 알아들었다. 해동은 얼굴이 화끈 달아오르며 애커넌 씨의 등짝을 후려쳐서 빨리 좀 나가자고 재촉하고 싶어졌다.

내 나라 사람들이 애커넌 씨 앞에서 부리는 주책에 대한 이런 당혹스러움은 아무리 여러 번 겪어도 익숙해지지 않았다. 게다가 오늘의 부끄러움은 이전까지 느꼈던 것과 격이 다르게 진폭이 컸다. 오늘 황후의 영전에서 머리채를 붙잡고 뒹군 여자들이나 애커넌 씨의 바지 속 물건의 크기를 눈으로 가늠하고 있는 남자들은 시골 무지렁이들이 아니라 조상 대대로 이 나라의 최상류층을 이루었던 사람들이었다. 그들이 이날 부리는 추태는 대한민국이라는 나라가 가질 수 있는 품격의 상한선이 여기까지밖에 안 된다고 하는 최종적 선고인 것 같았다.

고통스럽고 충격적인 조문을 마치고 언커크에 돌아온 해동은 은근히 팔묵 영감을 찾아다녔다. 소실댁 문제로 갑작스럽게 성질을 부려댄 후 어쩐지 불편한 사이가 된 것 같았지만 이런 이야기를 나눌 사람은 영감뿐이었다. 저택 언저리에서 우연인 듯 만나기를 바랐으나 결국 언덕 아래 펌프장까지 찾아가서야 영감을 만날 수 있었다. 영감은 그새 헐쭉하게 야위어 십 년은 더 늙어 있었다. 뜬금없이 펌프장에 나타난 해동을 보고 영감도 싫지 않은 기색이었다.

"영감님, 그간 갱신치 못하셨나요. 뵌 지가 한참 되었어요."

"묵은 기침이 당최 떨어지질 않는다 했더니 그게 독한 거였더라고. 요새 약이 좋으니 살았지 전 같으면 내 벌써 이 세상 사람이 아닐 게야."

"어이쿠, 고생 많으셨구먼요."

"이제 손자를 보았으니 벌써 갈 때도 되었나 싶지만."

"그럼 다른 사람들한테 일을 맡기고 좀 쉬시지. 아직 이렇게 추운데."

"겨울에 펌프가 여간 속을 썩여야지. 한시라도 눈을 뗄 수가 있나."

팔묵 영감은 고목처럼 퀭한 얼굴로 히죽 웃었다. 펌프가 말썽을 부려 기쁜 것이 분명했다. 언커크 저택은 시에서 운영하는 수도가 닿지 않아 인왕산의 지하수를 펌프로 끌어올려 썼다. 겨울에는 송수관이 얼지 않도록 관리하는 것이 여간 큰일이 아니었다. 병자의 몰골을 하고서 비척비척 해동 곁으로 다가앉는 손아귀에는 기침으로 죽을 지경이 되어서도 포기할 수 없는 구겨진 담배 한 개비가 품어져 있었다.

"영감님, 윤비께서 돌아가신 것을 알지요?"

"알지. 라디오에서 다들 그 얘기뿐이잖수."

"오늘 애커넌 씨와 조문을 다녀왔습니다."

팔묵 영감이 담배에 불을 붙여 맛나게도 연기를 빨아들였다. 희 끗한 공기 속으로 퍼지는 연기를 보다가 불쑥 해동도 손을 내밀었 다. 해동이 담배를 하지 않는 것을 알고 있는 팔묵 영감은 뜻밖이 다 하면서도 기꺼이 한 대를 꺼내주었다.

"그 사람들, 제정신입니까?"

"누구? 원섭 아씨? 왜, 무슨 일이 있었던가?"

"원섭이고 무슨 섭이고, 하여튼 한가지로 미치지 않고서야 그럴 수가 있겠어요?"

해동은 팔묵 영감에게 빈소에서 있었던 일들을 전해주었다. 영 감에게 말하려니 갑자기 재미가 났다. 팔묵 영감이 딸을 잘못 기른 아비이기나 한 것처럼 그에게 성질을 부리기까지 하면서, 가슴에 서 검은 덩어리가 삭아내려가는 것처럼 후련함을 느꼈다. 팔묵 영 감은 병든 몸에 독한 담배 연기가 닿자 골이 띵하고 어지럽다고 하 면서도 클클거리며 재미있게 해동의 이야기를 들었다.

"성섭 아씨가 젊어서부터 기질이 거세기는 하였소. 자작 나으리 를 그대로 빼닮았지. 지난번 사간동에 가서 같이 보았잖아요. 여자 다 뿐이지 생김새도 그대로 자작 나으리를 빼셨지. 나이가 드니 더 똑같더구먼."

"자매가 젊어서부터 사이가 불화했어요? 혈육의 정이라곤 찾아 볼 수도 없던데."

팔묵 영감은 왠지 저어하며 잠시 뜸을 들였다.

"젊은 양반도 벌써 보았다고 하니…… 친한 정이 있었다고 하겠어요. 어디. 내 자세한 기억은 벌써 없지만 큰아씨가 막내 아씨보다 열댓 살가량이나 연상일 건데."

"막내라고 방자해서, 큰언니에게도 버릇없이 대들었겠군요."

팔묵 영감은 해동을 흘끔 바라보았다. 병색이 완연한 목숨을 들이마시듯 담배 연기를 들이마시고, 두 대째 담배에 불을 새로 붙였다.

"그게 말이요…… 내 이런 소리는 안 하려고 했지만…… 자작댁에서는 막내 아씨 위신이 없었지. 자작 나으리는 그저 한결같이 큰따님, 큰아씨만을 귀애하셨어요. 마님도 마찬가지고. 뭐가 됐든 큰아씨가 첫손가락이었단 말이오. 사람들이 참 신기한 일이다 할 만큼 유난했지. 자작댁에서는, 큰아씨가 왕이었다오."

"허, 아들은요?"

"정섭 서방님은 유학이다 사업이다 해서 집에 잘 붙어 있지도 않았는데, 외아들이니 아무래도 중하게 여기시긴 했겠지만, 그래도 그 마음이 큰따님에 댈 일이 아니었소. 그러다 외아드님이 일찍 세상을 뜨니까 더 큰따님에게 의지하셨지. 내외분이 다 그러시니까, 집안은 언제나 큰아씨를 중심으로 돌아갔어요."

해동은 황후의 빈전에서 자신이 윤자작의 후계자이노라고 쩌렁쩌렁하게 포효하던 윤성섭의 모습을 떠올렸다.

210

"내가 젊어부터 생각하기로는, 원섭 아씨는 참 안된 사람이었어요. 귀한 집안에 막내 자손으로 태어났는데, 어찌 제 식구들에게 그리 설움을 받고 자랐겠어요."

팔묵 영감이 원섭을 역성드는 것 같은 소리가, 해동의 귀에는 듣기 좋지 않았다. 입만 열면 거짓말인 여자에게 안됐다는 소리는 어울리지 않았다.

"어릴 때부터도 미운 짓을 했으니 그랬겠지요."

그러자 팔묵 영감은 빨아들이던 담배 개비를 입에서 떼고 해동을 똑바로 쳐다보았는데, 그 눈에 등등하게 성난 기색이 보여서 해동은 문득 놀랐다.

"아이가 무슨 미운 짓을 하면 다 큰 처녀 총각이 서너 살 어린애를 그리 표독하게 때리겠소? 막내 아씨는 언니와 오빠에게 얼굴이 퉁퉁 붓도록 얻어맞는 게 단 며칠을 거르지도 않았어요. 내 원섭 아씨와 한동갑이라서 분명히 기억하는데, 큰아씨와 서방님은 우리 눈에 거인만큼이나 커다래 보일 때였지."

영감은 성난 눈길을 거두고 다시 희부연 서울의 공기를 응시했다. 공기 중으로 흩어지는 연기 한 줄기도 아까워 다급하게 빨아들이던 담배도 잊고, 그냥 타들어가게 내버려두었다.

"젊은 양반이 원섭 아씨를 좋잖게 여기는 것을 내 알지요. 나도 뭐 그이를 편들겠다는 건 아니우. 그럴 일도 없구. 하지만 막내 아씨는 자작댁 자손이라도 그리 불쌍할 수가 없었어요. 의지가지없는 내가 낫다 싶을 지경이었으니까. 나중에 내 자식들이 투닥거리고 서로 손찌검이라도 하는 날이면 나는 아이들에게 마구 소리를 질러댔는데, 아이들은 내가 너무 무섭게 화를 내니까 얼른 다툼을 멈추고 친한 척들을 하더군. 사실 속으로는 언제나 막내 아씨를 떠올리고 있었지. 나는 막내 아씨가 그냥 잘살기를 바랐답니다. 아씨가 내 속을 알면 화를 내겠지만."

"그러면 잘됐군요. 윤원섭이 애커넌 씨에게 잘 보여서 어찌해볼 궁리를 하는가보던데."

"그게 무슨 소리요."

"말한 그대로예요. 애커넌 씨가 은근히 윤원섭을 챙겨주는데, 그게 단지 업무적인 마음만은 아닌 것 같아 보이거든요. 서양 사람이니까 나이가 몇 살 많은 것은 그리 중요하지 않은가보죠. 그 여자도 화려한 것을 좋아하고 외국 병이 잔뜩 들었으니까 애커넌 씨의 비위에 들기만 하면야 얼마나 잘된 일이겠어요?"

"……"

"왜요, 잘된 거 아닌가요?"

"젊은 양반, 그게 그런 소리는 아니잖어."

영감은 야윈 옆구리가 접히도록 진저리를 친 끝에, 짙은 가래 한 덩이를 가까스로 뱉어냈다. 그 모습을 보면서 대체 사람이 잘되는 것은 무엇인가 하는 생각이 무연히 머리를 맴돌았다.

7

.

일층 주방에서 좋은 냄새가 올라왔다. 사무실의 직원들 사이에 기분좋은 기대감이 감돌았다. 흰 모자를 쓴 요리사들이 외교관보다 더 숭상받는 이유는 그들이 종종 구워내는 아름다운 빵에 있었다. 저택에서 요리사의 위세는 유엔 대표들의 바로 아래라고 할 만큼 높았다. 언커크에서는 수시로 멋진 빵을 구워서 고아원이나 군부대에 선물로 보냈다. 때로는 국회나 중앙청, 어떤 기관이나 행사장으로 갈 때도 있었다. 크림과 과일 조림으로 모양을 낸 동그란 케이크를 구울 때도 있었지만 대부분은 커다랗고 네모난 카스텔라였다.

카스텔라는 맛도 좋았지만 조수 두 사람이 양쪽으로 맞잡아 들어야 하는 거대한 크기가 자랑거리였다. 저택에 설치된 거대한 오븐을 켜면 가로 길이가 일 미터에 달하는 그런 카스텔라를 한 번에 세 판씩 구워낼 수 있었다. 한꺼번에 세 판을 모두 굽자면 "경기도에서 낳은 달걀을 모두 넣어야" 한다고 했다. 서울 시내에서 가장 크고 맛있는 카스텔라였다. 그것을 감탄스럽도록 정확한 벽돌 모양으로 잘라서 선물 포장을 하고, 몇 조각은 젊은 외교관들과 직원들이 목을 빼고 기다리는 오후 간식으로 제공되었다. 하지만 요리사에게 잘못 보였다가는 미치도록 고소하고 달콤한 냄새만 잔뜩 맡은 후 빵은 구경조차 못하는 신세가 되었다.

"통신담당관실을 지하로 옮긴다고 하던데."

"그러면 그 넓은 방을 그 여자 혼자 다 쓰게?"

"이번에 동경에 따라가서 프레젠테이션도 했다지 않아. 한자리를 차지한 것 같은데?"

"그 여자 수완 한번 대단해. 대표들을 완전히 구워삶았어."

"특히 애커넌 씨를."

"홀아비라서 그런가?"

"둘이 썸씽 있어?"

해동이 조심스럽게 수화기를 내려놓자 사무실에서 수군거리던 소리가 뚝 멎었다. 아무도 해동에게 말을 걸지 않았다. 통역 비서라는 위치가 애커넌 씨와 늘 밀착해 지내고 공적, 사적 대화의 창구를 독점하게 되는 자리라서 고등고시를 통과한 웬만한 언커크의 공무원보다도 높은 것 같은 기분이 들게 하기도 했다. 기분만 그랬지 실은 언커크에서 가장 미미한 직책이었다. 어쨌거나 공무원들과 해동 사이에는 보이지 않는 경원시의 벽이 있었고 해동은 그것을 신분 차이가 아니라 특권 때문이라고 바꾸어 생각하기를 좋아했다. 이제야 그것을 후회했다. 갑자기 윤원섭이 나타났을 때 특권으로 높은 담을 치고 살던 해동은 불시에 고립되었다.

"서울에 있는 큰 병원으로 모시라고 하는데, 이럴 때 조카 노릇을 좀 해라. 언커크에 있으면 아무래도 백이 있지 않겠니?"

어머니가 쓰러진 일조차 시시껄렁하다는 듯이, 사촌형은 건들거리는 말투로 그랬다. 어쨌거나 해동은 오전 내내 전화기를 붙잡고 매달려서 언커크 입구에 있는 시립중부병원에 고모의 병실을 마련하는 데에 성공했다. 겨우 말단 통역 비서에 불과해도 이 동네에서 언커크의 위세는 잘 통했다. 고모는 앰뷸런스를 타고 이동하고 있을 것이다. 윤원섭에 고모까지, 여러 번 얻어맞은 권투선수처럼 머리가 얼얼했다.

한때 저택은 언커크 대표들의 숙소로 쓰이기도 했지만 이제는 모두 업무 공간이었다. 저택의 지하층에는 주로 보일러실이나 창고 같은 설비 관련 시설들이 있었고 일층의 넓고 화려한 공간들은 주로 회의실이나 연회실로 사용되었다. 해가 잘 드는 이층의 사면 창가를 둘러싼 넓은 방들은 언커크 대표들이 사용했고 일반 사무직원들은 저택 중앙부의 방들을 사무실로 나누어 썼다. 방들은 모두 큼직하고 화려했지만 중앙 공간은 아무래도 창문이 없어서 답답했다. 통신담당관실은 애커넌 씨의 업무실 바로 옆이었고 이층

사무 공간 중에서 유일하게 동쪽 창문을 품고 있는 방이었다.

예정에 없던 전체 회의가 있다고 하는 것은 이와 같은 변동들과 관련이 있는 것 같았다. 이미 이층 복도에 잡역부들이 부산하게 오가고 있었다. 해동은 사람들에게 섞여서 일층 남서면의 2회의실로 갔다. 열댓 명가량 앉을 수 있는 테이블에 좋은 냄새를 풍겼던 카스텔라가 먹음직하게 놓여 있었다. 사람들은 테이블 주변에 둘러서거나 회의실 입구에 놓인 접이식 의자를 펴서 앉았다.

해동은 삼삼오오 자리를 잡고 앉는 언커크 직원들을 살펴보았다. 많은 이야기를 나눈 적은 없었어도 다들 익숙한 얼굴들이었다. 해동은 외무부 비서실의 한 여직원에게 말을 걸었다.

"저…… 제가 사람을 찾고 있는데……"

"네?"

"그때 파티에 오셨던 분…… 윤황후가 돌아가셨던 날…… 이름이 뭐였더라, 외무부 배지를 달고 계셨는데, 나이는 한 서른 넘었을 거 같고, 머리가 짧고, 이름은 잘 모르겠지만 윤씨 성이라고 그랬는데……"

"아, 윤태식씨요? 그분을 왜요?"

"그냥 좀 여쭤볼게 있어서…… 그분을 만나려면 외무부에 가면 되나요?"

"아뇨. 그분 태국 공관 근무라서 지금 국내에 안 계실 텐데."

여직원은 접이식 의자를 들고 저쪽으로 가버렸다.

216

직원들이 모두 착석하고 나서 애커넌 씨와 윤원섭이 회의실로 들어섰다. 행정조정관실의 중년 직원이 언커크의 직제 개편을 알리며 윤원섭을 새로 부임하는 '문화 복원 디렉터'라고 소개했다. 윤원섭을 소개하는 말들 중에는 실내건축디자인 전문가라는 표현도 있었다.

　"내 아버지 윤덕영 자작이 세운 이곳 벽수산장이 오늘날 한국 통일부흥위원회의 본부로 사용되는 것은 아버님이 간직하신 나라 사랑의 뜻과 매우 부합한다고 볼 수 있을 것입니다. 본인은 그 사실을 매우 기쁘게 생각하며 앞으로도 아버님의 높으신 뜻을 계승하기 위해 온 힘을 아끼지 않을 것입니다. 아버님의 애국애족 정신은 다행히 명맥을 이었으나 그분의 높은 예술혼은 거의 알아보는 이 없이 버림받았던 것이 사실입니다. 저는 해외 출국을 앞두고 우연히 옛집을 방문했다가 이 저택이 아버님이 공들여 가꾸었던 예술적 풍치를 거의 잃고 만 것을 발견하고 가슴이 찢어지는 듯했습니다. 아버님은 이 저택으로 웅대한 기개만을 보이고자 한 것이 아니었습니다. 내 아버님이신 윤덕영 자작은 추사 김정희와 맞먹는 높은 예술적 경지에 도달하신 분으로서, 이 세계에 존재하는 궁극의 아름다움을 이 저택을 통해 구현하고자 하셨으며……"

　언커크 직원들에게 인사하게 된 원섭은 석상같이 오만했다. 허리를 굽혀 정중하게 인사하는 것은 그녀에게 기대할 수 없는 일이었다. 외교관들이 다수 포함된 직원들 앞에서도 그녀는 그들이 그녀와 부친의 은혜를 입고 있으며 앞으로도 그럴 것이라는 내심을 전혀 숨기지 않았다. 추사 김정희를 입에 올리며 해동은 부끄러워 낯이 붉어졌다. 윤원섭과 단둘이 앉아 들을 때도 고역이었는데 모두가 보는 자리에서 윤원섭의 입이 되어 그 소리를 하려니 죽고 싶었다.

"오늘날 언커크에서 삼층이 미군 관할 무전실로, 잠가두고 사용하지 않는다는 소리를 듣고 저는 가장 큰 충격을 받았습니다. 삼층을 하찮은 다락방으로 여긴다면 아버님의 예술성을 이해한다고 할 수 없을 것입니다. 그곳은 아버님께서 가장 중요하게 여기셨던 공간입니다. 아버님은 그곳을 서재처럼 아늑하게 가꾸시고 중요한 내빈들의 숙소나 정담을 나누는 곳으로 활용하셨습니다. 가장 중요한 사람들에게만 내주셨습니다."

지붕 공간을 활용한 삼층은 충분히 넓었지만 아무리 해도 난방과 급수가 시원치 않아 잠가두고 사람의 출입을 금지했다. 그 덕분에 오랫동안 윤원섭의 비밀의 방이 드러나지 않고 숨어 있었기도 했다.

"윤황후께서 서거하셨을 때 많은 사람이 아버님에 대해 새로운 눈을 가지게 되었습니다. 아버님은 반세기 전에 먼 훗날의 일들을 내다보는 눈을 가지고 황제와 황후가 광중에 누울 때 모든 일이 순조롭도록 앞서 손써놓으셨습니다. 이번 장례에서 황후께서 백부이신 윤덕영 자작의 큰 덕을 입으신 것을 깨달은 왕실 종친의 인물들이 모두 목소리 높여 윤자작의 지혜와 현명함을 칭송하고 고마 워했습니다. 세상 사람들은 윤덕영 자작에 대해 부족했던 부분만 을 이야기하지만 앞으로 시간이 갈수록 아버님이 어떤 분이셨는 지 알게 될 것입니다. 이미 이 저택이 언커크의 본부로 사용됨으로 써 중요한 재평가가 시작된 것이나 다름없습니다. 저는 그분의 딸 로서 그분이 남기신 유산을 더욱 가치 있게 지키라는 언커크의 요 구를 마음 깊이 새기고 저의 모든 것을 다 바치겠습니다."

찰나에 해동은 청중의 표정을 살펴보았다. 외국인 직원들은 흥 미롭게 귀를 기울였으나 한국인 직원들은 대개 무표정하거나 외면 했다. 이 저택의 유래나 친일, 반일의 역사에 별다른 지식이 없었어 도 윤덕영의 악명 정도는 알고 있었으므로 직원들은 대체로 그의 딸이 무엇을 복원한다고 설치는 것에 대해서 씁쓸한 반응이었다.

"유엔이 한국의 부흥과 통일을 위해 더욱 가치 있는 일들을 할 수 있도록, 저는 이 저택을 수리 보수할 계획입니다. 제가 가진 인 맥을 최대한 활용해 보수기금을 받아내도록 하겠습니다. 우선 미 군으로부터 관할권을 돌려받아 현재 폐쇄되어 있는 삼층 시설을 수리하겠습니다. 앞으로 삼층을 외빈들의 숙소와 문화 공간으로 활용하면 이층 여러분의 업무 공간도 보다 넓고 쾌적해질 것입니 다. 현재 창고로 사용되는 지하 공간에는 다목적 오락 운동 공간을 설치할 예정입니다. 공사는 4월부터 지체 없이 시작될 예정이며 공사 차량이 드나들고 업무 시간중 소음과 분진이 발생하는 등 불편이 있겠으나 우리의 아름다운 저택을 더욱 아름답게 꾸미는 일이니 한마음으로 응원해주시기 바랍니다."

회의는 열의 없는 박수와 함께 끝났다. 사람들은 제가 앉았던 접이식 의자를 접어 벽에 기대 세우고 회의실을 떠났다.

이층 통신담당관실 직원들은 서류와 집기를 정리했다. 공사가 끝날 때까지 지하실을 사용하게 된다고 했다. 이삿짐을 나르던 통신담당관실 직원이 해동의 어깨를 툭 쳤다.

"축하해."

"예? 무슨 말씀이십니까?"

"자네가 아주 제대로 줄을 탔잖아? 저 여자와 전부터 알던 사이야?"

해동이 말귀를 알아듣기까지 잠시 시간이 걸리는 사이 직원은 박스에 채운 짐을 끙하고 챙겨들며 방을 나섰다.

이봐요. 아니에요. 내 아버지는 독립운동을 하다가 목숨을 잃었어요. 줄을 타다니, 이보세요, 아니란 말입니다. 해동의 속에서 그런 말들이 소용돌이칠 때 직원은 이미 상자를 들고 긴 복도를 저만큼이나 걸어간 뒤였다.

자리로 돌아와 해동은 타자기에 깨끗한 새 종이를 집어넣고 타닥타닥 글자를 박아넣기 시작했다. 옆자리 직원이 타이프용지 맨 위에 찍힌 'resignation'이라는 단어를 흘끗 넘겨보고 가더니 그를 둘러싼 사무실의 대화가 끊기고 분위기가 무겁게 가라앉았다.

흘끔거리는 눈길만이 사방에서 꽂혔다. 해동은 타자기를 두드리는 손가락에 더 힘을 주었다. 타닥타닥 타다닥.

해동은 직장 말고는 아무것도 가진 것 없는 사람이었다. 언커크처럼 좋은 직장이 아니라 더 미미하고 하찮은 직장이었어도 그랬을 것이다. 직장은 목숨이나 다름없었다. 직장을 내던진다는 것은 목숨을 버리는 것이나 다름없으니까, 해동은 지금 어느 절벽에 둘러쳐진 난간을 짚고 서서 한쪽 다리를 난간 위로 슬그머니 올려보는 것과 비슷한 행동을 하는 중이었다. 갑자기 모든 소리가 사라진 사무실이 두려워져서 해동은 하고 싶은 말이 다 적힌 종이를 타자기에서 뽑아내 구깃구깃 구겨버렸다. 봐라, 보라고, 정말 그만둘 생각은 아니라고. 구겼던 사직서를 아예 찢어 쓰레기통에 처넣는데 호출이 왔다.

"윤원섭씨가 부르세요."

사람들의 시선이 해동에게 몰렸다. 해동은 몇 번 마른침을 삼키고 일어섰다. 애커넌 씨 집무실의 두꺼운 나무문을 당겨 닫으면서, 해동은 이 방에 있는 세 사람이 언커크 사람들이 생각하는 '한편'이라는 것을 상기했다. 애커넌 씨가 권하는 대로 늘 앉는 소파 귀퉁이에 엉덩이를 내려놓으면서, 해동은 자신이 한편이 되지 못하는 이유는 무엇인가, 생각해보았다.

"레이디 윤의 추진력에 언제나 깜짝 놀라게 됩니다. 아직 사령장도 나오지 않아서 오늘은 그냥 가볍게 인사만 하실 거라고 생각했는데, 물밑으로 추진하던 사업을 직원에게 모두 공표하실 줄은 미처 몰랐어요."

"더 기다릴 일이 무엇이 있나요. 저는 주저앉아 시간을 보내는 사람이 아니랍니다."

심지어 윤원섭은 무뚝뚝하고 애커넌 씨가 비위를 맞추는 풍이었다. 애커넌 씨는 해동의 얼굴이 굳어진 것을 보고 잠시 주저하다가, 아무렇지 않다는 듯 이야기를 시작했다.

"헤이든, 레디 윤이 문화 복원 디렉터로 언커크에 합류할 예정인데 필요한 인력 충원이 이루어지기까지는 시간이 걸릴 듯하네. 그동안 자네가 레디 윤과 함께 일해왔으니 당분간 문화 복원 파트의 업무를 돕는 것이 어떻겠는가?"

"제가 문화 복원 부서로 옮기면, 애커넌 씨의 통역 수행은 누가 합니까?"

"그것은 임시적으로 새 인력을 뽑아야 하겠지."

"문화 복원을 담당할 직원을 새로 뽑으면 되지 않습니까?"

"직원을 새로 뽑는 것은 언커크의 조직 구성상 어려움이 있네. 유엔이건 한국의 외무부건 똑같이 상당히 경직된 조직이라서 말이야. 자네는 직제상 내가 개인적으로 채용한 경우니까 이동이 다소 자유로운 측면이 있지. 말하자면 자네가 문화 복원 업무를 돕고 내가 개인 비서 한 명을 더 채용하는 형식이 되는 거네."

해동은 조심스러운 사람이었다. 결코 위험한 짓은 하지 않으며 이날까지 살아왔다. 이 순간 역시 겁없이 함부로 행동할 생각은 없었다. 가장 안전한 길이 있다면 그 길을 선택할 것이다. 하지만 이제는 어디가 안전한 길인지 알 수 없는 지경에 이르고 말았다. 사방이 불길로 타오르는데, 아무리 조심스러운 들짐승이라도 언제까지나 침착할 수는 없었다. 이제는 어느 쪽의 불길이 가장 얕은지 판단하고 그곳으로 몸을 던져야 했다. 약간 그을든 불에 타죽든, 불속으로 뛰어들어야 하는 선택의 기로였다. 조심스러운 표정과 말투를 벗어던진 날것의 질문들이 튀어나오기 시작했다.

"사령장도 나오지 않았는데 당장 다음달부터, 공사는 무슨 예산으로 추진됩니까?"

"그 일은 사령장과 큰 관련이 없네. 공사가 시작되는 것은 이미 정해진 일이니까. 이 큰 건물에 수도 설비가 닿지 않아서, 그간 별도의 펌프장을 운영하면서 문제가 많지 않았는가. 오래전부터 건설부와 협의해서 이번에 수도 연결 공사를 하기로 되어 있었거든. 그 기회에 저택의 노후화된 부분을 손질할 예산이 이미 책정되어 있었는데 그 집행을 레이디 윤이 맡아서 하는 것이네."

그러니 윤원섭은 아직 만들어지지도 않은 감투를 널름 뒤집어쓰고 이미 예정된 공사의 일부 예산을 차지해 제 마음대로 주무르게 된, 말하자면 무임승차를 하게 된 것이었다.

"국제기구의 인력 충원이 자유롭지 않은데, 문화 복원 부서가 만들어지고 레이디 윤이 디렉터가 될 수 있다고 확신할 수 있겠습니까?"

"이것은 언커크에도 중요한 일이야. 칠 개국 간에도 불협화음이 나고 본부를 동경으로 이전하거나 아예 폐지하라는 의견이 있을 만큼 언커크는 불안정하네. 그렇다고 한국 정부와 손발이 잘 맞는 것도 아니야. 저택을 보수하고 복원하면서 회원국의 단합을 도모하고 언커크의 위신을 높일 수 있는 계기로 만들려 하는 것이지. 레이디 윤이 이 저택의 복원 사업을 진행하면서 그녀의 역량과 필요성을 본부에 어필할 것이네. 언커크에 자리가 나지 않는다면 유네스코 쪽과도 접촉해볼 수 있겠지. 유네스코 한국 위원회는 한국의 문화유산을 보호하고 창달하기 위한 능력 있는 인재를 언제나 필요로 하고 있으니까."

윤원섭의 대변인이거나 통역 비서인 것처럼 그녀를 위해 앞장서는 애커넌 씨를 해동은 새삼스러운 눈으로 다시 보았다. 두 남자의 토론이 성가시다는 듯 나른한 표정으로 시선을 멀찍이에 걸쳐두고 있던 윤원섭의 손가락이 애커넌 씨의 어깨를 스쳤다. 애커넌 씨는 즉시 말을 멈추었다. 해동은 그 단순한 동작 속에 어떤 의미가 담겨 있는지 신경을 곤두세웠다.

"애커넌 씨가 자네에게 과잉 친절을 베푸는 것은 참 문제야. 그것은 아랫사람을 잘못 길들이는 것인데도. 해동이 자네는 애커넌 씨가 개인적으로 채용한 비서이니 그가 시키는 대로 일하면 되네. 이제 자네는 통역 일이 아니라 저택 복원 업무를 맡는 거야. 알겠는가? 알아들었으면 나가보게."

격분 속에서도, 윤원섭의 말에는 맞는 구석이 있었다. 애커넌 씨가 해동을 설득하고 그의 선택을 이끌어내려 했던 것보다 윤원섭처럼 싸가지 없이 통보하는 것이 오히려 해동의 마음을 묘하게 가라앉혔다. 혼란과 분노의 안개가 눈앞에서 걷히고 천천히 시야가 맑아지는 것 같았다. 애커넌 씨의 집무실을 나온 뒤 해동은 제자리로 돌아가서 다시 한번 사직서를 쳐내려갔다. 이번에는 찢지 않고 자필 서명을 하고 반듯하게 접어 봉투에 넣은 다음 외투 안주머니에 넣었다.

퇴근 후에 시립 중부병원에 가야겠다고 생각을 하다가 오늘 저녁 진형과 만나기로 약속이 되었다는 것을 뒤늦게 떠올렸다. 해동은 그녀가 일하는 회사에 전화를 했지만 부재중이라고 했다. 해동은 전화를 받은 사람에게 고모가 갑자기 입원해서 만나기로 한 약속을 지키지 못하게 되었다고 사과하는 메모를 남겼다. 병원으로 가는 길에 통인시장에 들러 큰맘 먹고 바나나를 한 송이 샀다. 중부병원이 가깝기에 있는 것이지, 어지간한 시장에서는 팔지도 않는 귀한 물건이었다. 한 송이를 통째 산다는 말에 과일가게 주인의 입이 떡 벌어졌다. 과일가게 옆 미제 가게에서 과일 통조림도 샀다. 그런 것들을 주렁주렁 들고 병원으로 찾아갔다.

고모는 사층 다인 병실의 머리맡에 육십구 세 이순녀라는 이름표를 달고 의식 없이 누워 있었다. 해동은 고모가 누워 있는 모습을 처음 보았다는 사실을 깨달았다. 고모는 언제나 바빠서 종종걸음 치는 사람이었고 앉아 있는 모습이나마 보게 된 것은 노년에 접어든 뒤였다. 누워 있는 고모의 모습은 너무 작고 약해 보였다. 해동은 침대 옆에 가져온 것들을 내려놓고 작은 의자를 끌어 고모에게 바짝 다가앉았다.

고모가 서울에 올라와 해동의 자취방을 찾은 적이 있었다. 퇴근해보니 한복을 곱게 입은 고모가 돈암동 자취방에 앉아 있었다. 세상에 그렇게 반가운 일이 없어서 덥석 큰절을 올렸다.

"서울에서, 장허다."

고모가 그렇게 말했던 것 같다. 장판이 다 들뜨고 벽지가 삭은 천장 구석마다 쥐오줌이 꼬질꼬질해서 어디로 보나 오죽한 지경이었는데, 장하다는 한마디에 억장이 솟구쳐서 고모의 치마폭에 고개를 파묻고 울었다. 고모는 된장에 파묻은 무말랭이 한 단지와 반듯한 오백원짜리 두 장을 남기고 갔다. 이후로 거처를 많이 옮겨다니는 동안 고모가 찾아온 것은 그 한 번뿐이었다. 잊을 수 없는 한 번이었다.

해동은 그때처럼 고모의 이불자락에 고개를 파묻고 흐느껴 울었다. 해동의 졸업과 입학을 중요하게 여겼던 단 한 사람, 고모가 세상을 떠나면 그때는 정말로 천애고아였다. 고모가 우주를 채우는 것처럼 중요해지는 순간이었다. 고모에게 고맙다고 말한 적이 없었다. 아버지와 자신에게 장한 사람이라고 고모가 말해주었던 것처럼, 해동 또한 고모에게 고맙다고 말했어야 했다.

"아주 쇼를 하고 있네 그냥. 언제 왔냐."

사촌형의 목소리였다. 해동은 고모가 덮고 있는 이불자락을 불끈 움켜쥐었다.

"곧 돌아가시는 게 아니다. 노인들이 아주 가려면 세 번은 쓰러져야 한다."

사촌형은 해동의 발밑을 들여다보더니 바나나 껍질을 까서 제입에 넣었다.

"신수가 아주 훤하구나. 서울엔 돈이 흔하니 바나나를 한 송이씩 턱턱 사고."

"고모님이 나으시면 모시고 제주도 구경이라도 시켜드리려고 합니다."

"아픈 노인네를 무슨 제주도는, 병원비를 보태. 앰뷸런스값만 벌써 천삼백원이 나왔다."

해동은 사촌형에게 대꾸를 하지 않고 고모의 늘어진 손을 주물렀다. 호부견자라는 말이 있는데, 운이 없으려니 고모의 일이 딱 그렇게 되고 말았다. 고모가 이렇게 되었는데도 사촌형의 얼굴에는 애틋하고 마음 아픈 기색이 없었다. 고모를 두고 아주 콕 맥힌 노인네라느니, 이렇게 된 것도 어머니가 성질을 이기지 못하셔서 그렇다느니 탓을 해대는 것을 보면 고모가 쓰러진 데에도 큰사촌과의 해묵은 다툼이 결국 큰 몫을 한 것 같았다.

"남편 잃고 혼자되어 여자 혼자 몸으로 네 자식 건사하고 시부모에 시동생 시누이들까지 거두기가, 그게 어디 보통 일입니까? 고모님이 직심스러운 덕분에 일가족이 오늘까지 버티신 것이 아닙니까."

"염병하게 직심스럽긴. 세상이 저만큼 변해가는데 그저 농토에나 코를 박고 꼼짝을 할 줄 모르니. 우리는 어머니 때문에 요 모양 요 꼴이다. 어머니 때문에 자식들이 아무도 날개를 달지 못했다."

"고모님이 무얼 잘못하셨습니까? 형님 사업 밑천 대신다고 땅 모퉁이도 여러 번 허물지 않으셨습니까?"

"아니 그걸! 마중물이 되려면 한 바가지를 옹글게 부어야지, 찔끔찔끔 붓는 시늉만 하면 어디서 물이 올라오겠니? 이날까지 어머니 조막손 때문에 아주 망친 일이 한두 번이 아니다! 아주 끝까지, 끝까지 나를 사람 취급을 안 하신다니까!"

해동은 사람이 아니라 금수를 보는 기분으로 사촌형을 보았다. 노모가 한평생 땅을 파서 악착같이 모은 농토를 절반이나 헐어 가고도 부끄러운 줄을 몰랐다.

"고모님은 여장부이십니다. 형님이나 저나, 모두 고모님 그늘에 기대어 살았습니다. 저는 그렇게 생각합니다."

"그렇겠지. 너나 어머니나, 답답하게 콕 맥힌 것이 아주 꼭 닮지 않았니."

"제가 고모님을 닮았다면 영광이겠습니다. 저는 고모님이 이 세상에서 제일 장한 분이라고 생각합니다!"

해동은 저도 모르게 울부짖었다. 병실을 함께 쓰는 환자들이 시끄럽다고 불평의 소리를 내었다. 해동은 다시 고모의 이불에 고개를 파묻고 흐느꼈다.

"아주 독립운동가가 나셨구나. 어머니는 그게 무슨 대수라고, 삼촌이 아주 나라를 구한 것처럼 여기셨지. 밤낮 그놈의 도리, 도리. 어이구 지겨워."

"제 아버지는 독립운동을 하다가 돌아가셨습니다. 그건 사실입니다."

"그런 거 아니거든?"

해동은 사촌형이 아주 미친 게 아닌가 귀를 의심했다.

"너는 네 아버지를 모르지만 나는 안다. 너하고 똑같이 겁쟁이였어. 밤낮 골골하는 약골에다가 어디 앉아도 목소리 한번 크게 못내는 사람이었지. 그래가지고 무슨 독립운동을 해? 그건 아무나 한다든?"

"형님, 제 아버지는 대단한 사람은 아니었지만, 독립운동을 하다가 순사에게 잡혀서 돌아가신 것은 맞지 않습니까. 그렇게 아무렇게나 말하지 마십시오."

"아니다. 그건 네 아버지가 한 게 아니다. 안골 옆에 눈티재에, 이성준이라는 사람이 또 있었다. 덩치도 크고 아주 용감한 사람이었지. 그 사람이 독립운동측이랑 연결이 되어서 그런 일을 했다.

다 그이가 한 일이다. 그런데 삼촌이랑 이름이 같다보니까 네 아버지가 그만 오인을 받은 거지."

"형님, 그게 무슨 소리입니까?"

해동은 병실 사람들의 눈치 따위는 모두 잊고 다시 소리를 지르지 않을 수 없었다. 목소리가 갈라지고 눈알이 튀어나올 것 같았다.

"지금 말한 그대로야! 눈터재의 이성준이, 그 사람이 독립운동을 했는데, 안골의 이성준이, 느이 아부지, 외삼촌이 잡혀서 매 맞고 죽었다고!"

해동은 더이상 참지 못하고 사촌형에게 달려들고 말았다. 사촌형이 말한 대로 해동은 아버지를 닮아 비쩍 마른 약골에 병골, 주먹을 휘둘러서 무언가를 해결해볼 생각을 먹어본 적이 한 번도 없는 사람이었다. 사촌형은 해동보다 스무 살 가까이 연상이었지만 근골이 단단하고 주먹다짐에 익숙했다. 의사와 간호원들이 재빨리 달려와서 둘을 뜯어말려주지 않으면 해동은 사촌형의 주먹맛을 제대로 보았을 것이다.

"병원에서 뭐하는 짓이오? 이러려면 다시는 오지 마시오!"

안경다리가 부러지고 광대뼈와 눈가가 부어오르는 정도로 피해를 마무리하고, 하지만 사촌형의 넙적한 콧방울에도 예리한 한 방을 먹여준 것을 의미 있다 여기며 해동은 휘청휘청 병원의 계단을 걸어내려왔다. 아닌 저녁의 소동에 사람들의 시선이 해동에게 모였다. 참 이상한 하루였다. 일진을 보았다면 청천벽력 같은 점괘가

떴을 법한 날이었다.

쏟아지는 시선들 속에서 해동은 손으로 입을 가리고 서 있는 진형을 발견했다. 그녀의 회사에 전화해 메모를 남겼던 것을 기억해냈다. 중부병원에서 환자 꼴이 된 해동 앞에 서기까지 진형은 길고 집요한 수소문의 과정을 거쳤을 것이다. 참 이상한 일이었다. 손마디가 하얗게 질리도록 꽉 쥔 진형의 주먹을 보자 울컥 눈물이 솟았다. 참지 않으면 창피하게 이 많은 시선 앞에서 울어버리고 말 것 같아서 다급하게 꿀꺽꿀꺽 빈 침을 삼켰다.

"세상에!"

진형은 병원 로비 구석으로 해동을 끌고 갔다. 이게 어찌된 일이냐고 묻지도 않고, 수돗가에서 손수건을 적셔와서 부어오른 광대뼈를 살살 닦고 후후 불어주었다. 해동은 진형에게 얼굴을 맡기고 그예 줄줄 눈물을 흘렸다.

"사촌형이, 사촌형이라는 인간이, 글쎄 내 아버지를 비웃지 뭡니까. 내 아버지가 독립운동을 했던 게 아니라고. 그냥 아무것도 안 했는데 잘못 잡혀가 죽은 거라고 그러지 뭡니까."

"네?"

"저희 아버지가 이성준, 함자가 이성준이거든요. 그런데 독립운동을 한 건 눈티재의 이성준이고 내 아버지가 했던 게 아니라는 겁니다. 내 아버지는 독립운동을 하다가 돌아가셨는데. 순사에게 잡혀갔다가 매를 맞아서 스물넷에 돌아가셨는데."

"세상에!"

그렇게 정신 나간 듯이 삼십 분 정도를 주절거렸던 것 같다. 계속 그 말만 반복했다. 눈티재의 이성준과 안골의 이성준. 내 아버지는 스물넷. 사촌형이라는 인간이 그를 비웃었다. 진형도 역시 할 줄 아는 말이 세상에 그뿐인 것처럼 반복했다. 표정도 하나뿐인 그 표정, 주먹을 쥐어 입을 가리고 눈을 크게 뜨는 그 얼굴뿐이었다. 같은 말 같은 행동만 반복하는 그들은 바보 같아 보였을 것이다. 한참 동안이나 그렇게 멍청한 짓을 반복하는 것 말고는 다른 수가 없었고, 그러다보니 해동은 문득 부끄러워졌다.

"독립운동을 하셨든 안 하셨든, 그게 뭐 큰일은 아니지 않습니까."

진형은 그 말에는 대답하지 않고 해동을 빤히 바라보았다.

"원래부터, 그게 아주 대단한 일은 아니었으니까요. 인쇄기를 숨겼다가 발각된 정도라면 뭐, 큰일이라고 볼 수는 없습니다. 어차피 그 시골에서 무슨 대단한 일을 하신 건 아닐 테니까요. 안골의 이성준이건 눈티재의 이성준이건, 그렇다는 말씀입니다. 그냥 사촌형이라는 작자가, 누워 계신 고모님 앞에서 말하는 꼴이 하도 아니꼬워서, 제가 속이 뒤집히고 말았습니다. 사내들 하는 짓이 뭐 그런 것이지요."

그랬다. 일본의 위세가 대단하던 시절에, 그깟 시골구석에서 어떤 이성준이 독립운동을 했든 안 했든, 그것은 크게 중요한 일이 아니었다. 나라의 운명은 그런 것들로 바뀌는 것이 아니었다. 스물네 살에 끝나버린 한 사람의 가혹한 운명이 오해로 인해 결정된 것이라면, 해동의 인생이 시작되기도 전에 그 가혹함의 먹물을 온몸으로 뒤집어쓴 것을 생각하면 더욱 억장 무너지는 일이지만, 그냥 세상은 그런 것이었다. 알고 보면 다 별일이 아니었다.

그녀를 보면서 문득 품안에 든 사직서가 생각났다. 그것을 애커넌 씨에게 내밀고 나면, 달러로 받는 월급은 사라질 것이다. 진형에게 백화점에서 선물을 사줄 수 없을 것이다. 언커크의 다락방에서 차와 슈크림을 대접하겠다는 약속을 지키지도 못할 것이다. 그간 저축해놓은 돈이 어느 정도 있어서 직장을 그만두더라도 당장은 큰 문제가 없었는데, 막상 진형을 앞에 놓고 생각하니까 그가 저지르려 하는 일의 대가가 피부에 와닿았다.

이제 애커넌 씨를 대신해 그의 상관이 되려 하는 윤원섭에 대해서도 어쩌면 생각을 다시 해야 할지도 모른다. 언커크에는 해동 말고도 팔십 명의 직원이 있었지만 윤원섭이 언커크의 문화 복원 디렉터가 된다고 해서 사표를 내던질 사람은 아무도 없었다. 그 여자가 번영하는 것에 대해 해동이 개인적인 모욕감을 느끼는 것은 그의 아버지가 독립운동을 하다 죽었다는 생각이 있었기 때문이다. 독립운동을 했던 것이 눈티재의 다른 이성준이었다면, 그가 느끼는 모욕감은 이유 없는 것이 되었다. 언커크의 다른 직원들처럼 카스텔라를 집어먹으며 세상이 불의함을 투덜거리고 여전히 잘 나오는 월급을 받으면 된다. 심지어 그의 것은, 달러였다.

너무 부끄럽게도 해동은, 어찌해야 할지를 몰랐다. 진형과 함께 병원을 나선 뒤 광화문 전차 정류장 쪽으로 걷는 동안 머릿속이 온통 너덜너덜해져서, 무슨 생각을 해야 할지 알 수가 없었다. 아무생각도 못하는 주제에 주둥이에는 따발총을 단 것처럼 쉴새없이 조잘거렸다. 내년부터는 바나나가 정식으로 수입된다고 하더라. 이 동네는 잘사는 사람들이 많고 남대문시장이 가까워서 미제 가게에 통조림도 종류대로 다 갖춰놓았더라. 그런데 청와대도 또한 가까워서 단속이 심한 게 흠이다. 꽁꽁 숨겨놓고 없는 것처럼 하지만, 슬그머니 묻기만 하면 매대 아래 감춰둔 비밀 창고에서 다 꺼내준다. 파인애플 통조림도 바나나도 없는 게 없다. 비싸긴 하지만 고모님이라면 아까울 것이 없다. 그 정도 사드릴 돈은 된다. 고모님이 기력을 찾아서 바나나를 드셔야 할 텐데. 사촌형의 주둥이로 다 들어가버릴 것이 걱정이라고.

해동은 쉬지 않고 떠드는 제 주둥이를 틀어막아버리고 싶었다.

실은 말없이 걷고 있는 진형에게 묻고 싶었다. 내가 지금 도저히 아무 생각도 못하겠는데, 언커크에 계속 다녀야 할지. 월급이 많긴 하다. 서울 시내를 뒤져도 이만한 일자리가 없을 것이다. 하지만 윤원섭 그 여자는 정말이지, 부끄러움을 모르는 친일파가 가짜 경력으로 승승장구하는데, 나더러 애커넌 씨가 아닌 그 여자 밑에서 일을 하라고 하는데, 그렇게 해서라도 일을 계속해야 하는

지. 그런데 왜 나만? 다른 사람들은 이런 고민 따위 조금도 하지 않고 잘사는데, 왜 나만 이런 고민을 해야 하는 것인지. 아버지에 이어서 나까지, 내 일도 아닌 것의 대가를 왜 내가, 나만, 치러야 하는 것인지.

마음속에 태산처럼 높아져가는 그런 질문들을 진형에게 쏟아놓고 싶었다. 하지만 못나게 그런 소리를 할 수는 없어서 자꾸 바나나와 파인애플 이야기만 했다. 떠들어대다가 숨이 가빠 할딱거릴 지경이었다. 그래도 말을 멈출 수가 없었다. 진형은 아까부터 아무 말도 하지 않고 고개만 끄덕이고 있었다. 이제 독립운동가 아버지는 없다. 고모도 곧 떠날지 모른다. 해동의 곁에는 아무도 남지 않게 된다. 고모가 만나보라고 쪽지를 전해준 이 여자 말고는. 고모가 장터에서 만난 진형을 왜 예쁘게 보았는지 이제는 알 것 같았다. 그런데 언커크에 사직서를 던져버려도 진형은 해동을 만나줄까? 그런 것들을 이 여자에게 물어볼 수는 없었다. 겨우 스물네 살, 아버지가 죽었을 때처럼 아무것도 모르는 나이, 시골에서 올라와서 밥벌이를 하는 것이 아는 것의 전부인 이 여자에게 어떻게 그런 것들을 물어보겠는가.

8

세 번은 쓰러져야 돌아가신다는 사촌형의 말과 달리 고모는 나흘 만에 세상을 떠났다. 병원비를 걱정한 사촌형이 서둘러 퇴원시킨 것이 결국 고모의 저승길이 되었다. 구급차가 서울 경계를 넘을 무렵부터 고모의 호흡이 가빠졌고 이천에서 여주로 막 넘어갈 즈음 마지막 숨을 내뱉었다.

고모가 돌아가셨는데 해동은 하루도 휴가를 받지 못했다. 부모나 다름없는 분이라는 따위의 핑계는 애초에 통하지도 않았다.

"고모? 주말에 다녀오면 되지 않아?"

새로 상사가 된 윤원섭의 반응이었다.

"빨리 추진해야 하는 일이 한두 가지가 아니야. 일단 그간 구술한 내용을 팸플릿으로 제작해서 여기저기 뿌려야 해. 유엔에도 보내도록 영문으로도 만들게. 사진 자료들을 많이 써서 총천연색으로 세련되게. 나라에서 이 집을 적산敵産이라 하여 국유화하고 내무부에서 관리하고 있는데, 실은 어처구니없는 일이야. 언커크에서 사용하는 것이 그나마 다행이지만 이 집은 일개 관공서가 쓸 곳이 아니란 말이야. 이 집은 위대한 문화유산이고 사적史蹟으로 지정되어야 마땅하네. 황실 재산처럼 문화재관리국에서 관리하되 그 소유는…… 순리대로 그 임자에게 돌아가야 하겠지."

오일장을 치르기로 해서 고모의 발인은 일요일이었다. 해동은 주중 업무를 말없이 처리했다. 윤원섭이 바라는 대로 팸플릿을 만들 자료를 정리하고 을지로의 인쇄소를 돌았다.

벽수산장은 시대에 굴하지 않았던 한 인물의 집념이 낳은 위대한 문화유산이다. 윤덕영 자작은 한일합방의 엄혹한 현실 속에 쩌들어 있던 조선 청년들이 어깨를 펴고 당당하게 앞세울 것이 꼭 필요하다 여겼다. 지극한 마음이 있으면 이루지 못할 것이 없음을 후세에 보여주고자 했다. 눈에 보이는 어떤 표상으로 조선인의 기백을 나타내고자 했다. 조선 반도를 넘어 일본땅, 온 아세아 땅을 뒤져도 비견할 바 없는 걸작을 지음으로써 그 뜻을 이루었다. 윤덕영 자작은 벽수산장을 개인의 자택으로 여기지 않았다. 그것은 그가 전 재산을 일으켜 민족의 제단에 바친 공물供物, 지극한 사랑과 존숭尊崇이었다. 그는 조선이 합병된 상태를 벗어나 독립된 국가로 서게 될 날이 오기를 바랐으며 천지신명과 우주의 가호가 이 민족과 함께하기를 빌었다. 그는 조국이 해방되는 그날을 보지 못하고 세상을 떠났으나 벽수산장은 반도를 황무지로 만든 두 번의 대전란戰亂에도 크게 상한 곳 없이 오늘에 이르렀으니 그의 간절한 기원과 나라 사랑이 민족의 수호신처럼 벽수산장을 엄호했다 하겠다……

　윤원섭이 오래된 사진첩들을 뒤져 사진 자료들을 골랐다. 윤덕영이 저택을 배경으로 벤치에 앉아 어린 윤원섭을 무릎에 앉힌 사진이 발견되자 윤원섭의 눈에서 불똥이 떨어질 것 같았다. 사진 속의 윤덕영은 서양식 양복을 입고 있었지만 윤원섭이 게다짝을 신고 기모노에 오비까지 단단히 묶은 덕분에 팸플릿에는 도저히 넣을 수가 없었다. 내리닫이 원피스를 입고 있는 다른 사진을 오려서 붙였더니 어린애와 윤덕영의 비율이 맞지 않아 어색해져버렸다. 한눈에 보아도 조작 사진인데 윤원섭은 딱 됐으니 그 사진을 꼭 넣으라고 했다. 넣으라고 하니 이상하든 말든 넣었다. 윤덕영이 옥황상제처럼 노란 도포를 입고 천자관을 쓴 꼴사나운 사진에는 애국애족의 천제를 올리는 모습이라고 설명을 붙였다.

　"국문본을 삼백 부. 영문본을 이백 부. 하면 얼마가 되겠소?"

　을지로 인쇄소의 사장은 호기심과 놀라움을 담아 팸플릿을 몇 장 넘겨보았다. 인쇄물과 해동의 얼굴을 한 번씩 유심히 보더니 인쇄소 바닥에 가래침을 카악 하고 내뱉었다. 윤원섭의 성화에 며칠간 밤을 새다시피 자료를 만들었으므로 머리가 멍하고 아무 생각도 들지 않았다.

"특급으로 뽑아주시오. 매우 급하니 주말에 쉬지 않고 해달란 말입니다. 특급비는 얼마나 받으면 됩니까?"

인쇄를 맡기고 나서니 토요일 오전 근무를 얼추 마친 시간이 되었다. 해동은 별수없다는 듯이 창신동의 시외버스 정류장으로 향했다. 인쇄소에 유인물을 맡기고 나서 바로 여주로 향할 생각으로 아침에 검은 양복을 차려입고 나서긴 했으나 내키지 않는 발걸음이었다. 빈소에 얼른 가봐야 하겠다는 조바심도 없었다. 실은 피할 수 있다면 끝까지 피하고 싶은 마음뿐이었다. 고향을 등지고 더이상 사촌들을 보지 않겠다고 결심하기만 하면 고모의 조문을 끝내가지 않은들 무슨 큰 사달이 있으랴 하고 밤새 뜬눈으로 머리를 굴렸다.

무거운 머리, 무거운 마음, 무거운 꿈에 시달리며 해동은 시외버스에서 쪽잠을 잤다. 꿈에 해동은 남루한 옷을 입고 어디론가 허덕허덕 쫓겼다. 커다란 보따리 속에 무거운 것이 들어 곧 주저앉을 듯 다리가 힘겹고 등짐을 진 어깨가 빠질 것 같았다. 그래도 죽을 힘을 다해 달린 끝에 그는 동지들을 만났다. 험프리 보가트처럼 맥고모자에 바바리코트를 입은 남자들이 그를 어둠 속에 숨겼다. 동지들! 그는 적에게 붙잡히지 않고 필사의 도주를 완수한 것에 안도하며 감격스럽게 외쳤다. 어디 있소? 동지들이 물었다. 해동은 목숨처럼 소중히 가져온 등짐을 끌렀다. 하지만 그 속에는 아무것도 없었다. 뚜껑을 열자 완전히 빈 상자가 드러났을 뿐이었다. 해동은 기가 막혀 상자를 바라보았다. 그동안 그의 등뼈와 다리를 짓눌렀던 그 무거운 것은 어디로 갔는가. 보따리에 든 물건이 무엇이었는지 해동은 애초에 본 적이 없었다. 그는 운반을 맡았을 뿐이고 치질이 튀어나올 만큼 무거웠던 그것을 몸으로 느꼈을 뿐이다. 짐이 텅 비었을 리가 없다. 그는 목숨을 걸고 운반했다. 동지들, 이럴리가 없습니다. 텅 빈 상자처럼 머릿속이 아득했다.

버스가 심하게 흔들려 유리창에 몇 번이나 머리통을 들이받으면서도 그런 개꿈에 시달리느라 해동은 하마터면 정류장을 놓칠 뻔했다. 며칠이나 밤을 새다시피 일했으니 심신이 모두 피곤했다. 고모의 집으로 향하면서 해동은 이제 더이상 고향에 올 일이 없겠음을 직감했다. 이제는 상갓집이 되고 만 고모의 집, 돌아가신 고모께 올리는 마지막 인사를 끝으로 더이상 이 땅에 발걸음을 하지 않을 것이다. 선교사 집과 고모의 집, 읍내의 골목길을 오가며 학교를 다니던 박박머리 꼬마 해동의 모습이 보일 것 같아서 고개를 푹 숙이고 걸었다. 갈갈이 찢겨서 원래 제 모습이 어땠는지 기억조차 잊었다.

오일장의 마지막날, 주말 오후를 맞이한 상가喪家는 북적였다. 사촌형과 누나들이 마포麻布 상복을 입고 상장喪杖을 짚고 있다가 해동이 들어오자 냉랭하게 얼굴이 굳어져 저희들끼리 눈짓과 귓속말을 주고받았다. 고모가 들어쥐고 마지막까지 내놓지 않던 재산을 드디어 차지해 임의대로 처분하게 된 사촌형의 얼굴은 슬픈 기색 없이 밝고 뻔뻔했다.

영정 사진 속의 고모 얼굴은 평소와 같이 덤덤했다. 사람이 태어나고 저세상으로 돌아가는 것은 정해진 이치이니 그냥 당연하다고 말하는 것 같았다. 그래도 마지막에 고모가 깨어나 잠시라도 이야기를 나눌 수 있었으면 좋았을 것이다. 이렇게 갑작스럽게 작별하게 될 줄은 몰랐다.

고모와 마지막 이야기를 나눌 수 있었다면 해동은 무슨 말을 했을까? 해동은 지난 사흘 동안 컴컴한 천장만 쳐다보고 잠을 이루지 못하며 고모와 마지막 대화를 나누었다. 고모, 독립운동을 했던 것은 제 아버지였나요 눈티재의 이성준이었나요. 해동은 검은 천장에 대고 백만 번쯤 물었다. 어둠 속의 고모는 망설임 없이 대답했다. 네 아버지다. 네 아버지이고 내 동생인 안골의 이성준이 독립운동을 하다가 잡혀가서 요절했다. 그런 것을 헷갈리는 사람이 세상 어디에 있다고 하더냐? 내가 있으니 그런 의심을 할 필요 없다. 그애는 장한 애였다.

고모는 평생 단순하고 단호한 사람이었다. 고모 앞에서는 모호하거나 헷갈리는 일이 없었다. 한평생 단호했던 고모는 죽음의 강을 건넜어도 해동에게 헷갈림 없이 답했다. 그놈이 하는 말에 귀를 기울이지 마라. 독립운동을 한 것은 네 아버지 이성준이었다.

고모가 그렇게 단호했으므로 해동 또한 사촌형의 말 따위에는 귀를 기울이지 않기로 했다. 내뱉는 말에 귀를 기울일 가치가 없는 위인이었다. 하지만 그것은 사실이냐 아니냐 하는 문제와는 다른 것이었다. 더럽혀진 것. 모욕받은 것. 그렇게 쉽게 조롱받는 것. 얼굴도 보지 못한 아버지가 목숨과 바꾼 것이 겨우 그렇게 미약한 것. 그런 것들이 해동의 푸른 새벽에 끝도 없는 파문을 일으켰다.

더이상 고향에 오지 않을 것이다. 내일 고모가 산에 묻히는 모습을 보지도 않을 것이다. 오늘 오후 차를 놓치지 않게 서울로 돌아가고 다시는 사촌들을 보지 않을 것이다. 해동은 고모의 영전에 그렇게 맹세했다. 고모는 이해했을 것이다. 고모는 단호하게, 올 필요 없다, 그놈을 볼 필요가 없다고 말했을 것이다.

해동은 고모의 영전에서 쉽게 떠나지 못했다. 고모를 보는 것은 이것이 마지막이었다. 그에게는 고모와 함께 찍은 사진 한 장 없었다. 그렇게 아무 자취 없는 일생인 것은 아마 아버지에게서 물려받은 유전일 것이다. 상주인 사촌형과는 눈길조차 마주치지 않으며, 줄줄 흘러내리는 눈물 때문에 마지막으로 보는 고모의 영정 사진이 흐려지는 것을 안타까워하며 해동은 고모 앞에 오래 머물렀다.

"이애가 성준이 아들인가?"

뒷걸음질쳐서 빈소를 나오는 해동의 눈앞에 자그마한 중년 여자가 고개를 들이밀었다. 반백의 머리에 쪽을 찌고 목도리로 절반 가까이 가렸던 부숭한 얼굴을 드러내는 여자는 눈에 힘을 주고 다시 보아도 처음 보는 사람이었다. 제가 성준이 아들 맞다고 어물어물 답하며 눈만 껌벅이는 새, 몇 발짝 뒤늦게 진형이 들어서 여자의 뒤편에 섰다.

"그냥 봐도 알겠다. 성준이랑 똑 닮았구나."

진형이 아이를 다섯 낳고 과수원에서 삼십 년쯤 일을 하고 나면 그런 모습이 될 것을 깨닫고 해동은 화급히 고개를 조아렸다.

"내 문상은 진즉에 왔지만 누가 헛소리를 하고 다닌다고 해서 다시 왔네. 이봐, 독립운동을 하다가 잡혀간 사람은 자네 아버지 이성준이 맞네. 순사가 자네 집 뒤편의 돼지막에서 인쇄 기계와 종이를 찾아냈어. 그때 우리 큰애가 그걸 눈으로 똑똑히 보았네. 진만아, 네가 본 게 그거 맞지?"

"암요, 돼지막에서 인쇄기가 나오는 걸 내가 다 봤지요. 그걸로 성준이 아저씨가 잡혀가고."

진형의 뒤편에서 다시 한 사내가 불쑥 나섰다. 깡마른 진형과는 다르게 어디서도 주먹싸움으로 지지 않을 것처럼 어깨와 근골이 다부진 그는 자동차공업소에서 일을 한다는 진형의 큰오라비 손진만이었다.

"니가 그때 열 살이었지?"

"그보다 어렸지요. 여덟 살이었나."

"어떻게 보았느냐?"

"그야, 그땐 어렸으니까."

손진만은 잠시 쑥스러워했다.

"어렸으니까 그냥 애들이랑 어울려 놀고 있었지요. 그러다가 누가 난리가 났다고, 순사한테 사람이 붙잡혀 간다고 해서 우르르 몰려갔지요. 성준이 아저씨는 그때 벌써 뒷마당에서 피칠갑이 되도록 언어맞았고, 돼지막에 숨겨놓은 인쇄기랑 종이 뭉치가 나왔지요. 그게 증거라고 도라꾸에 같이 실어갔지요. 성준이 아저씨가 독립운동을 하다가 잡혔다고, 우리 동네에도 독립단이 있었다고 사람들이 다 그랬지요."

"그것 봐라. 직접 본 사람도 여기 있고, 이애 아버지가 그리된 일을 그때 사람이면 누구든지 다 안다. 눈티재의 그놈은 그냥 주먹이나 휘두르고 다니던 깡패야. 안골의 이성준이 아니라 그 깡패놈이 독립운동을 했다고, 어느 시러베아들놈이 그러더냐!"

사촌형은 모르는 체하면서 뾰로통하게 시선을 돌렸다. 해동은 삽시간에 손씨들에게 둘러싸였다. 그 억센 형제들은 상가의 둥근 밥상을 하나 차지하고 해동에게 막걸리를 몇 주전자 들이부었다. 해동은 정신을 차리려고 노력했고, 묻는 말에 반듯하게 대답하려고 애썼지만 속절없이 꼬이는 혀를 어쩔 수 없었다. 해동이 공손하게 대답하는 말 하나하나에 무슨 우스운 일이 그리 많은지 손씨 가족들은 수시로 왁자하게 웃어졌혔다.

해동은 진형의 형제자매들이 거의 서울에 있었다는 것을 기억해냈다. 고모의 장례를 위해, 더 정확히 말하자면 해동의 아버지가 뒤집어쓴 모욕을 해명하기 위해 그들은 고향으로 돌아온 것이었다. 해동은 아주 자연스럽게, 고모의 상가에 모여 앉은 이 자리가 말하자면 양가의 상견례나 다름없는 것이라고 느끼게 되었다. 고모는 시신이 되어 땅에 묻히기 전; 고모의 육신이 이 땅에 머무는 마지막 순간에 해동의 부모로서 상견례에 함께했다. 그 미미한 연결이 해동을 기쁘게 했다. 겨우 그것밖에 안 되더라도 해동에게는 우주를 가득 채울 만큼 중요한 것이었다.

막걸리로 흐려진 눈을 애써 껌벅거리며, 해동은 진형을 보았다. 형제자매들에게 둘러싸인 그녀는 편안해 보였다. 부숭부숭한 어머니와 억센 형제자매들은 진형의 깊은 뿌리였다. 해동이 가지지 못한 그 건강하고 단단한 뿌리들을 해동에게 나누어줄 것이다. 그래서 고모가 해동을 등 떠밀어 진형을 만나라고 했나보다고, 해동은 그제야 이해가 되는 부분이 있었다.

젊은 사람이 술이 약하다는 소리를 여러 번 듣고, 화투패를 익숙지 않게 돌린다고 핀잔을 먹고, 그런 것들 말고는 별다른 하자 없이 환영받으며, 해동은 곧 처남이 될 사람들과 함께 상가에서 밤을 새웠다. 장례를 마치고 서울로 돌아오면서 해동은 벌써 절반쯤은 유부남이 된 기분이었다. 천애고아가 되는 순간 대가족의 일원이 되었다.

월요일 아침 출근하는 길에 해동은 인쇄소에 들러서 인쇄물을 확인했다. 급히 인쇄기를 돌려서 인쇄 품질이 엉망이었지만 그쯤

이야 별 상관이 없었다. 달달거리는 삼륜 트럭에 인쇄물을 싣고 조수석에 앉아 늦은 출근을 했다. 운전사는 언커크에 처음 들어가본다고 했다.

"그 안에는 동물원이 있다고 하던데 진짭니까?"

"그럴 리가요. 예전에 공작을 키웠다고는 하지만 지금은 없습니다."

"윤덕영이가 거기 삼천 궁녀를 두고 살았다고 하던데."

"아닐 겁니다. 장안의 기생들이야 뻔질나게 불렀겠지만."

"귀신을 보지는 않았소?"

"그런 게 어디 있습니까."

"왜 다들 그러잖아, 그 집에 귀신이 붙었다고. 그 뾰족한 지붕에 쭈그리고 앉아서, 뻘건 기둥을 붙잡고 있다고 하지 않아요."

언커크에는 그런 식의 부풀려진 소문들과 전설들이 무성했다. 수족관은 동물원이 되었고 기생은 궁녀가 되었다. 특히 지붕에 붙은 귀신 이야기는 그가 언커크에 근무한다고 하면 거의 자동으로 듣게 되는 질문이다시피 했다.

"왜 시내 한가운데 그런 흉측한 것을 놔두는지 모르겠어. 싹 밀어버리지 않고. 나라 팔아먹은 놈의 집이면 본보기를 보여야 하지 않습니까."

트럭의 짐칸에 실린 인쇄물이 그 윤덕영을 찬양하고 부활시키기 위한 인쇄물인 것을 생각하면서도 해동은 엉겁결에 맞장구를

246

치고 말았다. 운전사는 점점 더 흥이 올랐다.

"친일파의 것을 유지하느라 나랏돈을 쓰는 게 말이 됩니까? 그게 나라와 국민에 무슨 보탬이 된다고? 아무짝에도 쓸모가 없어!"

"그러게 말입니다."

"생긴 것도 아주 흉측하지 않아요? 시뻘겋고 삐죽삐죽한 것이 아주 흉하게 생겼어!"

"흉하지요……"

"귀신이 붙어서 또 나라 망할 짓이나 할 것 아니요. 그런 건 아주 싹 불살라버려야 해! 깨끗하게 밀고 굿이라도 크게 해야 옳지, 그냥 내버려두면 안 돼!"

트럭이 광화문으로 접어들면서 가로수 너머로 저택이 시야에 들어오기 시작했다. 흥분하기 잘하는 운전사는 저걸 보라고, 언제 적에 해방이 되었는데 아직도 저런 것이 남아 있는 게 한심한 일이라고 목청을 높였다. 해동은 더이상 대답하지 않고 잠잠히 저택을 바라보았다. 운전사도 점점 말수가 없어졌다.

"어이쿠, 가까이서 보니 정말 빌어먹게도 커다랗구면."

트럭이 저택의 정문을 통과할 때 운전사는 숨이 막힌 것처럼 작은 소리로 말했다. 저택의 안마당에 트럭의 짐을 내려주고서도 운전사는 금방 차에 오르지 않고 두리번거렸다. 현관문이 열리자 목을 길게 빼서 안쪽까지 보고 싶어했다.

"정말 대단하구면……"

삼륜 트럭이 검은 매연을 뿜으며 언덕을 내려간 뒤로도 해동은 잠시 안마당에 머물며 저택을 바라보았다. 운전사는 검은 기와를 얹고 흰 테두리로 모양을 낸 붉은 벽돌의 저택에 불을 지르고 밀어버리고 굿을 하는 모습을 마음속으로 그려보았을까? 아닐 것이다. 정작 언커크 언덕을 오르기 시작하자마자 그가 떠들던 말들은 머릿속에서 싹 지워졌을 것이다.

저택은 이러쿵저러쿵한 모든 말과 생각들을 싹 지워버리는 그런 힘이 있었다.

해동이 가진 것은 온통 미미한 것들뿐이었다. 아버지가 돼지막에 숨겼던 인쇄기, 생전에 고모가 쌓은 덕과 인정, 애커넌 씨와 개인 간 고용으로 만들어진 언커크의 일자리. 그런 미미한 것들은 길가의 거미줄처럼 금세 더럽혀지고 아무 발길에나 찢어지고 제일 먼저 흔적 없이 사라졌다. 그런 것이 존재했다고 증언해줄 사람들도 뿔뿔이 흩어져 그것이 실제 있었다고 말할 근거조차 희박해지는 것들뿐이었다. 그에 비하면 윤덕영은, 벽수산장은, 언커크는 얼마나 확실하고 단단하고 부인할 수 없이 존재하는가.

세상을 뒤바꾼 두 번의 전쟁과 왕조의 절멸과 윤덕영의 그 모든 악명으로도 그것을 뒤흔들지 못했다. 저택은 그의 눈앞에 확실히 존재하고 영원히 존재할 것이다. 아버지의 인쇄기처럼, 그것이 있었는지 없었는지 의심하는 그런 일은 일어나지 않을 것이다. 꿋꿋하고 기세로운 그 저택의 힘에 기대어 오히려 윤덕영과 그 후손들은 부활을 꿈꾸었다. 이 세상에는 사라지지 않는 것들이 있다. 그것을 인정하지 않을 수 없었다. 흔들리지 않고 사라지지 않는 것들. 지난 석 달 동안 그것의 질긴 생명력을 경험하면서 해동은 그것이 '힘'이라는 결론을 내렸다. 세상에는 부정할 수 없는 강력한 힘들이 있었다. 그것을 가지지 못한 입장에서는 분하고 고까울지언정 그것이 아예 없다고는 도저히 말할 수 없었다.

해동은 무거운 인쇄물을 추슬러 들고 저택으로 들어섰다. 저택은 보수공사 준비 작업이 시작되어 어수선하고 분주했다.

"인쇄물이 나왔는가? 그렇다면 그것들을 각 부처 요인들에게 발송하게. 건설부와 문교부 내무부 외무부, 언커크와 관계가 있는 곳이라면 어디든 보내란 말이야. 발송할 인물들의 명단을 작성해 오게. 명함은 주문했는가? 명함보다도, 나의 소개서를 만들어야 해. 내 경력과 이력을 알리려면 명함으로 부족하단 말이야. 내일 오후에 명동 미용실과 사진관 예약을 잡게. 사진이 나올 때까지 내 경력서를 만들고. 경력서도 넉넉하게 백 부쯤 찍어놓게. 그리고 삼층 다락방을 벽수산장 박물관으로 만들 테니 시안 준비하고."

"경력서에 쓸 내용을 주십시오."

"다 말했잖아! 지난 몇 달 동안이나 다 듣고서도 몰라? 여태 귀를 두고 무얼 했는가?"

윤원섭이 왈칵 성질을 부리는 찰나 건축가 일행이 도착했다. 원섭은 해동에게 열쇠를 가져오라고 했다. 해동은 윤원섭이 인쇄물을 열어보지도 않은 것을 깨달았다. 생각만 내달리고 방법에 무관심하며 과정은 채근하고 결과를 비난하는, 상사로 모시기에 최악의 유형이었다.

해동은 열쇠를 챙겨 한 무더기의 건축가와 기술자들과 함께 삼층으로 올라갔다. 오래 닫아놓았던 문을 열자 짙은 먼지와 곰팡이 냄새가 떠밀듯이 밀려나왔다. 오랫동안 창문을 가리고 있었던 낡은 커튼을 열어 빛이 쏟아져들어오자 놀란 박쥐들이 퍼덕퍼덕 날았다. 사선으로 비스듬히 올라간 천장의 목조가 그대로 드러났고 용마루가 지나가는 꼭대기는 까마득히 높았다.

건축가들이 윤원섭의 복잡하고 까다로운 주문들을 들으며 난감함과 당황스러움을 표시하는 동안 해동은 새삼스러운 눈으로 공간을 둘러보며 마음속의 말을 중얼거렸다.

아름답다.

남들에게 들리지 않게, 혼자만 들을 수 있게 중얼거린 말은 그것이었다. 아름답다. 이 저택은 아름다웠다. 수십 년 동안 텅 빈 채 잠가두어 돌보지 않은 먼지투성이 알몸으로도 저택은 아름다웠다. 그게 무슨 대단한 말이라고, 그 말을 입에 올리기가 이토록 죄스럽고 고통스러운가.

"물론 사무실입니다. 비좁은 업무 공간을 넓게 쓸 수 있어야 하지 않겠어요? 이쪽엔 언커크를 방문한 귀빈들이 사용할 수 있는 객실과 휴게실을 만들 생각입니다. 이 저택의 역사와 정신을 기릴 수 있는 박물관이 되어야 하겠지요. 이보게 헤이든, 여기 계신 여러분께 안내책자를 드리게. 이번에 저희가 이 저택의 기원을 알리는 자료집을 제작했답니다. 읽어보시면 이번 일의 방향과 의의를 느끼는 데에 참고가 될 것입니다."

늘 그렇듯이 윤원섭의 말은 앞뒤가 다르고 뒤죽박죽이라서 그녀를 처음 대하는 건축가들은 몹시 혼란스러워했다. 해동은 인쇄물을 묶은 끈을 풀어 건축가들에게 몇 부씩 나누어주었다. 삼층에는 예전에 도서관과 숙소로 사용했다고 하는 커다란 방이 대여섯 개나 되었다. 이렇게 넓은 한 층을 통째 쓰지 않고 비워두었던 것은 아까운 일이다. 하지만 이 모든 공간을 다 활용할 만큼 언커크 조직이 비대하지 않은 것도 사실이다. 삼층 보수공사는 언커크를 위한 일이 아니었다. 그러면 누구를 위한 일일까. 윤원섭의 머릿속에 있는 그림으로 보건대 윤원섭 자신을 위한 일일 것이다. 그렇게 생각하면 불쾌했다.

"이 벽 너머에는 숨겨진 방이 있습니다. 네, 완벽하게 숨겨진 공간이지요. 이쪽을 통해서는 그 방으로 들어갈 수 있는 방법이 없습니다. 뾰족탑으로 함께 가시지요. 이 저택을 설계하고 시공한 독일인 건축가가……"

윤원섭은 숨겨진 다락방을 놓고 고민을 거듭하고 있었다. 그곳을 혼자만 드나들 수 있는 자기만의 공간으로 두고 싶은 마음이 절반이라면 그곳을 공개하여 저택의 전설을 증폭시키고 자신의 무게감을 더 높이고 싶은 마음이 절반이라서 날마다 이랬다저랬다 마음이 오락가락했다. 일단 과시하고 싶은 마음이 모든 것을 이겼다. 건축가들이 보여준 호기심은 윤원섭을 만족시켰다. 일행은 계단을 내려가 동쪽 뾰족탑으로 향했다.

저택은 윤덕영의 정신을 기리는 친일 박물관으로 변모하는 중이었고, 윤원섭은 궁극적으로 저택을 개인 재산으로 돌릴 방법을 강구하고 있을 것이다. 지난 석 달 동안 그 파렴치한 계획들이 한 발짝 한 발짝 성취에 다가가는 모습을 지켜보며 황당하고 괘씸했다. 그러나 모든 것을 내려놓은 지금, 해동은 그 모든 울분과 통증을 넘어 마지막 한마디를 뱉었다. 아름답다.

저택은 아름다웠다. 그것을 소리내어 말하기가 그렇게 고통스러웠다. 스스로 벼락이라도 때려야 할 것 같았다. 하지만 말하고 보니 아무것도 아니었다. 윤덕영의 썩은 정신과 나라를 팔아먹은 자금으로 만들었는데도, 저택은 아름다웠다. 아름다움의 힘이 있었으므로 두 번의 전쟁과 저택을 차지했던 모든 세력의 몰락조차 이겨냈다. 조선이라는 초라한 나라에 대저택을 세운 중년의 건축가가 두들겨맞은 멍자국을 애써 감추던 십대 소녀에게 건네준 열쇠 또한 아름다웠다. 아무도 모르는 다락방에 숨어서 난폭한 형제들의 손찌검과 몰락해가는 일가의 앞날을 두려워하던 소녀의 눈물도 아름다웠을 것이다. 그 소녀는 추해져 더이상 아름답지 않았다. 하지만 저택은 변함없이 아름다웠다.

인간은 추하지만 물건은 아름다운 것이 어디 이 저택만의 일이었겠는가. 그런 것은 헤아릴 수 없이 많았다. 깨닫고 나니 아무것도 아닌 일이었다. 해동은 깨달음으로 새로운 눈을 얻은 것처럼 저택의 모든 것을 하나하나 보았다. 모든 것이 아름다웠다. 건축가들의 탄성을 자아낸 옷장 속의 비밀 통로, 그 너머로 이어진 아기자기한 작은 계단들, 오래된 가구들과 찻잔들이 그대로 남아 있는 소녀의 작은 방. 그 방에서 진형에게 슈크림과 홍차를 대접하고 싶었다. 놀라면 손으로 입을 가리는, 어린아이처럼 순진한 여자. 그녀의 아름다움을 지켜주어야겠다. 오십이 되었을 때 윤원섭처럼 추한 모습이 되지 않도록.

건축가들이 숨겨진 방에 들어서서 놀라움의 찬사를 내지르고, 이 방을 어떤 식으로 수리할지, 어떤 용도로 사용할지 열띤 논의를 벌이는 동안 해동은 조용히 돌아서 방을 나왔다. 어둠 속에 혼자 걷는 좁은 계단이 주는 두려움조차 아련하게 달콤했다.

"헤이든, 자네가 없으니 불편이 이만저만이 아니군. 자네가 얼마나 뛰어난 통역 비서였는지 하루하루 실감하고 있다네. 의욕적으로 일하고 있는 레이디 윤에게는 미안하지만, 하루빨리 그녀를 도울 전속 인력을 채용해야 하겠어. 저택의 보수 사업이 어느 정도 진행될 때까지라도 기다리려고 했지만, 나는 자네가 제공하는 편안함에 이미 길들어서 어쩔 수가 없네. 자네가 원래대로 비서 자리로 돌아오도록 휴먼 리소스에 말해놓았네. 인력 충원이 이루어질 때까지 며칠만 보수 사업을 돕고, 돌아오게."

애커넌 씨가 환한 웃음과 함께 해동을 껴안을 것 같은 소담한 팔짓으로 정다운 말들을 건넸다. 고마운 일이었다. 이제야 모든 것이 완전히 제자리로 돌아가는 안도감을 느꼈다. 완전히는 아니지만, 모든 일이 완전해지려면 윤원섭이 나타나기 이전으로 돌아가야 하겠지만 한번 일어난 일을 돌이킬 수는 없음을 이제는 알았다. 세상일이, 모든 것이 그의 생각대로 돌아가지 않는 것도 어쩔 수 없이 인정했다. 해동은 애커넌 씨의 말에 웃으며 감사함을 표시하고, 지난 일주일간 품에 넣고 다녀 이제는 그의 체온과 완전히 같아진 사직서를 애커넌 씨의 책상 위에 조용히 내려놓았다.

9

업체는 명동과 인접한 충무로에 자리잡은 골든상사로, 음향기기와 악기를 수입하고 수리하는 일을 한다고 했다. 사장은 업무 면접 삼아서, 해동에게 미국인 거래처에 전화 통화를 해보라고 시켰다. 해동의 전화를 받은 미국인은 드디어 편하게 말이 통하는 상대를 만난 기쁨에 끝도 없이 수다를 떨었다. 해동은 유머와 이해를 섞어 여유롭게 통화했다.

"언커크에 사 년, 동두천의 캠프 케이시에 사 년 있었습니다."

"그런데 우리처럼 작은 회사에 왜……"

사장은 해동의 유창한 영어를 듣고 오히려 기겁했다. 영어로 몇마디 의사소통을 할 수 있는 정도로도 웬만한 무역업체에서는 그럭저럭 통해서 해동처럼 능통할 필요는 없었다. 해동의 넘치는 실력이 오히려 부담스러웠는지 사장은 쉽사리 고개를 끄덕이지 않왔다. 해동은 확답을 받지 못한 채 무거워진 마음으로 사장실을 나섰다.

작고 초라한 사무실의 한구석에서 사무를 보면서 내내 신경을 곤두세우고 있던 진형이 해동을 보고 튕기듯 일어나 따라나왔다. 결혼을 생각하는 처지에 해동의 직장이 없어져버리다니 진형도 몹시 난감했을 것이다.

해동이 언커크를 그만둔 것을 알고 손씨 형제들은 펄쩍 뛰었던 듯하다. 당장 헤어지라는 소리도 들었을 것이다. 직접적으로 말한 바는 없지만 진형의 얼굴에 드리운 수심이 그랬다. 해동은 진형에게 이별을 통보받더라도 하는 수 없다고 생각하고 있었다. 가진 거라고는 번듯한 직장 하나뿐이었는데 그걸 제 발로 차고 나오다니 애인에게 차여도 쌌다. 해동은 야단맞는 어린애처럼 고개를 푹 숙이고 진형의 처분만 기다렸다. 왜 의논 한마디 하지 않았느냐, 앞으로 대책은 있느냐, 사소한 일에도 성질을 죽이지 못하면 앞으로 사회생활을 어떻게 하겠느냐, 야단맞을 말들은 무궁무진했다.

하지만 진형은 함께 야단맞는 아이처럼 고개를 푹 숙이고 있을 뿐이었다. 둘 다 코가 석 자나 빠져서 한참이나 그렇게 풀죽어 마주앉아 있다가 진형이 어렵게, 자기가 다니는 회사에 면접을 보는 것이 어떻겠냐고 했다.

"작은 회사라서 보잘것없지만, 해동씨는 영어를 잘하니까, 아무래도 무역을 하니까요. 작은 회사지만……"

"가보겠습니다. 저도 뭐 이리저리 알아보고 있습니다."

"그럼요, 해동씨는 언제든지…… 뭐라도 일을 하실 거예요……"

그러니까 꼭 언커크가 아니라도 되는 거였다. 그것만으로도 해동은 사형선고를 면한 듯이 숨을 쉴 만해졌다. 진형과 같은 회사에 다니며 사내 연애를 한다는 생각도 짜릿했다. 무엇보다도 얼른 직장을 구해야 그녀의 언니 오빠들을 떳떳하게 볼 수 있을 것 같았다. 하지만 사장이 뜻밖에 그리 탐탁지 않은 반응을 보이니 기가 다시 죽고 말았다. 진형과 해동은 주변의 눈치를 살피며 건물 바깥 모서리에서 짧은 대화를 나누었다.

"저처럼 영어를 잘할 필요는 없다고 하네요."

"어우, 사장님, 사람이 잔다래가지고…… 사업을 키울 생각을 하지 않구, 해동씨 같은 분이 분명히 필요할 텐데."

"더 알아보겠습니다."

"큰언니가 해동씨를 보자고…… 화요일에 별일이 없으시면 언니네 같이 가실래요? 다른 형제들도 거기서 보기로……"

"화요일요?"

"네, 그다음날이 식목일이라서 형부랑 다들 쉬니까. 다음날 아침에 나무 심으러 다 같이 소풍 가자고. 저녁때 저 퇴근하면 만나서 같이 가요. 언니네는 충현동이에요."

진형이 불러주는 주소를 수첩에 적으며 해동은 내심으로 감격스러웠다. 진형과 결혼까지 순조롭게 이어진다면, 그가 늘 부러워했던 것처럼 충현동에 처형이, 돈암동에 처남이 산다고 말할 수 있게 될 것이었다. 막상 찾아간 충현동은 언덕의 신에게 허파를 바쳐야 할 것처럼 높고 꼬불꼬불한 골목길을 올라야 했지만 말이다. 선물로 식용유와 설탕 중에 고민하다가 잘 보이고 싶은 욕심이 커서 둘 다, 그것도 대짜로 샀는데, 언덕길에 들고 가려니 무척 무거웠다. 제 나름으로 통닭 두 마리를 산 진형의 발걸음은 노루처럼 가뿐가뿐했다. 진형에게 내색하지 못하고 숨이 넘어갈 고비를 몇 번 넘기면서, 한 번 꺾어질 때마다 궁색이 더욱 짙고 깊어지는 그 길고 복잡한 골목길을 올랐다.

충현동에서도 가장 꼭대기에 속하는 산동네의 있으나마나 한 슬레이트 대문을 밀고 들어가 해동은 진형의 형제들을 다시 만났다. 진형의 큰언니와 형부를 빼고는 고모의 상가에서 보았던 얼굴들이었다. 정신없이 스치다시피 했던 얼굴들이 구면이 되자 반갑게 다가왔다.

"내가 진형이한테 헤어지라고 했어. 회사에 괜찮은 다른 녀석을 소개해준다고. 근데도 싫대. 그냥 저 친구가 좋다는 걸 어떡해."

손진만은 거리끼지 않고 이렇게 말했다. 진형도 끄떡없이 통닭만 뜯었다. 오히려 보란듯이 커다란 살코기를 해동의 밥그릇 위에 얹어주었다.

"언커크를 그만둔 건 사실이지만, 무슨 일을 하든 잘할 사람이니까, 그럼 된 거잖아요."

258

진만은 콧잔등을 한 대 맞은 것 같은 얼굴로 진형을 보았다. 열두 살이나 차이가 나는 막냇동생의 당돌한 대답이 할말을 빼앗아, 진만은 애꿎은 막걸리만 한 사발 들이켰다. 대장 격인 큰형의 명령에 막내가 놓는 당돌한 퇴짜에 형제들은 오히려 즐거워하는 것 같았다.

"그래서 일은 알아보고 있는가? 남자가 장가를 들 생각이면 일이 있어야지."

"이리저리 알아보는 중입니다. 오래 끌지는 않을 겁니다."

다시 미군이나 외무부 쪽에 통역 일자리를 찾아볼까 생각했던 것도 사실이었다. 캠프 케이시의 선덜랜드 대령도 다시 만났다. 언커크에 스스로 사표를 던진 경위에 미심쩍은 기색을 보이기는 했지만 한결같이 해동의 정직함과 업무 능력을 높이 평가했으므로 그를 다시 채용하는 방안을 적극 검토하겠다고 했다. 지금까지 갈고닦아 웬만한 한국인을 뛰어넘게 된 영어 실력도 아까웠다. 쾌적하고 풍요로운 사무 환경은 그 어느 회사와도 비교할 수 없었다. 하지만 이제는 외국인의 일부가 되어 일하기 싫었다. 외국인을 대상으로 삼아 한국인과 함께 일하고 싶었다.

미군부대와 언커크에서 이만큼 일을 하고 보니 어떤 길을 통해 돈을 벌어야 할지 얼추 눈에 보이기도 했다. 밑돈이 부실하더라도 자기 사업을 해보고 싶었다. 사업이라는 말을 듣자 이 친구가 역시나 허파에 바람이 들었구만, 멀쩡한 직장에 사표를 냈다고 할 때 알아보았다 하는 얼굴로 손진만이 쯧쯧 혀를 찼다.

"제가 외국인 상사들을 모시면서 청와대, 국회, 기업체, 군부대에서 호텔까지 어디고 안 가본 곳이 없습니다. 그 과정에서 쌓은 인맥도 상당합니다. 제가 하고 싶은 일은 그러니까…… 커뮤니케이션입니다."

손씨 형제들의 눈이 멍해졌다.

"외국인 사업가들과 국내 업체들을 연결하는 역할입니다. 외국인들은 한국에서 비즈니스 기회를 찾는데, 막상 사업을 하려면 어디부터 시작해야 할지 막막해합니다. 한국 경제의 현실과 흐름을 모르기 때문이지요. 상공회의소에서 대표들끼리 사진 찍고 상담해봤자 부족한 것투성이입니다. 외국인들은 업체가 텔렉스로 연락할 수 있는지를 꼭 물어보는데, 우리나라에 텔렉스를 주고받으며 일할 수 있는 업체가 몇 개나 되겠습니까? 텔렉스가 없어도 그 사람들이 필요한 일을 할 수 있는 업체를 찾아서 연결해줄 수 있는 것이지요. 이것은 우리나라에도 그쪽에도, 꼭 필요하고 도움이 되는 일입니다."

허황된 사업병 환자를 보는 듯하던 손진만의 눈빛에 제정신이 돌아왔다. 해동은 사실 자신이 있었다. 차근히 준비를 하는 중이기도 했다.

"제가 모시던 상사가 반도호텔에 머물러서, 지난 몇 년간 무시로 반도호텔을 드나들며 그곳의 지배인과 가까워졌지요. 저를 마음에 들게 여기셔서, 호텔에서 일해볼 생각이 있냐고 권하신 적도 있어요. 그분이 이번에 새로 지어 재개장하는 조선호텔로 자리를 옮기실 예정인데, 그분과 이야기를 해볼 생각입니다. 호텔이란 곳이 우리나라에 방문하는 최고로 높은 외국인들이 묵는 곳인데, 오로지 숙박과 식사만 제공하는 것은 아깝지 않습니까? 그분들이 원하는 사업 기회에, 그 가려운 등짝 같은 것을 긁어주자는 것이지요. 저는 그분들과 어려움 없이 대화할 수 있고, 그들이 중요하게 여기는 보고서나 서류 작성에도 익숙하고, 한국의 경제 상황이 어떻게 돌아가는지도 잘 알고 있다는 말씀입니다. 어려움이야 있겠지만, 잘될 일이라고 생각합니다."

"그것 봐요. 이 사람이 무턱대고 그만두는 사람이 아니라고 했잖아요."

형제들은 조용해지고, 진형의 목소리에 자신감이 고무줄처럼 탱탱하게 튀었다. 그다음부터는 정신없이 술을 마셔댔다. 오남매와 가족들 중 누구도 해동이 통금 안으로 집에 돌아갈 거라고는 생각하지 않는 것 같았다. 해동은 그들을 형님 형님 부르며 주는 대로 받아 마시고 코가 비뚤어져서 그 자리에 쓰러져 잠드는 역할을 맡아서, 온 힘을 다해 수행했다. 이 작은 집에 이런 대식구가 모두 잘 수 있을까, 내일 나무를 심으러 소풍을 간다는 건 사실일까 궁금했던 것은 잠시였다. 그는 곧 그런 자잘한 일들을 모두 잊고 그냥 마셨다. 형제들은 몇 번이나 그를 질질 끌고 밖에 나가서 찬바람을 쏘이고, 토하는 동안 등을 두드려주고, 담배를 물려주고, 다시 끌고 들어와서 새로 시작하는 것처럼 술잔을 채워주었다. 진형과 결혼한다면 휴일 전날 저녁은 이렇게 지내게 되는 것이겠구나 하고 어렴풋이 생각했던 것이 마지막 기억이었다.

다음날 아침, 손씨 형제들은 끄떡없이 일어나서 주먹밥을 싼다, 목장갑과 삽을 챙긴다 하면서 정말 나무 심으러 갈 준비를 차렸다. 소란스러운 발소리에 해동이 눈을 떠보니 와이셔츠와 넥타이는 머리맡에 곱게 접혀 있고 러닝셔츠에 운동복 바지로 갈아입은 차림이었다. 제 손으로 갈아입은 기억이 없는데 누가 옷을 벗겼을까 싶었다. 해동은 어젯밤 정신을 잃었던 둥근 밥상 앞에 다시 앉혀졌다. 남자들은 얼른 속을 풀어야 한다며 매콤하게 고추를 다져 넣은 콩나물국을 훌훌 들이켰다.

나무를 심을 마을 뒤편 야산으로, 미리 빌려놓은 리어카에 삽과 비료 포대와 묘목들을 차곡차곡 싣고 언덕을 올랐다. 작년에도 재작년에도 식목일에 나무를 심었지만 묘목들이 자라서 큰 나무가 되는 일은 쉽지 않았다. 연탄 수급이 원만치 않아 동네 연탄 가게의 창고가 비어버릴 때가 잦았다. 산이 가까운 고지대에 사는 사람은 연탄 한번 쟁이기도 쉽지 않다보니 산에서 나무를 베어 뒷마당에 한 짐쯤은 상비용 땔나무를 두어야 든든했다. 노인들은 나무가 상하지 않게 잔가지를 꺾으라고 했지만 그런 인정을 지킬 수 없을 때가 많았다. 작년, 재작년에 심은 나무들 중 절반 이상이 묘목 시절을 넘기지도 못하고 애처로운 그루터기만 남았다.

벌거숭이 언덕바지에 올해의 조림 구역이라고 써놓고 노끈으로 둘레를 쳐놓은 곳에서 사람들이 이미 많이 나무를 심고 있었다. 동사무소에서 나온 직원들이 호루라기를 불어가며 여기에 나무를 심으라고 명령이라도 하듯이 위세를 부렸다. 하지만 손진만은 들은 척도 하지 않고 산자락 안쪽까지 묘목을 날랐다. 어린 시절 과수원에서 자랐다는 오남매는 나무를 심고 가꾸는 일에 대해서는 척척박사였다. 동사무소에서 나눠준 다섯 주의 아카시아 묘목과 그들이 직접 종묘상에서 사온 대추나무 다섯 주까지 두 시간도 안 되어서 일정한 간격으로 반듯반듯하게 섰다. 땅을 파고, 구덩이 아래쪽에 비료에 갠 굵은 밑흙을 넣고, 묘목을 세우고, 단단하게 다져가며 흙을 채웠다. 의논이나 역할 분담도 필요 없이 척척 손발이 맞았다. 가족이 아니라 동사무소에서 고용한 전문 일꾼들 같았다.

"잘 심는 게 중요한 게 아니라 좋은 데다 심어야 한다."

산자락 아래쪽에 사람들이 우글거리는 모습을 내려다보며 진만이 대수롭지 않게 말했다. 흙바닥에 아무렇게나 엉덩이를 내려놓고 담배를 피워 문 그는 몸짓 하나 눈빛 하나까지도 훌륭한 일꾼이었다.

"저기 길 옆에, 동사무소에서 나무 심으라고 벌여놓은 데, 그런 데다 심으면 아무리 잘 심어도 자랄 수가 없다. 높은 사람들 보기에 나무 심은 티가 금방 나니까 거기다 심으라고 하지만, 저렇게 흙이 얕고 언덕바지가 가팔라서 물도 금방 새는데 어떻게 묘목이 버텨."

"그럼 저건 헛일이군요."

"순서가 있지 순서가. 저런 데에 나무가 서려면 씨앗부터 천천히 자라야 해. 이렇게 산 안쪽에. 그나마 흙이 좋은 데부터 나무가 서야지. 그러면 나중에 저렇게 박한 땅에도 씨앗이 떨어져서 자라겠지. 하지만 지금 저기다가 나무를 세우려고 하면 되지도 않는단 말이야. 뭐든지 제대로 되려면 시간이 오래 걸린단 말이네."

나무 심기를 얼추 마무리한 식구들은 돗자리를 펴고 주먹밥이 담긴 찬합을 열었다. 오는 길에 뒤흔들려서 국물이 다 새어나가고 콩나물만 앙상하게 남아버린 국그릇을 열어 보이면서 여자들이 깔깔대고 웃었다.

셋째가 리어카에서 소중하게 신문지에 싼 물건을 풀자 손바닥만한 유니스 라디오가 나왔다.

"그런 건 뭐하러 사냐. 돈 아까운 줄 모르고."

"형님은 그런 소리 하지 마시오. 이게 얼마나 귀한 건데."

"이 산꼭대기에서 소리가 들리겠니 어디?"

"미제라서 전파를 귀신같이 잡아요. 두고 보라니까."

라디오를 애지중지하는 셋째가 입을 삐죽거렸다. 최대한 안테나를 길게 빼고 이리저리 방향을 맞추자 지지직거리는 잡음 사이로 노랫소리도 들리고 말소리도 조금씩 들렸다. 콧구멍만한 것이

제법 기특하다고, 진만도 너털웃음을 지었다.

"지금 뭐라고 그랬지?"

형제들의 시선이 모두 해동에게 모였다.

"언커크에 불이 났다고 그러지 않아?"

"그렇게 들렸지?"

"소리가 흐릿해서…… 그것참 시원하게 안 들리나?"

셋째가 소중한 유니스 라디오를 이리저리 흔들어도 지지직거
리는 소음은 잦아들지 않았다. 그래도 누구나 알아들을 수는 있었
다. 오전 아홉시 오십분 언커크에 화재 발생, 건물 이삼층 전소된
듯, 최근 보수공사 진행 과정의 과실로 추정, 아나운서는 그런 소
리들을 기계적으로 전했다.

"자네, 급하거든 얼른 내려가보아."

"이군이 급할 것이 무엇이 있어? 이미 그만두었는데."

"그래도 그런 것이 아니야. 가보는 게 좋아."

사실 해동은 뉴스를 듣자마자 머리가 아뜩하고 어찌할 줄 몰라
허둥거리고 있었다. 이미 그만둔 직장이라는 생각이 조금도 들지
않고 이층과 삼층이 전소되었다는 소리가 귓가에 쟁쟁거렸다. 해
동은 허둥지둥 언덕길을 내려오다가 마침 빈 택시를 발견하곤 지
체 없이 손을 들었다.

"옥인동 언커크요."

"거기 불이 났다고 하던데요. 보나마나 소방차가 가득히 들어찼

을 테니, 가까이는 못 갈 거요."

"갈 수 있는 데까지 갑시다. 중간에 합승 받지 말아주시오."

"그러면 따불이오."

"그럽시다."

택시는 달리기 시작했다. 나무 심기를 마치고 돌아가던 사람들이 탑승자가 한 명뿐인 택시를 보고 적극적으로 합승을 시도했으나 택시는 멈추지 않고 내달렸다. 택시가 서대문 로터리에 이르자 운전사가 차창 앞쪽을 손가락질했다. 인왕산의 능선 너머 동쪽 사면에서 굵은 연기 기둥이 솟아오르고 있었다. 해동의 심장이 쿵쿵거렸다.

"흩어지는 연기야. 저러면 불은 거의 잡은 게요. 막 타고 있을 땐 저렇지가 않아요. 시꺼먼 연기가 꾸역꾸역 솟구치지. 불이 잡히면 그다음부턴 저렇게 하얀 연기가 나. 물을 뿌렸으니까."

운전사는 자기가 살던 마을에 큰불이 나서 집이 여섯 채나 타는 것을 보아서 그걸 안다고 덧붙였다.

"저기가 친일파가 지은 건물이오. 젊은 양반은 모르겠지만, 아주 유명한 작자였어. 지은 죄가 많아서 벼락을 맞은 거지. 진즉에 없어졌어야지."

"건물이 아깝지 않습니까. 건물이 친일을 한 것도 아니고."

"거, 친일파 후손들이 붙어살잖아!"

"무슨요. 적산이라 나라에서 몰수했지요. 진작부터 나라 재산입니다."

"그놈들이 그렇게 호락호락하게 공으로 내놓는 줄 알아? 저렇게 덩치 큰 것은 다 물밑으로 거래를 했어. 한 재산씩을 다 챙겼다고. 그러고도 끝이 아니오. 적산으로 내놓는 척만 하고, 나중에 보면 무슨 위원장이니 뭐니, 다 거기 들러붙어서 먹고살아요. 내가 그런 걸 한두 번 본 게 아니야. 아주 썩어빠졌다고. 이번에 아주 싹 밀어버려야 해."

아는 것이 많은 택시 운전사였다. 해동은 그에게 반박하지 못하고 한숨을 쉬었다. 그의 말은 하나도 틀린 것이 없었다. 들고 나는 소방차로 온통 뒤죽박죽이 되어 누상동 어름부터 차가 꼼짝하지 못하는 것도 그의 말대로였다. 택시의 앞에도 뒤에도 자동차와 인파가 가득해 옴짝달싹하지 못하는 처지가 되었다. 해동이 택시값을 후하게 치르고 차에서 내리자 택시 운전사도 따라 내렸다. 돌아나갈 것을 포기하고 구경이나 하려는 것 같았다. 마을 사람들도 모두 쏟아져나와 저택 방향을 바라보며 수군거리고 있었다. 해동은 저택을 향해 발걸음을 재촉했다.

택시 운전사의 말대로 진화는 끝났다고 했다. 허연 연기를 이고 있는 저택이 눈에 들어왔다. 어쩌다 부는 바람에 연기가 걷히면 지붕이 사라지고 골조만 휑하니 남은 것이 보였다.

아침저녁 늘 보던 것, 익숙하다못해 당연해진 것의 모습이 갑자기 바뀌면 사람의 눈은 그것을 감당하지 못하는 것 같았다. 뉴스로 화재 소식을 듣고 택시 운전사와 그것에 대해 긴 토론을 했음에도 불구하고 눈이 맞이하는 현실은 맨 처음 소식을 들었을 때와 똑같이, 아니 더 심한 강도로 그를 때렸다.

이상한 말이지만, 고모가 돌아가셨다는 연락을 받았을 때와 비슷했다. 상태가 좋지 않은 것은 알았지만 노인들이 세상을 등지려면 세 번은 쓰러진다는 말을 믿었다. 단숨에 그렇게 떠날 줄 몰랐다. 어제까지 대단하던 저택이 오늘 잿더미가 될 줄도 몰랐다. 그런 것은 상상을 벗어난 일이었다. 연기가 걷힐 때마다 한 번, 또 한 번, 지붕이 사라지고 움푹 비어버린 허공이 드러날 때마다 그는 그 자리에 주저앉을 것 같은 아득함을 느꼈다.

저택 진입로는 구경꾼으로 혼잡했고 경찰들이 강력하게 단속하고 있었다. 해동이 직원이라고 말하자 경찰은 그가 입고 있는 흙 묻은 운동복에 눈길을 주었다. 식목일이라 나무를 심다가 달려왔다고 하니까 더이상 의심하지 않고 통로를 열어주었다. 언덕길은 소방차들로 온통 뒤죽박죽이었고 정원수들은 사정없이 쓰러져 짓밟혀 있었다. 다가갈수록 참혹한 피해가 한눈에 들어왔다. 지붕은 휑하니 비어 있었고 유리창은 성한 것이 없다시피 했다. 혹시 남아 있을지도 모르는 잔불을 끄기 위해 소방수들은 깨진 유리창을 겨냥해 물을 뿌려 넣었다.

"무슨 이렇게 큰 건물에 수돗물도 안 나오는 게 말이 되나?"

"그러게. 소화전만 있었어도 이 지경은 아니었을 텐데."

소방수들이 저희들끼리 하는 말이었다. 저택의 실상은 그랬다. 남들이 보기엔 세상의 모든 호화 사치를 다 누리는 것 같아 보이는데, 팔묵 영감이 날마다 펌프장을 손질하고 관을 청소해도 저택은 물이 끊기기 일쑤였다.

저택의 뾰족탑과 지붕이 연결된 부분, 윤원섭의 숨겨진 방이 있는 다락, 귀신이 웅크려 사람들이 흉하다 여기던 그곳에서 용접하던 중에 불티가 지붕으로 올라붙으면서 처음 화재를 일으켰다. 용접하던 인부들이 놀라서 양동이를 들고 세면실로 달려갔으나 수도꼭지에서 졸졸 흘러나오는 물은 시원찮기 그지없었다. 인부들이 우왕좌왕하는 사이 불꽃은 지붕을 받친 도리목을 집어삼키고 용마루로 번졌다. 하필 식목일이라 서울 시내 여기저기 산불도 많았다. 청와대가 코앞에 있는 북악산에서도 불이 나는 바람에 그나마 부족하던 소방 인력의 절반은 그리로 달려가야 했다.

"귀신이 붙었다고 하는 말이 사실이었잖아요, 딱 거기부터 불이 났다니까요. 그 아래 숨겨진 방을 고친다고 하다가."

해동은 이제 막 초록빛을 띠려 하는 버드나무 아래에서 팔묵 영감과 우덕 어멈을 발견했다. 저택에 손 씻을 물조차 뚝 떨어지면 뒷마을의 우물에서 물을 길어 나르던 우덕 어멈은 울어서 눈가가 붉어져 있었다. 팔묵 영감은 저택에 물이 부족해 이 꼴이 되고 만 것이 자기 죄인 것처럼 어깨를 움츠리고 훌쩍이고 있었다. 그들을 보자 눈물이 핑 돌았다. 언커크에서 근무한 사 년 동안 아침마다 이 언덕을 올랐다. 돌이켜 생각하니 꿈같았다. 이곳을 떠난 이후의 삶에도 이만큼 아름답고 남다른 어떤 것이 존재할까? 영감과 어멈이 우는 것을 보니까 그제야 해동도 함께 울어도 될 것 같았다. 가슴이 턱 막힌 것 같은 답답함이 슬픔이었던 것을, 그들을 보고서야 알았다. 오는 길에 택시 운전사와 동네 사람들이 험하게 욕하는 소리를 들어서, 저택에 불난 일을 슬퍼하면 안 되는 줄 알았다.

"그래도 생각보다는 많이 상하지 않았습니다. 지붕은 다 타버렸지만, 기둥이랑 벽은 하나도 상하지 않고 온전하잖아요?"

"그러게. 신기한 일이야. 서양 기술로 지었다고 하더니, 튼튼하긴 튼튼한가봐. 그렇지?"

"그러게요. 금방 새로 고칠 수도 있을 것 같아요. 그렇지요?"

"그럼, 지붕만 새로 해서 얹으면 되겠는걸. 벽은 새것처럼 말짱하니까. 저걸 보라고. 유리창은 깨졌어도 창틀은 저렇게 깨끗하지 않은가."

영감과 어멈과 해동은 연신 고개를 끄덕거리며 요즘처럼 기술이 좋을 때는 저택을 고치는 것이 아무 일도 아니라고 뜻을 모았다.

"괜히 잘 있는 건물을 갖다가 고친다고 들쑤셔가지고는. 이게 무슨 일이래? 괜히 저 여자가 나타나서 들쑤셔가지고는."

영감과 어멈의 미워하는 눈길이 한곳을 향했다. 해동은 한 무리의 외국인들이 병풍처럼 둘러싼 가운데 미군 대령 옆에서 담배를 꼬나물고 있는 윤원섭을 발견했다. 트렌치코트를 입고 부츠를 신어 야전 사령관 같은 차림이었다. 길고 풍성한 머리칼에 맵시 있는 실크 스카프를 둘러 서양 여배우 같기도 했다. 저택을 손가락질하며 대령과 무언가를 의논하고 있었다. 진화가 끝났다고 하지만 어쨌거나 화재 현장에 뽀오얀 한 줄 연기를 보태는 그 담배는 매우 부적절해 보였다. 더구나 한눈에 보아도 나라에서 엄격하게 단속하는 양담배였다.

해동은 그 모습을 바라보았다. 두 번의 전쟁을 이겨낸 것처럼, 앞으로도 이 세상에서 흔들리지 않을 것이라고 누구나 믿었던 저택이었다. 그것이 불에 활활 타서 연기를 내뿜는 광경은 누구에게나 충격이었다. 겨우 사 년간 근무한 해동에게도, 물을 길어올리는 허드렛일을 하던 어멈과 영감에게도, 그냥 아무 연고 없는 사람에게도 애가 타고 눈물이 났다. 이곳에서 태어나고 자란 윤원섭이라면, 더구나 그 격하고 어린애 같은 성격이라면 울고 발악하다가 실신하지나 않을까 싶었다.

하지만 새빨간 입술에 얇은 양담배를 물고 미군 대령에게 바짝 붙어 선 그녀는 오열하거나 실신할 것 같지 않았다. 대령이 그녀의 어깨를 감싸고 토닥거렸을 때 살짝 그의 어깨에 고개를 기대며 여린 시늉을 했을 뿐, 그녀의 얼굴은 멀리서 보아도 습기 없이 건조했다. 존 웨인이 나오는 미국 전쟁 영화의 한 장면 같은 그들의 모습을 사람들은 신기해하며 구경했다. 구경하는 시선들 속에서 윤원섭도 필요한 것을 찾아냈다. 윤원섭의 열 손가락에 칠해진 새빨간 매니큐어가 해동을 향하더니 까닥까닥 흔들렸다.

"젊은 양반더러 오라고 하네."

"시상에, 부끄러운 줄도 모르는가보아."

"누가 저 주둥이에서 양담배를 빼앗아서 던져버렸으면."

사람들이 욕을 중얼거렸다. 해동은 말없이 윤원섭에게 다가갔다. 원섭은 짧아진 담배를 힘주어 빨아들이면서 나무를 심다가 달려온 해동의 운동복 바지를 유심히 바라보았다.

"자네가 만들었던 팸플릿을 어디다 두었지?"

"……"

"자네가 떠난 뒤로 그 팸플릿은 어디에 두었는지 찾을 수가 없더란 말이야. 인수인계를 제대로 하지도 않고 가버리면 어쩌는가? 언커크의 서류들을 되는대로 옮기기는 했네만, 그걸 언제 찾아. 다시 만들 수 있겠는가?"

"이렇게 되었는데…… 그게 지금 필요하겠습니까?"

"더욱 중요하게 되었지. 대대적인 재건 공사가 필요하게 되었으니까."

"재건이…… 되겠습니까?"

"물론이지. 차라리 더 큰 기회가 되었어. 문화재국에서 정식으로 기금을 조성하고 옥인동 안쪽에 저기까지, 원래 저택의 영역이던 곳까지 모두 포함해서 넓은 구역을 공원화할 생각이야. 원래 저택에 속한 곳이었으니까. 지금 살고 있는 비렁뱅이 같은 것들은 모두 내쫓고 제대로, 원래대로 돌려놔야지. 그러려면 그 팸플릿을 더 많이 돌려야 하네."

해동은 고개를 돌려 버드나무를 바라보았다. 윤원섭이 서 있는 곳에서 기껏해야 스무 걸음 남짓 떨어진 곳이었다. 나무 아래 초라한 영감과 어멈이 서서 이쪽을 바라보고 있었다. 그들과 함께 있을 때는 저택이 이만큼 무사한 것을 다행히 여기고 재건되기를 진심으로 바랐는데, 겨우 이만큼, 스무 걸음을 걸어온 여기서는 어느새 마음이 달랐다.

해동은 영감과 어멈 너머 더 멀리, 언덕 아래쪽에 모여든 사람들을 바라보았다. 좁은 골목에 빨간 소방차 사이사이로 새카만 머리통들이 빼곡히 들어차서 이쪽을 바라보고 있었다. 그를 태워준 택시 운전사도 그 속에 섞여서 이쪽을 구경하고 있을 것이다. 그가 하던 소리가 떠올랐다. 친일파 후손들이 붙어살잖아. 아주 썩어빠졌다고. 싹 밀어버려야 해.

"사표를 던지고 나가보았자 별 볼 일이 없었겠지? 세상이 호락호락한 곳이 아니라네. 자네가 한 일이 괘씸하여 내 자네를 굳이 다시 부를 생각이 없었네. 하지만 일손이 바쁘게 되었으니 그냥 마지막 기회를 주는 거네. 어리석게 굴지 말고 돌아오게. 이곳만한 일자리가 없을 거네."

윤원섭이 새로 불을 붙여 피워올리는 푸르스름한 양담배 연기가 해동의 귓불을 스쳤다. 해동은 그 불빛이 가늘게 떨리는 것을 깨달았다. 짜증스럽도록 얄팍한 담배 개비는 그 담배를 쥐고 있는 손가락들의 떨림을 증폭하여 눈에 보이게 했다. 해동은 파들파들 떨리는 담뱃불을 바라보았다. 그것은 오늘 일어난 모든 일들 중에서 유일하게 말이 되는 것 같았다.

저택은 다시 복구될까? 아니면 이대로 무너져 기억 속으로 사라질까? 해동은 어느 쪽을 바라야 할지 도무지 알 수 없었다. 저택은 나라의 것 같기도, 유엔의 것 같기도, 윤원섭의 것 같기도 했다. 친일파의 자손이 빌붙은 썩어빠진 집이기도 했고 세상에 다시 없이 아름다운 것이기도 했다. 적산, 그것은 그렇게 사람을 혼동되게 했다. 썩어문드러져 짜내야 할 고름인지, 다시 얻지 못할 귀중한 자산인지 알 수 없었다.

지붕이 사라지고 유리창이 다 깨졌지만 벽과 기둥과 뾰족탑은 여전히 멀쩡하게 튼튼했다. 자신만만한 윤원섭과 그녀를 둘러싼 실력자들을 보면 이곳은 영원히 사라지지 않을 것 같았다. 저택이 화재를 이기고 더 훌륭하게 복구될 것을 기뻐하기엔, 그녀가 꼬나문 양담배와 그녀에게 아첨하는 무리가 괘씸했다. 그렇다고 저택이 사라져 아예 없어진 모습은 상상조차 되지 않았다. 아까 타고 온 택시 운전사를 다시 만날 수 있다면, 물어보고 싶었다. 중상을 입고 쓰러진 사자와도 같은 이 저택을 싹 쓸어 없애버릴지, 복구할지, 그런데 저택에 들러붙어 떨어지지 않는 저 여자는 어떻게 해야 할지, 가까이에서 눈으로 본 지금 그의 생각은 어떠하냐고, 묻고 싶었다.

담배 연기를 내뿜는 윤원섭과 무너진 저택 사이에 서서 혼자 생각해서는 도저히 결론에 이를 수 없어서, 해동은 눈길을 돌렸다. 멀리 북악산 기슭에 일어난 또다른 화재의 연기가 보였다. 그곳을 향해 늘어선 소방차들이 청와대로 불길이 번지지 않도록 애를 쓰고 있을 것이다. 고모가 입원했던 중부병원도 보였다. 의식 없이 누워 있던 그때가 마지막 모습이었다. 사촌형은 고모가 끝까지 내놓지 않았던 땅문서들을 손에 넣고 의기양양할 것이다. 그래도 나의 아버지는, 고모에 의하면, 장한 사람이었다.

해동은 흙투성이 운동복 바지를 내려다보았다. 구두도 흙먼지로 얼룩투성이였다. 떠나야 한다. 마음속으로 그렇게 중얼거렸다. 나무를 심다가 갑작스러운 화재에 몰려든 사람들 속으로, 바짓단이 모두 흙투성이인 사람들 속으로.

저편 버드나무 아래에서 붉어진 눈으로 저택을 보고 있는 어멈과 영감을 보았지만 멈추어 따로 작별인사를 할 수 없었다. 나중에 사업이 잘 풀리면 찾아와 막걸리 한 사발이라도 대접하고 싶다고 생각했다. 하지만 지금은 그의 인생에 다시없이 빛나는 무대였던 이곳을, 축복도 저주도 남기지 않고, 떠나야 할 때였다.

해동은 언커크 언덕을 내려왔다.

작가의 말

2012년, 나는 노르스름하게 변색된 앨범에서 어린 시절 할머니와 함께 찍은 사진을 꺼내 보다가 아직 돌이 되지 않은 나를 안고 있는 할머니 뒤편에 웬 건물이 함께 있는 것을 발견했다. 이전에도 여러 번 보았던 사진이지만 할머니와 나만 봤지 건물이 눈에 들어온 건 그때가 처음이었다. 먼 모습이지만 유럽식 뾰족한 탑과 흰 톱니모양 테두리를 두른 창문이 보이는, 크고 아름다운 건축물이었다.

내가 태어나 지금까지도 살고 있는 우리 동네에 그런 건물이 있었던 걸 본 적이 없어서 나는 어리둥절했다. 사라진 근대 건축물, 성당과 저택 들에 대해 며칠간 검색했지만 아무 단서도 찾아내지 못했다. 며칠간 소득 없이 헤매기만 하다가 문득 생각나서 아버지께 사진을 보여드리자 검색으로 찾지 못한 해답이 너무 쉽게 나왔다.

"그게 언커크잖아."

언커크란 우리 마을 이웃들 사이에서만 통용되던 비밀 암호같이 모호한 지명이자 연대기적 어떤 사건이었다. 언커크에서, 언커크 너머에, 언커크에 불났을 때, 언커크에 불나기 전에, 그런 식으로 언급되었다. 나의 인식체계 안에서 불이 난 적이 있는 야트막한 언덕에 불과했던 언커크가 '유엔 한국통일부흥위원회UN Commission for the Unification and Rehabilitation of Korea, UNCURK'의 약자라는 사실을 처음으로 알게 되었다. 믿어지지 않도록 아름다운 유럽식 저택을 지은 이는 악명 높은 친일파 윤덕영이었고 언커크로 불리기 이전의 원래 이름은 윤덕영의 아호를 따른 '벽수산장'이었다. 일제강점기에 지어진 벽수산장은 1966년 식목일에 불이 난 후 몇 년간 폐허로 방치되었다가 1973년 봄 할머니와 손녀의 다정한 사진에 마지막 자취를 남긴 뒤 완전히 철거되어 세상에서 사라졌다.

잊히고 사라지는 것이 우주의 순리라고 하지만 이 건물의 운명에는 어딘가 유난한 데가 있었다. 돈의문도 바미안 석불도 흔적 없이 사라졌지만 벽수산장처럼 기억조차 절멸에 이르지는 않았다. 벽수산장의 잊혀짐에는 금기나 처벌에 가까운 어떤 기운이 있었다. 만일 그 저택이 사라지지 않고 지금까지 우리 곁에 있었다면 어땠을까?

이 소설은 그 유별난 잊혀짐에 대해 팔 년간 궁리한 결과다. 그 팔 년의 시간 동안 우리나라는 많은 정치적 격변을 겪었고 내가 사는 동네는 언제나 그런 격동의 명석이 되었다. 한쪽의 목소리가 광장을 뒤덮으면 또다른 쪽의 목소리가 밀려온다. 밀물과 썰물처럼 밀려오고 떠밀려가고 옥신각신하는 목소리들의 한가운데에서 세 끼 밥을 먹고 아이를 학교에 보내고 시위대에 끼었다 빠졌다 하면서 나는 적을 보는 우리의 시선에 대해 생각이 이르게 되었다.

적은 언제나 뻔뻔하다. 잘못을 뉘우치는 법은 결코 없다. 윤원섭처럼 뻔뻔한 적들은 세상에 존재하는 모든 이득을 취한 것으로도 모자라 커다란 명예마저 챙기려 한다. 이익과 명예 둘 중 하나는 놓아야 하는 것이 아닌가? 그런 적의 행태는 필연적으로 우리에게 적의敵意를 불러일으킨다. 그리고 적들은 마지막 시험과도 같이 유산遺産을 남기고 떠난다. 적이 남긴 유산, 적산敵産, 그것은 우리에게 무엇인가. 적과 함께 말살해야 할 폐해인가, 남기고 지켜야 할 공동의 자산인가.

나는 해방 후 적산으로 분류되어 유엔에 불하되었다가 물질로도 정신으로도 박멸된 벽수산장의 예를 통해 적이 남긴 유산 앞에 선 우리의 마음을 돌아보고자 했다. 희대의 친일파가 남긴 대저택, 그것에 빌붙어 이득을 취하고자 하는 친일파의 막내딸, 한없이 뻔뻔한 적을 향한 미움과 부인할 수 없이 아름다운 저택 사이에 선 소시민 청년 해동의 고민이 바로 그것이다.

이 소설에는 친일파와 왕가, 국제기구와 대저택 같은 거창한 것들이 등장하지만 진정한 주인공은 사람을 이리저리 떠밀어대는 이념의 밀물과 썰물 속에서 정직과 존엄을 지키려 애썼던 평범한 사람들이다. 저택의 존속과 소멸에 아무런 결정권을 가지지 못했던 해동이 애꿎게 그의 직장을 내놓은 것처럼 평범한 사람들은 역사의 제단에 목숨이나 밥벌이할 직장 같은 것들을 올렸는데, 그것은 실상 그들이 가진 전부였다. 노랫말처럼 사랑도 명예도 이름도 남김없이 역사에 파묻고 잊혀져간 수많은 그분들이야말로 진정한 우리 역사의 주인공들이며, 우리는 각자 그렇게 우주의 중심에 살고 있다.

소설에 등장하는 세 사람, 윤원섭과 애커넌 씨, 이해동은 모두 허구의 인물이다. 그들의 관계와 말과 행동 역시 모두 허구다. 인물이야 허구라지만 언커크는 실재했던 조직이었으므로 내가 걱정해야 할 문제는 언커크의 명예훼손에 관한 부분일 것이다. 이 소설은 언커크가 한국에서 펼친 실제 활동을 필요에 따라 상당 부분 왜곡하고 있다. 순정효황후의 장례식에서 벌어진 추태 또한 완전히 허구다. 그런 점들에 대한 각별한 이해를 당부한다.

사라진 저택의 자취를 좇는 과정에 많은 어려움이 있었다. 그 어느 때보다 많은 취재가 필요했으나 코로나라는 전대미문의 재난에 모든 도서관과 궁궐이 문을 닫아버렸다. 취재와 인터뷰가 극도로 위축된 악조건에 좌절하기도 했지만, 결과적으로 돌이켜보면 그 어느 때보다도 사람의 도움을 많이 받았다. 생각지도 않은 곳에서 결정적인 도움들이 쏟아질 때 마치 온 우주가 나서서 나를 응원하는 것처럼 느껴질 지경이었다.

벽수산장의 도면 자료를 구해주고 전문가의 솜씨로 해석을 도와준 친구 최원준 교수께 감사드린다. 그의 도움으로 전설로만 전해지던 벽수산장의 '천장 수조'의 존재를 유추해낼 수 있었다. 그가 아니었다면 나는 벽수산장의 남북 방위方位를 끝까지 거꾸로 알았을 것이고 소설의 건축학적 고증은 완전히 엉망이 되었을 것이다. 공공도서관 폐쇄로 희귀본이 되어버린 김명길 상궁의 저술 『낙선재 주변』을 구할 길이 막혀 발을 동동 구를 때 서민 교수께서 두 팔 걷고 도와주셨다. 순정효황후가 서거하실 때까지 황후를 곁에서 보필한 김명길 상궁의 증언을 읽은 덕분에 대한제국 황실의 마지막 모습들에 작은 생생함을 보탤 수 있었다. 오래된 사진과 낡은 도면으로만 존재하는 벽수산장의 이미지가 머릿속에서 자꾸 희미해질 때, 설재우님이 공들여 복원한 벽수산장의 축소 모델이 큰 도움이 되었다. 언커크에서 실제로 근무하셨던 서용택님의 큰 아드님 서복만님께 벽수산장의 숨겨진 일화들을 들을 수 있었던 것은 무엇보다 큰 행운이었다. 서복만님과 세종마을가꾸기회 조기태 대표께 가장 큰 감사를 드린다.

내가 태어나기 이전인 1960년대 삶의 모습들을 듣기 위해 부모님과 함께 오래된 옛 동네를 걸으며 많은 대화를 나누었다. 내 부모님의 첫 월급이 얼마였는지, 전차 정거장은 어디 있었는지 물으며 함께 걸었던 초여름 이른 더위 속 그 시간은 소설 쓰는 고된 작업 속에 누린 참으로 아름다운 보상이었다. 잊혀진 저택으로 마법같이 나를 이끄신, 빛바랜 사진 속에서 영원한 사랑의 눈길로 손녀를 지켜보시는 할머니께 이 소설을 바친다.

2020년 12월 사직동에서
심윤경

『낙선재 주변』, 김명길, 중앙일보/동양방송, 1977

『대한제국 황실 비사』, 곤도 시로스케, 이언숙 옮김, 이마고, 2007

「벽수산장으로 본 근대 정원의 조영기법 해석」, 김해경, 서울학연구, 2016

『서울 탄생기』, 송은영, 푸른역사, 2018

「송석원에 대한 연구」, 윤평섭, 한국전통조경학회지, 1984

『옛 지도를 들고 서울을 걷다』, 이현군, 청어람미디어, 2009

『오래된 서울』, 최종현 · 김창희, 동하, 2013

『우방과 제국, 한미관계의 두 신화』, 박태균, 창비, 2006

『유엔과 일본외교』, 기타오카 신이치, 조진구 옮김, 전략과문화, 2009

『표석을 따라 경성을 거닐다』, 전국역사지도사모임 지음, 유씨북스, 2016

『친일파 99인 1』, 반민족문제연구소 엮음, 돌베개, 1993

「칠레와 남북한 간의 관계에 대한 연구」, 까밀로 아기레 또리니, 서울대학교, 2014

심윤경

2002년 자전적 성장소설 『나의 아름다운 정원』으로 제7회 한겨레문학상을 받으며 작
품활동을 시작했다. 2005년 『달의 제단』으로 제6회 무영문학상을 수상했으며, 장편소
설 『이현의 연애』 『사랑이 달리다』 『사랑이 채우다』 『설이』, 연작소설 『서라벌 사람들』,
동화 『화해하기 보고서』 등을 펴냈다.

문학동네 장편소설

영원한 유산
ⓒ 심윤경 2021

1판 1쇄 2021년 1월 4일
1판 6쇄 2024년 8월 9일

지은이 심윤경
책임편집 강윤정 | 편집 김필균 이재현 김영수 | 모니터링 이희연
디자인 김현우 유현아 | 저작권 박지영 형소진 최은진 오서영
마케팅 정민호 서지화 한민아 이민경 안남영 왕지경 정경주 김수인 김혜원
　　　 김하연 김예진
브랜딩 함유지 함근아 박민재 김희숙 이송이 박다솔 조다현 정승민 배진성
제작 강신은 김동욱 이순호 | 제작처 더블비(인쇄) 신안문화사(제본)

펴낸곳 (주)문학동네 | 펴낸이 김소영
출판등록 1993년 10월 22일 제2003-000045호
주소 10881 경기도 파주시 회동길 210
전자우편 editor@munhak.com | 대표전화 031) 955-8888 | 팩스 031) 955-8855
문의전화 031) 955-2696(마케팅) 031) 955-2678(편집)
문학동네카페 http://cafe.naver.com/mhdn
인스타그램 @munhakdongne | 트위터 @munhakdongne
북클럽문학동네 http://bookclubmunhak.com

ISBN 978-89-546-7628-1 03810

잘못된 책은 구입하신 서점에서 교환해드립니다.
기타 교환 문의: 031) 955-2661, 3580

www.munhak.com